O CONDENADO

GRAHAM GREENE
O CONDENADO

tradução Leonel Vallandro

Brighton Rock © Graham Greene, 1938
Copyright da tradução © 1987 by Editora Globo S.A.

Todos os direitos reservados. Nenhuma parte desta edição pode ser utilizada ou reproduzida — em qualquer meio ou forma, seja mecânico ou eletrônico, fotocópia, gravação etc. — nem apropriada ou estocada em sistema de banco de dados sem a expressa autorização da editora.

Texto fixado conforme as regras do Acordo Ortográfico da Língua Portuguesa (Decreto Legislativo nº 54, de 1995).

Editora responsável: Juliana de Araujo Rodrigues
Editora assistente: Erika Nogueira
Preparação: Mayara Freitas
Revisão: Huendel Viana
Diagramação: Gisele Baptista de Oliveira
Capa: Thiago Lacaz
Imagem de capa: Luso/iStock

Título original: *Brighton Rock*

CIP-BRASIL. CATALOGAÇÃO NA PUBLICAÇÃO
SINDICATO NACIONAL DOS EDITORES DE LIVROS, RJ

G831c

Greene, Graham, 1904-1991
O condenado / Graham Greene ; tradução Leonel Vallandro. – 3. ed. –
São Paulo: Biblioteca Azul, 2017.
328 p. ; 21cm.

Tradução de: Brighton Rock
ISBN 978-85-250-6285-7

1. Romance inglês I. Vallandro, Leonel. II. Título.

17-40629

CDD: 823
CDU: 821.111-3

1ª edição, 1987
2ª edição, revista, 2002
3ª edição, 2017

Direitos exclusivos de edição em língua portuguesa para o Brasil adquiridos por Editora Globo S.A.
Av. Nove de Julho, 5229
São Paulo — SP — 01407-200 — Brasil
www.globolivros.com.br

PRIMEIRA PARTE

I

AINDA NÃO FAZIA TRÊS HORAS que Hale estava em Brighton quando compreendeu que pretendiam assassiná-lo. Com os seus dedos sujos de tinta, as unhas roídas, o jeito nervoso e retraído, sentia-se logo que ele era um estranho — estranho àquele sol dos primeiros dias de verão, ao vento fresco que vinha do mar, à multidão festiva. Chegavam de trem a cada cinco minutos, vindos de Victoria, e de pé, no alto dos bondinhos locais, sacolejavam Queen's Road abaixo e desciam perplexos no ar puro e cintilante. A nova pintura prateada faiscava nos molhes, as casas cor de creme fundiam-se ao longe, no oeste, como uma pálida aquarela vitoriana. Havia uma corrida de carros em miniatura, uma banda tocava, jardins floridos estendiam--se até o passeio à beira-mar, um avião anunciava um medicamento qualquer em pálidas letras de fumaça que se dissipavam no céu.

Parecera muito fácil a Hale passar despercebido em Brighton. Cinquenta mil pessoas além dele estavam lá, vindas da capital, e durante certo tempo gozou o dia magnífico, tomando gim-tônica sempre que o programa o permitia. Porque ele devia manter-se fiel a um programa: das dez às onze, Queen's Road e Castle Square; das onze às doze, o Aquário e o Palace Pier; das doze à uma, o passeio à beira-mar entre o Old Ship e o West Pier; voltaria então para almoçar entre uma e duas horas no restaurante que lhe aprouvesse, nas imediações de Castle Square; depois disso teria de percorrer toda a avenida até o West Pier, seguindo daí para a estação, pelas ruas de Hove. Tais eram os limites do seu absurdo e muito anunciado itinerário.

Anunciado em todos os cartazes do *Messenger*: "Kolley Kibber estará hoje em Brighton". Levava no bolso um maço de cartões para deixar em lugares secretos ao longo do caminho. Aqueles que os encontrassem receberiam dez xelins do *Messenger*, mas o prêmio maior estava reservado a quem se dirigisse a Hale com as palavras convencionadas, levando na mão um exemplar do jornal: "O senhor é mr. Kolley Kibber. Reclamo para mim o prêmio do *Daily Messenger*".

O trabalho de Hale consistia em fazer rondas, até que um desafiante o descobrisse em todas as cidades balneárias, cada uma por sua vez: ontem Southend, hoje Brighton, amanhã...

Engoliu às pressas o seu gim-tônica ao ouvir um relógio marcar onze e afastou-se de Castle Square. Kolley Kibber sempre fazia jogo honesto, sempre usava um chapéu igual ao da fotografia publicada no *Messenger*, sempre era pontual. No dia anterior, em Southend, não fora desafiado: o jornal gostava de poupar os seus guinéus de vez em quando, porém não muito amiúde. Era sua obrigação ser descoberto hoje — e era seu desejo também. Por certos motivos não se sentia muito seguro em Brighton, mesmo no meio daquela multidão da festa de Pentecostes.

Encostou-se aos gradis próximos ao Palace Pier e mostrou o rosto ao povo que desfilava interminavelmente, serpeando como um fio de arame retorcido, dois a dois, e todos com um ar de alegria comedida e resoluta. Tinham viajado em pé desde Victoria, em vagões apinhados de passageiros, seriam obrigados a fazer fila para almoçar e à meia-noite, semiadormecidos, sacudidos pelos solavancos do trem, voltariam para as ruas estreitas, os botequins fechados e a fatigante caminhada até suas casas. Com infinito trabalho e infinita paciência, extraíam do longo feriado o seu grão de prazer; esse sol, essa música, o estrondo dos carros miniaturizados, o trem-fantasma a mergulhar entre as mandíbulas de uma caveira sob o passeio do Aquário, os bastões de caramelo de Brighton, os gorros de marinheiro feitos de papel.

Ninguém prestava a menor atenção em Hale, ninguém parecia trazer um exemplar do *Messenger*. Depositou cuidadosamente um dos cartões em cima de um cestinho e seguiu adiante, com suas unhas roídas e seus dedos sujos de tinta, sozinho. Essa solidão, começou a senti-la só depois do terceiro gim; antes desprezava a turba, mas agora percebia seu parentesco. Vinha das mesmas ruas que toda essa gente, mas o seu salário mais elevado o condenava a fingir que desejava outras coisas; entretanto, aquele cais, aqueles cinemascópios não cessavam de atraí-lo. Queria voltar atrás; mas era obrigado a carregar o seu sorriso sarcástico ao longo da praia, como um emblema de solidão. Em algum lugar, ao longe, uma mulher cantava: "Quando de Brighton regressei no trem". Era uma voz rica de cerveja, uma voz que vinha de um bar público. Hale entrou na sala reservada e contemplou os maciços encantos da mulher através de dois balcões e uma divisória de vidro.

Não era velha; andava por volta dos quarenta e estava apenas um pouco embriagada, de maneira amistosa e condescendente. Ao olhar para ela pensava-se em bebês mamando, mas se os tivera não deixara que lhe arruinassem o físico. Zelava pela sua aparência. Seu batom e a firmeza do seu vasto corpo mostravam isso. Era bem fornida de carnes, mas não descuidada. Conservava suas curvas para aqueles que apreciassem as curvas.

Hale apreciava. Pequeno como era, observava-a com inveja e cobiça por cima dos copos vazios emborcados na bandeja de chumbo, por cima das canecas de cerveja, por entre os ombros de dois garçons. "Canta outra, Lily", pediu um deles, e ela começou: "Certa noite, na rua, lorde Rothschild me falou". Nunca ia além de alguns versos. Gostava imensamente de rir para soltar de todo a voz, mas tinha um repertório inesgotável de baladas. Todas eram desconhecidas de Hale, que a observava cheio de nostalgia, com o copo encostado aos lábios: a mulher tinha começado uma nova canção, que devia datar do tempo da corrida do ouro australiana.

"Fred", disse uma voz atrás dele. "Fred."

O copo escapou dos lábios de Hale e um pouco de gim caiu no balcão. Um rapazola de cerca de dezessete anos observava-o da porta — terno surrado, mas na moda, o pano desgastado pelo uso, rosto com fome de violência, em que se lia uma espécie de orgulho forçado e repelente.

"A quem está chamando de Fred?", disse Hale. "Eu não sou Fred."

"Isso não faz diferença", replicou o garoto, voltando-se para a porta e continuando a observá-lo por cima do ombro estreito.

"Aonde é que você vai?"

"Tenho de avisar seus amigos", disse o rapaz.

Excetuando-se um velho mensageiro que dormia diante de um chope duplo, estavam sós na sala. "Escute", disse Hale, "venha tomar alguma coisa. Sente-se aqui e tome alguma coisa."

"Tenho de ir andando", disse o garoto. "Você sabe que eu não bebo, Fred. É muito esquecido, não?"

"Não vai chegar atrasado só por causa disso. Tome um refresco."

"Vá lá, mas que não seja demorado", respondeu o garoto. Não tirava os olhos de cima de Hale, examinando-o com atenção e assombro: tal devia ser o olhar de um caçador que seguisse na selva algum animal quase fabuloso — o leão malhado ou o elefante anão — antes de abatê-lo. "Um suco de *grapefruit*", disse o garoto.

"Continua, Lily", imploravam as vozes lá dentro. "Canta outra, Lily." Pela primeira vez o garoto tirou os olhos de cima de Hale e contemplou, através da divisória de vidro, os grandes seios e os encantos maciços da mulher.

"Um uísque duplo e um suco de *grapefruit*", pediu Hale. Carregou-os para uma mesa, mas o garoto não o seguiu. Estava observando a mulher com uma expressão de furioso desagrado. Hale teve a impressão de que o seu ódio se afrouxara momentaneamente como um par de algemas, para prender outros pulsos. Tentou gracejar: "Uma alma jovial".

"Alma!", disse o garoto. "Você não tem o direito de falar em almas." E tornou a assestar o seu ódio sobre Hale, bebendo de um só trago o suco de *grapefruit*.

"Estou aqui fazendo a minha obrigação, nada mais", disse Hale. "Só por um dia. Sou Kolley Kibber."

"Você é Fred", volveu ele.

"Está bem, sou Fred. Mas tenho aqui no bolso um cartão que lhe renderá dez xelins."

"Já sei essa história dos cartões", disse o outro. Tinha a pele lisa, coberta de levíssima penugem, e os olhos cinzentos eram desapiedados como os de um velho em quem tivessem morrido todos os sentimentos humanos. "Estivemos lendo a seu respeito no jornal de hoje", acrescentou ele, e de repente deu uma risadinha, arreganhando os dentes, como se acabasse de perceber a intenção oculta de uma anedota suja.

"Você pode ficar com um", disse Hale. "Olhe, tome este *Messenger*. Leia o que diz aqui. Você pode ganhar o prêmio grande. Dez guinéus. Basta mandar este cupom ao *Messenger*."

"Então não confiam em você com o dinheiro." Lily começou a cantar na outra sala: "No meio do povo nos vimos, pensei que me fugisse...". "Arre!", disse o garoto. "Não há ninguém que tape a boca dessa cadela?"

"Vou lhe dar uma nota de cinco", insistiu Hale. "Não tenho mais nada comigo. Só isso e a minha passagem."

"Não vai precisar da sua passagem", disse o garoto.

"Usava o vestido de noiva e estava mais branca que ele..."

O rapaz levantou-se furioso e, cedendo a um pequeno acesso de ódio (ódio da canção ou do homem?), derrubou no chão o copo vazio. "O cavalheiro paga", disse ele ao homem do balcão, e saiu rapidamente pela porta da sala reservada. Foi então que Hale compreendeu que pretendiam matá-lo.

Trazia uma grinalda de noiva,
Na outra vez que a encontrei.
Estava mais pensativa
Que no dia em que a deixei.

O mensageiro continuava a dormir e Hale pôs-se a observá-la da sala deserta. Os grandes seios esticavam o tênue e vulgar vestido de verão, e ele pensava: "Tenho de fugir daqui, tenho de fugir", olhando triste e desesperado para ela, como se contemplasse a própria vida naquela sala de bar. Mas não podia fugir; tinha de cumprir a sua tarefa. Eram muito exigentes no *Messenger*. Trabalhava para um bom jornal. Uma chamazinha de orgulho acendeu-se no coração de Hale ao pensar na longa odisseia do seu passado: vendedor de jornais nas esquinas, depois repórter com um salário de trinta xelins semanais num jornalzinho do interior, cuja circulação era de dez mil exemplares, a seguir os cinco anos passados em Sheffield. "Pois sim que eu vou me deixar assustar por esse bando a ponto de faltar com as minhas obrigações!", disse para si mesmo, com a coragem temporária que lhe deu um segundo uísque. Que poderiam fazer enquanto ele andasse no meio do povo? Não teriam o topete de matá-lo em plena luz do dia, diante de testemunhas. Não corria perigo entre aqueles cinquenta mil forasteiros.

"Venha para cá, coração solitário." Só compreendeu que a mulher se dirigia a ele quando viu todos os rostos na sala pública do bar sorrirem na sua direção. De repente ocorreu-lhe que seria muito fácil ao bando apanhá-lo, tendo como tinha aquele mensageiro adormecido por única companhia. Não necessitava sair à rua para ir à outra sala, bastava descrever um semicírculo através do salão e do compartimento para senhoras. "Que é que toma?", disse, aproximando-se da mulherona com um sentimento de ansiosa gratidão. "Ela pode salvar-me a vida", pensou, "se consentir que eu não a deixe."

"Tomarei um vinho do Porto", disse a mulher.

"Um Porto", pediu Hale.

"Não bebe também?"

"Não, já bebi o suficiente. Não quero ficar com sono."

"Por que não... Num dia de festa? Eu lhe pago uma Bass."*

"Não gosto de Bass." Consultou o relógio. Era uma hora. Seu programa o preocupava. Tinha de deixar cartões em todas as seções. Era assim que o jornal o controlava, verificando se ele seguira à risca o itinerário. "Venha almoçar comigo", implorou à mulher.

"Olhem só", gritou ela aos seus amigos, e o seu riso cálido e avinhado ressoou em todas as salas. "Está ficando ousado, hein? Eu não confiaria nem em mim."

"Não vá com ele, Lily", aconselharam os outros. "Ele não é de confiança."

"Eu não confiaria nem em mim", repetiu ela, piscando um olho doce e amigo, que lembrava o de uma vaca.

Havia um meio de fazer com que ela aceitasse o convite. Hale conhecera o método uma vez. Ganhando trinta xelins por semana sentir-se-ia à vontade com ela. Teria na ponta da língua a expressão certa, o gracejo apropriado para arrebatá-la dos seus amigos, ser amigável com ela num restaurantezinho. Mas tinha perdido a tarimba; não fazia senão repetir: "Venha almoçar comigo".

---

* Marca de cerveja fraca. (N. T.)

O CONDENADO 13

"Aonde iremos, sir Horace? Ao Old Ship?"

"Sim, aonde quiser. Ao Old Ship."

"Escutem esta", proclamou a mulher aos ocupantes de todas as salas, às duas anciãs de touca preta que estavam no compartimento das senhoras, ao velho mensageiro que continuava dormindo na sala reservada e à meia dúzia de homens que lhe faziam companhia. "Este cavalheiro me convidou para irmos ao Old Ship", disse, assumindo um tom refinado. "Amanhã irei com o maior prazer, mas hoje já tenho um compromisso para o Cão Sarnento."

Hale virou-se desesperançado para a porta. "O garoto", pensou ele, "ainda não tivera tempo de avisar os outros." Podia almoçar sem perigo. A hora que se seguiria ao almoço era a que mais receava.

"Está se sentindo indisposto?", perguntou a mulher.

Os olhos de Hale pousaram nos grandes seios. Essa mulher era para ele como a noite, um refúgio, a compreensão, o bom senso. Sentiu uma agulhada no coração ao percebê-lo. Mas no seu íntimo, levemente manchado pelo cinismo, a dignidade voltou a agitar-se censurando-o: "Voltar ao útero materno... ser uma mãe para você... não precisar mais assumir responsabilidades".

"Não", disse, "não estou indisposto. Estou bem."

"Tem um ar esquisito", volveu ela num tom afetuoso e preocupado.

"Estou bem. Tenho fome, nada mais."

"Por que não faz um lanche aqui?", disse a mulher. "Você pode preparar um sanduíche de presunto para ele, não é, Bell?" O homem que atendia ao balcão respondeu que sim, que podia preparar um sanduíche de presunto.

"Não", respondeu Hale, "tenho de ir andando."

... Ir andando. Passeio afora, misturando-se tão depressa quanto possível à torrente humana, relanceando os olhos à direita, à esquerda e por cima de cada ombro alternadamente. Embora não visse uma cara conhecida em parte alguma, não se sentia aliviado. Julgara que podia perder-se sem perigo no meio da multidão, mas agora o povo que o rodeava lhe parecia uma floresta espessa, onde um nativo poderia armar a sua armadilha envenenada. Sua vista não alcançava além do homem vestido de flanela que caminhava à sua frente e, quando olhava para trás, ela era bloqueada por uma blusa de vivo escarlate. Três senhoras de idade passaram numa carruagem aberta, puxada por cavalos. O ruído macio dos cascos dissipou-se numa paz profunda. Era assim que certa gente ainda vivia.

Hale atravessou a avenida, afastando-se do passeio. Ali havia menos gente: podia andar mais depressa e ir mais longe. Estavam tomando coquetéis no terraço do Grande Hotel; uma delicada imitação de toldo vitoriano fazia tremular ao sol as suas fitas e flores. Um homem com ar de estadista aposentado, cabelos cor de prata, pele empoada e pincenê de tipo antigo deixava correr a vida naturalmente, com dignidade, à distância, sentado diante de um xerez. Duas mulheres desceram a ampla escadaria do Cosmopolitan, cabelos cor de bronze reluzentes, casacos de arminho, aproximando muito as cabeças, como papagaios, a trocar confidências estridentes. "'Minha querida', disse eu com a maior frieza, 'se você ainda não conhece a permanente Del Rey, só posso dizer o seguinte...'" E gesticulavam com as unhas pontudas e brilhantes uma para a outra, cacarejando. Pela primeira vez em cinco anos Kolley Kibber estava atrasado com o programa. Ao pé da escadaria do Cosmopolitan, na sombra do enorme e excêntrico edifício, lembrou-se de que o bando tinha lido o seu jornal. Não precisavam vigiar o bar: sabiam onde esperá-lo.

Um policial montado subiu a avenida. O cavalo castanho, tratado com amor, pisava com delicadeza no macadame quente, como um desses brinquedos caros que os milionários compram para os filhos. Admiravam-se os arreios, o couro brilhando tão intensamente quanto o verniz de uma velha mesa de mogno, o cintilante distintivo de prata; não ocorria a ninguém que o brinquedo tinha uma utilidade. Isso não ocorreu também a Hale enquanto via passar o policial; não podia apelar para ele. Um homem estava junto ao meio-fio, vendendo coisas expostas num tabuleiro. Tinha perdido a metade do corpo: perna, braço e ombro — e o belo cavalo, ao passar, desviou a cabeça delicadamente, como uma velha duquesa. "Cordões de sapatos", disse o homem tristemente para Hale, "fósforos". Hale não o ouviu. "Lâminas de barbear." Hale passou, e estas últimas palavras cravaram-se firmemente no seu cérebro: a ideia do fino corte e da dor aguda. Era assim que tinham matado Kite.

Vinte metros adiante avistou Cubitt, um homenzarrão de cabelos cortados à escovinha e rosto sardento. Viu Hale, mas não deu mostras de reconhecê-lo, negligentemente encostado numa caixa de correio, observando-o. Um carteiro veio recolher a correspondência, e Cubitt mudou de posição. Viu-o gracejar com o carteiro e este riu, encheu a sacola. Cubitt, porém, não voltou um só instante o rosto para o outro, com o olhar fixo na direção de Hale. Este sabia exatamente o que ele ia fazer. Conhecia todo o bando. Cubitt era vagaroso e tinha modos amáveis. Tomaria simplesmente o braço de Hale e o conduziria para onde quer que fosse.

Mas o velho e encarniçado orgulho persistia — um orgulho intelectual. Estava transido de medo, mas dizia para si mesmo: "Qual, eu não vou morrer!". Gracejou sem sinceridade: "Não sou matéria para primeira página". A realidade era aquela: as duas mulheres entrando num táxi, a banda tocando no Palace Pier, a palavra *tabletes* desfazendo-se em branca fumaça no céu puro e pálido — e não o ruivo Cubitt a esperar junto à caixa do correio. Hale tornou a dar volta, atravessou a rua e caminhou apressadamente na direção do West Pier. Não estava fugindo: tinha um plano.

Só precisava arranjar uma garota, pensava ele. Devia haver centenas, nessa segunda-feira de Pentecostes, à espera de que alguém as viesse convidar para um drinque, levando-as depois para dançar no Sherry e finalmente para casa, embriagadas e ternas, no corredor do trem. Este era o melhor meio: levar, a toda a parte, uma testemunha. De nada serviria, mesmo que o seu orgulho permitisse tal coisa, ir agora à estação. Eles estariam vigiando sem dúvida alguma, e era fácil matar um homem solitário numa estação ferroviária; bastava formar um grupo cerrado à porta de um vagão ou liquidarem-no no atropelo junto à catraca de passagem para a plataforma. Fora numa estação que o bando de Colleoni tinha matado Kite. Ao longo de todo o passeio as moças estavam sentadas em cadeiras de praia alugadas por dois *pence*. Todas que não tinham trazido os seus namorados estavam à espera de um convite. Eram balconistas, escriturárias ou cabeleireiras — estas últimas distinguiam-se pelas suas novas e ousadas ondulações permanentes, pelas unhas primorosamente manicuradas. No dia anterior haviam ficado nos seus institutos de beleza depois que estes se fecharam, preparando umas às outras até meia-noite. Agora reclinavam-se ao sol, sonolentas e insinuantes.

Diante das cadeiras os homens passeavam aos pares e trios, envergando pela primeira vez os seus trajes de verão, calças cinza--pérola bem frisadas e camisas elegantes. Pareciam não se interessar em absoluto pelas garotas, e entre esses passeantes andava Hale com o seu terno surrado, a gravata fininha, a camisa listrada e as manchas de tinta nos dedos, dez anos mais velho e ansioso por arranjar uma garota. Oferecia-lhes cigarros, e elas o encaravam com um ar de duquesas, os olhos arregalados e frios: "Obrigada, não fumo". E, sem olhar para trás, ele sabia que Cubitt o seguia a vinte metros de distância.

Essa consciência fazia com que ele assumisse maneiras estranhas. Não podia esconder o seu desespero. Ouvia as moças rindo dele depois que se afastava, achando graça no seu traje e no seu modo de falar. Hale era um homem de profunda humildade. Só sentia orgulho da sua profissão. Diante de um espelho, detestava-se — as pernas ossudas, o peito estufado — e vestia-se negligentemente como sinal de que não esperava despertar interesse em mulher alguma. Desistiu das bonitas, das elegantes, e olhou desesperado ao longo da fila de cadeiras, procurando uma suficientemente feia para ficar alegre com suas atenções.

"Com esta não posso falhar", pensou ele, e sorriu com ansiosa esperança para uma criatura gorda e cheia de marcas na pele, cujos pés mal alcançavam o chão. Sentou-se ao lado dela, numa cadeira vazia, e olhou o mar distante e negligente a lamber os pilares do West Pier.

"Um cigarro?", ofereceu após alguns instantes.

"Creio que vou aceitar", disse a moça, e essas palavras eram agradáveis como a suspensão temporária de uma sentença.

"É agradável estar aqui", disse a moça gorda.

"Vem da cidade?"

"Venho."

"Bem", disse Hale, "não vai passar o dia inteiro sentada aí sozinha, vai?"

"Ah! Não sei..."

"Estou pensando em irmos comer alguma coisa, e depois nós podíamos..."

"Nós!", volveu a moça. "Você é um desconhecido."

"Mas afinal não vai passar todo o dia sentada sozinha, vai?"

"Não digo que vou, mas isso não quer dizer que vá com você."

"Então, vamos beber alguma coisa e conversar sobre isso."

"Eu era capaz de aceitar", disse ela, abrindo um estojo de pó compacto e passando mais pó nas marcas do rosto.

"Então vamos", disse Hale.

"Tem um amigo?"

"Estou completamente só."

"Nesse caso não dá", disse a moça. "É impossível. Não posso deixar a minha companheira." Só então Hale notou que, na cadeira seguinte, uma criatura pálida e inerte aguardava avidamente a sua resposta.

"Mas você tem vontade de ir", salientou Hale.

"Sim, claro, mas não é possível."

"Sua amiga não se importa. Ela encontrará alguém."

"Não, não. Não posso deixá-la só." A moça gorda olhava firme e impassível para o mar.

"Você não se importa, não é mesmo?" Hale inclinou-se para a frente e suplicou à imagem pálida, que guinchou em resposta um riso embaraçado.

"Ela não conhece ninguém", disse a moça gorda.

"Há de encontrar alguém."

"É mesmo, Delia?" A moça gorda encostou a cabeça na da sua companheira e as duas confabularam. Delia soltava um guincho de quando em quando.

"Então está certo? Vamos?", disse Hale.

"Você não poderia conseguir um amigo?"

"Não conheço ninguém aqui. Venha. Eu a levarei para almoçar em qualquer parte. Só quero", disse ele sorrindo angustiado, "que fique ao meu lado."

"Não", replicou a moça gorda, "sem a minha amiga não é possível."

"Bem, então venham as duas."

"Não seria muito divertido para Delia", ponderou a moça gorda.

Uma voz juvenil os interrompeu: "Então você está aqui, Fred?". Hale ergueu o olhar para os olhos cinzentos e inumanos do adolescente.

"Essa é boa!", ganiu a moça gorda. "Ele nos disse que não tinha um amigo!"

"Não se pode acreditar no que diz o Fred", respondeu a voz.

"Agora sim, temos dois pares. Esta é a minha amiga Delia, eu me chamo Molly."

"Prazer em conhecê-las", disse o garoto. "Aonde é que nós vamos, Fred?"

"Estou faminta", disse a moça gorda. "Garanto que você também está com fome, não é, Delia?" Delia torceu-se, lançando um guincho.

"Conheço um lugar ótimo", disse o rapazote.

"Eles têm *sundaes*?"

"*Sundaes* de primeira", assegurou ele, na sua voz séria e sem inflexão.

"Isso é o que eu quero. Delia prefere os *splits*."

"Vamos indo, Fred", disse o garoto.

Hale levantou-se. Suas mãos tremiam. Aquela era a realidade agora: o garoto, o talho de navalha, a vida esvaindo-se com o sangue, dolorosamente, e não as cadeiras de lona, as ondulações permanentes, os carros em miniatura a roncar na curva do Palace Pier. O chão movia-se sob seus pés, e só o pensamento do lugar para onde poderiam carregá-lo enquanto estivesse inconsciente impediu que ele desfalecesse. Mesmo assim o amor-próprio, o instinto de evitar as cenas não perderam a sua força avassaladora. O embaraço foi mais poderoso do que o terror, impedindo que ele gritasse em voz alta o seu medo e até aconselhando-o a que fosse em silêncio. Se o rapaz não tivesse tornado a falar, ele iria.

"É bom irmos andando, Fred."

"Não", disse Hale. "Eu não vou. Não conheço esse rapaz. Não me chamo Fred. Nunca o vi mais gordo. Ele está é se fazendo de engraçado." E afastou-se rapidamente, com a cabeça baixa, já sem esperança alguma (não havia mais tempo para nada), ansioso apenas por continuar caminhando, à luz do sol; até que ouviu, ao longe, uma voz avinhada de mulher a entoar uma canção sobre noivas e buquês de flores, lírios e mortalhas — uma balada vitoriana. Avançou na direção dessa voz como alguém que esteve longo tempo perdido num deserto e se dirige para o clarão de uma fogueira.

"Olha quem vem aí!", exclamou ela. "O coração solitário!" E Hale notou, com assombro, que ela estava sozinha no meio de uma porção de cadeiras vazias. "Eles foram para o reservado dos cavalheiros", explicou Lily.

"Dá licença de me sentar?", perguntou Hale, cheio de alívio, com a voz emocionada.

"Se tem dois *pence* consigo... Eu não tenho." E riu-se, com os grandes seios quase a fazer estalar o vestido. "Alguém me afanou a bolsa, fiquei sem um níquel." Ele a observava pasmado. "Oh! O mais engraçado não é isso. O mais engraçado são as cartas. Esse tipo vai ler todas as cartas de Tom. Se eram apaixonadas? Tom ficará furioso quando souber."

"Você vai precisar de dinheiro", disse Hale.

"Ora, não me preocupo com isso. Algum sujeito amável me emprestará dez xelins... quando saírem do reservado."

"Eles são seus amigos?"

"Encontrei-os no bar."

"E pensa", perguntou Hale, "que eles vão voltar do reservado?"

"Céus!", disse ela. "Acha então que..." Olhou atentamente a multidão de passantes, depois voltou-se para Hale e pôs-se a rir de novo. "Você tem razão! Eles me levaram mesmo no bico. Mas a bolsa só continha dez xelins... e as cartas de Tom."

"Quer almoçar comigo agora?", perguntou Hale.

"Comi qualquer coisa no bar. Foram eles que pagaram, de modo que sempre aproveitei um pouco os meus dez xelins."

"Venha comer mais alguma coisa."

"Não, não me apetece mais nada", respondeu ela; e, recostando-se muito na cadeira de lona, com a saia repuxada até o joelho, exibindo-lhe as bonitas pernas, acrescentou com um ar voluptuoso: "Que dia!", e os seus olhos cintilaram, rivalizando com o fulgor do mar. "Não faz mal, eles ainda vão se arrepender. Eu sou teimosa quando se trata de defender o carreto."

"Chama-se Lily?", perguntou Hale, que já não avistava o garoto. Desaparecera, e Cubitt também. Não havia ninguém conhecido até onde alcançavam os seus olhos.

"Esse foi o nome que *eles me deram*. Eu me chamo Ida." O velho e vulgarizado nome grego recobrou um pouco de dignidade. "Você parece abatido. Devia ir almoçar."

"Não irei se você não for comigo. Só desejo estar aqui ao seu lado."

"Oh! Que amável! Gostaria que Tom o escutasse. Ele escreve coisas apaixonadas, mas quando se trata de falar..."

"Ele quer casar com você?", perguntou Hale. Ida cheirava a sabonete e vinho; uma sensação de conforto, de paz, um sereno e preguiçoso contentamento físico, um quê de ama e de mãe emanava da grande boca avinhada, dos magníficos seios e pernas, insinuando-se no pequeno cérebro amargo, murcho e aterrado de Hale.

"Já *foi* casado comigo", disse Ida, "mas não sabia a sorte que tinha. Agora quer voltar. Você devia ver as cartas dele. Mostraria para você se não tivessem sido roubadas. Ele devia ter vergonha de escrever certas coisas", acrescentou, rindo de prazer. "Ninguém diria. Um sujeito de modos tão sossegados! Bem, eu sempre digo que a vida é divertida."

"Você o aceitará de volta?", perguntou Hale, olhando do seu vale de sombras, com azedume e inveja.

"Isso é que não! Eu o conheço demais. Não teria graça nenhuma. Se quisesse um homem agora poderia arranjar coisa melhor." Ela não era vaidosa, estava apenas um pouco bêbada e sentia-se feliz. "Poderia casar com um homem rico se eu quisesse."

"E que vida leva atualmente?"

"Vivo ao deus-dará", disse Ida, piscando-lhe o olho e imitando o gesto de quem vira o copo. "Qual é o seu nome?"

"Fred." Hale disse-o automaticamente. Era o nome que dava

aos amigos de ocasião. Por algum obscuro desejo de sigilo ocultava o seu verdadeiro nome, que era Charles: desde criança amara os segredos, os esconderijos, a escuridão; mas era na escuridão que tinha encontrado Kite, o Garoto, Cubitt, o bando inteiro.

"E como é que você vive?", perguntou ela jovialmente. Os homens sempre gostavam de contar essas coisas, e ela gostava de ouvir. Tinha um imenso repertório de experiências masculinas.

"De apostas", respondeu ele prontamente, levantando sua barreira de evasão.

"Eu também gosto de arriscar umas moedas de vez em quando. Por acaso não poderia dar um palpite para as corridas de Brighton no sábado?"

"Black Boy, no páreo das quatro."

"Está a vinte por um."

Hale considerou-a com respeito. "É pegar ou largar."

"Oh! Vou jogar nele", disse Ida. "Sempre aceito palpites."

"Não importa quem os dê?"

"Este é o meu sistema. Você estará nas corridas?"

"Não", disse Hale. "Não será possível ir." Pôs-lhe a mão no pulso. Não queria assumir mais riscos. Diria ao chefe da redação que tinha adoecido, pediria demissão, faria qualquer coisa. A vida estava ali ao seu lado, não queria brincadeiras com a morte. "Venha comigo à estação. Volte comigo para a cidade."

"Num dia como este? Eu não. É a cidade que o deixa assim. Você parece inchado. Um passeio pela praia lhe fará bem. Além disso, há uma porção de coisas que eu quero ver. Quero ver o Aquário, o Penhasco Negro, e ainda não estive hoje no Palace Pier. Sempre há novidades por lá. Estou disposta a me divertir."

"Vamos ver essas coisas e depois..."

"Quando escolho um dia para me divertir", disse Ida, "quero me divertir de verdade. Já lhe disse que sou persistente."

"Está certo, contanto que fique comigo."

"Bem, você não pode me roubar a bolsa. Mas vou avisando: gosto de gastar. Não me contento com uma argola aqui e um tiro ao alvo lá adiante. Quero tudo."

"Daqui ao Palace Pier é uma longa caminhada com este sol", disse Hale. "Vamos tomar um táxi." Mas não tomou liberdades imediatamente com Ida, no táxi. Curvado no assento, muito ossudo, não tirava os olhos da avenida: nenhum sinal de Cubitt ou do Garoto no amplo e ensolarado dia que deslizava veloz. Virou-se para ela com relutância e, sentindo a proximidade dos grandes seios francos e amigos, colou a boca à sua, recebeu na língua o gosto de vinho do Porto e viu no espelho do chofer o velho Morris, modelo 1925, que os seguia, com a capota fendida batendo ao vento, o para-choque amassado, o para-brisa rachado e descorado. Hale observou-o com os lábios nos lábios de Ida, tremendo contra ela enquanto o táxi avançava devagar pela avenida.

"Deixe-me respirar", disse ela afinal, afastando-o com um empurrão e endireitando o chapéu na cabeça. "Você trabalha depressa! São vocês, os pequenos, que..." Sentiu os nervos dele saltando sob sua mão e gritou apressadamente ao chofer: "Não pare. Toque para trás e faça a volta de novo". Ele parecia um homem com febre.

"Você está doente. Não devia andar só. Que é que você tem?"

Ele não pôde conter-se: "Vou morrer. Estou com medo".

"Consultou um médico?"

"Não adianta. Os médicos nada podem fazer."

"Você não devia andar só por aí", repetiu Ida. "Foram eles que lhe disseram isso... os médicos?"

"Sim", respondeu Hale, tornando a colar os lábios aos dela, pois enquanto a beijava podia vigiar pelo espelho o velho Morris, que avançava no seu encalço, aos trancos, pela avenida.

Ela o afastou, mas manteve-o seguro nos seus braços. "Estão doidos. Você não está tão doente assim. Não me venham dizer que uma criatura possa estar tão doente sem que eu o perceba. Não gosto de ver um camarada entregar-se dessa maneira. A vida é boa para os que não fraquejam."

"Tudo irá bem enquanto você estiver aqui comigo", disse ele.

"Agora sim. Seja homem." E, baixando precipitadamente o vidro da janela para deixar entrar o ar, Ida passou o braço pelo dele e disse em tom brando e atemorizado: "Você estava brincando, não estava, quando disse aquilo sobre os médicos? Não era verdade, hein?".

"Não", disse Hale, desalentadamente, "não era verdade."

"Bravo! Houve um momento em que quase me assustou. Linda situação a minha se você morresse neste táxi! Tom é que ia gostar de ler a notícia nos jornais... Mas os homens são esquisitos comigo nessas coisas. Sempre procuram fazer crer que estão passando dificuldades de dinheiro, que têm trabalho com suas mulheres, que sofrem do coração... Você não é o primeiro que me diz que vai morrer. Mas nunca alegam uma doença contagiosa. Querem aproveitar ao máximo as últimas horas de vida e coisa e tal. Creio que tudo isso é por eu ser tão grande. Esperam que eu os trate como filhos. Não digo que não caí na conversa a primeira vez. 'Os médicos não me dão mais do que um mês', disse-me o sujeito... Isso foi há cinco anos. Atualmente, vejo-o quase todos os dias no Henekey. 'Olá, meu velho fantasma', digo-lhe sempre que o vejo, e ele me paga ostras e uma Guinness."

"Não, eu não estou doente", disse Hale. "Não precisa ter medo." Não queria tornar a rebaixar o seu orgulho até esse ponto, mesmo em troca daquele sereno e natural abraço. Passaram pelo Grande Hotel, com o velho estadista sempre a dormitar, depois pelo Metrópole. "Cá estamos", disse Hale. "Você vai ficar comigo, não é verdade? Ainda que eu não esteja doente?"

"Claro que sim", respondeu Ida, deixando escapar um pequeno soluço ao descer. "Gosto de você, Fred. Gostei de você desde o primeiro momento em que o vi. Você é um grande camarada, Fred. Que multidão é essa aí?", perguntou com jovial curiosidade, apontando para uma aglomeração de calças limpas e bem passadas, blusas vistosas, braços nus e cabeças perfumadas.

"A cada relógio que vendo", gritava um homem no meio do grupo, "dou grátis uma coisa que vale vinte vezes mais. Apenas um xelim, senhoras e senhores, apenas um xelim! A cada relógio que vendo..."

"Compre um relógio para mim, Fred", pediu Ida, empurrando-o com brandura. "Mas antes de ir me dê três *pence*. Preciso me lavar." Estavam na calçada, à entrada do Palace Pier. Uma multidão compacta os rodeava, saindo e entrando pelas catracas, olhando o camelô. Não se via sinal de Morris.

"Você não precisa se lavar, Ida", implorou Hale. "Está muito bem assim."

"Tenho de me lavar. Estou suando por todos os poros. Espere aqui. Não demoro mais de dois minutos."

"Você não pode se lavar bem, aqui. Venha a um hotel e tome um drinque."

"Não posso esperar, Fred. Sinceramente, não posso. Seja camarada."

"Aqueles dez xelins", disse Hale. "Acho bom dá-los a você de uma vez, enquanto me lembro."

"Você é mesmo gentil, Fred. Não lhe farão falta?"

"Seja rápida, Ida. Eu ficarei aqui. Bem aqui, junto desta catraca. Não vai demorar, hein? Ficarei aqui", repetiu ele, pousando a mão na grade da catraca.

"Essa é boa", disse Ida, "você até parece apaixonado!" E levou a imagem dele no espírito, envolta em ternura, enquanto descia os degraus que conduziam ao lavatório das senhoras: a imagem de um homem pequeno, um tanto maltratado, com as unhas roídas até a carne (ela não deixava escapar nada), as manchas de tinta e a mão agarrando a grade. "É um bom sujeito", disse Ida com os seus botões. "Gostei do jeito que ele tinha lá no bar, embora tenha caçoado dele." E começou de novo a cantar, docemente, na sua voz cálida e avinhada: "Certa noite, na rua, lorde Rothschild me falou...". Havia muito tempo que não se apressava tanto por causa de um homem. Não tinham se passado mais de quatro minutos quando ela, fresca, empoada e serena, tornou a subir os degraus para a ensolarada tarde de Pentecostes. Mas Hale desaparecera. Não estava junto à catraca, nem no meio da multidão que rodeava o camelô. Ida misturou-se ao grupo para ter certeza e encontrou-se cara a cara com o vendedor afogueado e permanentemente irritado. "O quê? Não dão um xelim por um relógio e mais um presente grátis, que vale exatamente vinte vezes o relógio! Não digo que este relógio valha muito mais de um xelim, embora a sua aparência só por si valha isso, mas com ele vai um presente grátis vinte vezes..." Ela estendeu a nota de dez xelins e recebeu o pacotinho e o troco, pensando: "Com certeza ele foi ao toalete masculino, vai voltar". E, assumindo o seu posto junto à catraca, abriu o pequeno envelope que continha o relógio. "Black Boy no páreo das quatro horas, em Brighton", leu Ida, e pensou com orgulho e ternura: "Esse é o palpite dele. É um camarada entendido". Preparou-se, feliz e paciente, para esperá-lo voltar. Era uma mulher persistente. Ao longe, na cidade, um relógio bateu uma e meia.

2

O GAROTO PAGOU TRÊS *PENCE* e entrou pela catraca. Passou com movimentos decididos pelas quatro filas de cadeiras de lona, onde o povo esperava que a orquestra começasse a tocar. Visto pelas costas parecia mais moço, com seu terno pré-fabricado um pouco folgado nos quadris, mas quem o olhasse de frente diria ser mais velho, os olhos cor de ardósia tinham uns toques da aniquiladora eternidade de onde viera e para onde se dirigia. A orquestra começou a tocar; ele sentia a música como uma vibração no seu estômago: os violinos gemiam nas suas entranhas. Continuou a andar sem olhar para os lados.

No Palácio do Prazer passou por entre os cinemascópios, os caça-níqueis e os jogos de argolas, dirigindo-se para um estande de tiro ao alvo. As bonecas enfileiradas nas prateleiras olhavam para baixo com vítrea inocência, como Virgens num repositório de igreja. O Garoto observou-as: cabelo castanho encaracolado, íris azuis e faces pintadas. "Ave Maria... na hora da nossa morte", pensou ele. "Me dê meia dúzia de cartuchos", pediu.

"Ah! É você, hein?", disse o proprietário do estande, observando-o com antipatia e inquietação.

"Sim, sou eu. Tem horas aí, Bill?"

"De que horas está falando? Há um relógio lá no saguão, não é?"

"Está marcando quinze para as duas. Não pensei que fosse tão tarde."

"Aquele relógio está sempre certo", disse o homem, caminhando para o balcão de tiro com a pistola na mão. "Está sempre certo, percebe? Ele não serve de testemunha para álibis falsos. Quinze para as duas, essa é que é a hora."

"Está bem, Bill. Quinze para as duas. Eu só queria saber. Dá aqui essa pistola." Ergueu-a; sua mão estava firme como uma rocha. Meteu seis balas no centro do alvo. "Tenho direito a um prêmio."

"Pode levar o raio do prêmio e ir dando o fora", disse Bill. "Que é que você quer? Chocolate?"

"Não como chocolate."

"Um maço de Player's?"

"Não fumo."

"Então só resta escolher uma boneca ou um vaso de vidro."

"Uma boneca serve", disse o Garoto. "Vou levar aquela lá de cima, de cabelo castanho."

"Virou pai de família?", perguntou o homem, mas o Garoto não respondeu, passando rigidamente pelas outras barracas, com o cheiro de pólvora nos dedos, segurando a Mãe de Deus pelos cabelos. A água banhava os pilares da extremidade do molhe, água de um verde-escuro venenoso, salpicada de algas, e o vento salgado ardia-lhe nos lábios. Subiu a escada que levava ao terraço onde se servia chá e correu os olhos em redor. Quase todas as mesas estavam ocupadas. Entrou no abrigo envidraçado e, fazendo a volta, passou à longa e estreita sala de chá que dava para o Ocidente, empoleirada a quinze metros acima da maré, que baixava pouco a pouco. Havia uma mesa livre e ele sentou-se. Podia avistar dali toda a sala e a desbotada avenida, do outro lado da água.

"Vou esperar", disse à moça que veio atendê-lo. "Convidei uns amigos." A janela estava aberta e ele ouvia as ondas rasas baterem de encontro ao molhe, e a música da orquestra, distante e triste, carregada pelo vento na direção da praia. "Estão atrasados. Que horas são?", perguntou. Seus dedos puxavam distraidamente os cabelos da boneca, arrancando a lã castanha.

"Dez para as duas, mais ou menos", respondeu a moça.

"Todos os relógios deste molhe estão adiantados."

"Oh, Não! É a hora de Londres exata."

"Tome esta boneca", disse o Garoto. "Não me serve para nada. Ganhei num desses estandes de tiro. Não me serve para nada."

"É sério?", disse a moça.

"Tome, leve. Ponha na parede do seu quarto e reze." Atirou-lhe a boneca, observando a porta com impaciência. Estava tensamente controlado. O único sinal de nervosismo era um leve tique na face, sob a tênue penugem, no lugar onde costuma formar-se uma covinha. Esse ponto começou a pulsar com mais impaciência quando apareceu Cubitt acompanhado de Dallow, homem forte e musculoso, de nariz quebrado, com uma expressão de simplicidade brutal.

"Então?", disse o Garoto.

"Tudo bem", respondeu Cubitt.

"Onde está Spicer?"

"Vem vindo aí", respondeu Dallow. "Foi se lavar no toalete."

"Devia ter vindo direto para cá", disse o Garoto. "Vocês estão atrasados. Eu disse quinze para as duas em ponto."

"Não fique irritado", disse Cubitt. "Você não precisou fazer nada senão vir direto para cá."

"Tive de me arrumar", respondeu o Garoto. Fez um sinal à garçonete: "Peixe com batatinhas para quatro e um bule de chá. Ainda vem mais um".

"Spicer não vai querer peixe com batatinhas", disse Dallow. "Está sem apetite."

"Convém que ele tenha apetite", replicou o Garoto e, apoiando o rosto nas mãos, observou Spicer, que se aproximava muito pálido pela sala de chá e sentiu a raiva roer-lhe as entranhas como as ondas roíam os pilares lá embaixo. "São cinco para as duas", disse ele. "Está certo, não está? São cinco para as duas?", gritou para a garçonete.

"Demorou mais do que pensávamos", disse Spicer, deixando-se cair na cadeira, escuro, pálido, com a pele cheia de marcas. Olhou enojado para a posta de peixe pardacenta, ainda a chiar, que a moça deixou diante dele. "Não tenho fome. Não posso comer isso. Que é que vocês pensam que eu sou?" Todos os três, sem tocar no peixe, encararam o Garoto — como crianças diante daqueles olhos sem idade.

O Garoto derramou molho de anchovas nas suas rodelas de batata frita. "Come", disse ele. "Vamos, come." Dallow, de súbito, arreganhou os dentes. "Ele não tem apetite", disse, enchendo a boca de peixe. Todos falavam baixo, suas palavras se perdiam para as pessoas que os cercavam, no alarido formado pelo entrechocar de pratos, pelas vozes e pelo constante marulhar das ondas. Cubitt seguiu o exemplo do companheiro, debicando o seu peixe.

Somente Spicer não queria comer. Estava ali na sua cadeira, obstinado, grisalho e mareado.

"Me dá uma bebida, Pinkie", pediu ele. "Não posso engolir esse troço."

"Não senhor, hoje você não bebe", replicou o Garoto. "Vamos, coma."

Spicer levou um bocado de peixe à boca. "Se comer, vou sentir ânsia de vômito", disse ele.

"Vomite, então. Vomite se quiser." E, dirigindo-se a Dallow: "A coisa correu bem?".

"Uma beleza", disse Dallow. "Eu e Cubitt o acomodamos. Demos os cartões ao Spicer."

"Você os distribuiu como eu disse?", perguntou o Garoto.

"Claro que sim."

"Por toda a avenida?"

"Lógico. Não sei por que está tão preocupado com os cartões."

"Você não entende nada. Eles são um álibi, não vê?" Baixou a voz e cochichou por cima do peixe: "Provam que ele seguiu o programa. Mostram que ele morreu depois das duas". E, tornando a levantar a voz: "Escutem. Estão ouvindo?".

Muito longe, na cidade, soou o carrilhão de um relógio, seguido de duas pancadas.

"Imagine se já o encontraram", disse Spicer.

"Pior para nós, então", respondeu o Garoto.

"E aquela sujeita com quem ele estava?"

"Não tem importância. É uma prostituta, nada mais. Ele lhe deu uma nota de meia libra. Eu vi."

"Você cuida de tudo", disse Dallow com admiração. Encheu uma xícara de chá preto e serviu-se de cinco tabletes de açúcar.

"Eu cuido da parte que me toca", disse o Garoto. "Onde foi que você pôs os cartões?", perguntou a Spicer.

"Deixei um deles no Snow."

"Como, no Snow?"

"Ele tinha de comer, não é? Foi o que o jornal disse. Você me mandou seguir o programa do jornal. Pareceria esquisito que o homem não comesse, e ele sempre deixava um cartão nos lugares em que comia."

"Pareceria mais esquisito ainda", disse o Garoto, "se a garçonete desconfiasse da sua cara e fosse olhar o retrato dele no jornal logo depois que você saiu. Onde é que você pôs o cartão?"

"Debaixo da toalha da mesa. É o que ele sempre faz. Hão de ter sentado muitos outros fregueses diante daquela mesa depois de mim. A garçonete não vai perceber que não era ele. Não creio que encontre o cartão antes da noite, quando tirar a toalha. Talvez até seja outra que faça isso."

"Vá lá buscar aquele cartão", disse o Garoto. "Não quero facilitar."

"Eu é que não volto lá." A voz de Spicer alteou-se um pouco e, mais uma vez, todos os três encararam silenciosamente o Garoto.

"Vá você, Cubitt", disse este. "Talvez seja preferível que ele não apareça lá de novo."

"Eu não", disse Cubitt. "E se eles já encontraram o cartão e me virem procurando? É melhor nos arriscarmos e deixar as coisas como estão", insistiu, num cochicho.

"Fale com naturalidade, fale com naturalidade!", recomendou o Garoto. A garçonete aproximava-se da mesa.

"Os senhores querem mais alguma coisa?"

"Sim", disse o Garoto, "vamos tomar um sorvete."

"Desista, Pinkie!", protestou Dallow, quando ela se afastou. "Nós não queremos sorvete. Não somos um bando de maricas, Pinkie."

"Se você não quer sorvete, Dallow, vá buscar aquele cartão lá no Snow. Você é corajoso, não é?"

"Pensei que já tínhamos liquidado essa história", respondeu Dallow. "Já fiz bastante. Eu sou corajoso, você bem sabe, mas levei um baita susto... Menino, se eles o encontraram antes do tempo seria loucura ir ao Snow!"

"Não fale tão alto. Se ninguém mais quer ir, eu vou", disse o Garoto. "Eu vou. Não tenho medo. Mas às vezes me sinto enjoado de trabalhar com uma turma como vocês. Às vezes me parece que seria melhor estar sozinho." A tarde ia avançando por sobre o mar. "Kite era ótimo", disse ele, "mas Kite já morreu. Em que mesa você sentou?", perguntou a Spicer.

"Logo na entrada, à direita da porta. Uma mesa para um só, com flores."

"Que flores?"

"Sei lá que flores! Umas amarelas."

"Não vá, Pinkie", aconselhou Dallow. "É melhor não se meter nisso. Nunca se sabe o que pode acontecer." Mas o Garoto já estava de pé, avançando decidido pela longa e estreita sala empoleirada sobre o mar. Era impossível saber se ele tinha medo; seu rosto impassível, ao mesmo tempo moço e velho, não dizia nada.

No Snow, o afluxo de fregueses havia cessado e a mesa estava livre. O rádio zumbia um programa de música enfadonha, executada por um organista de cinema — uma volumosa *vox humana* vibrava por sobre o deserto de toalhas usadas, cobertas de manchas e migalhas: a boca molhada do mundo a lamentar a vida. A garçonete arrancava as toalhas das mesas assim que estas ficavam desocupadas e arrumava-as para o chá. Ninguém prestou a menor atenção no Garoto; as empregadas voltavam as costas quando ele olhava para elas. Enfiou a mão debaixo da toalha e não encontrou nada. De repente, a pequena chama de cólera maldosa tornou a acender-se no seu cérebro e ele bateu com um saleiro na mesa, tão violentamente que a base rachou. Uma garçonete destacou-se do grupo tagarela e dirigiu-se para ele, olhos frios e interesseiros, cabelos de um louro cinzento. "Que é?", disse ela, registrando com um olhar o terno surrado, o rosto excessivamente jovem.

"Quero ser atendido."

"Chegou muito tarde para o almoço."

"Não quero almoço, quero um chá com biscoitos."

"Quer fazer o favor de passar para uma das mesas que estão postas para o chá?"

"Não", disse o Garoto. "Esta mesa me agrada."

Ela tornou a afastar-se com um ar de superioridade e reprovação, e ele gritou-lhe às costas: "Vai atender o meu pedido?".

"A garçonete que serve essa mesa virá num minuto", disse ela, caminhando em direção às tagarelas que conversavam junto à porta de serviço. O Garoto mudou a posição da cadeira, o nervo da sua face repuxou e ele tornou a pôr a mão debaixo da toalha: era um gesto insignificante, mas que podia levá-lo à forca se fosse descoberto. Mas seus dedos não encontraram nada, e ele pensou em Spicer com raiva: "Um dia ele faz uma asneira que nos perde a todos, é melhor trabalharmos sem ele".

"Era chá que o senhor queria?" O Garoto ergueu abruptamente os olhos com a mão debaixo da toalha: uma dessas raparigas que se arrastam por aí, pensou, como se tivessem medo dos próprios passos; uma rapariga magra e pálida, mais moça do que ele.

"Já fiz o meu pedido", respondeu.

Ela desculpou-se com servilismo: "Houve tanto movimento! Além disso, é o meu primeiro dia. Foi este o único instante que arranjei para descansar. O senhor perdeu alguma coisa?".

Ele retirou a mão, observando-a com olhos perigosos e insensíveis. Tornou a ter aquele repuxo na face. Eram as pequenas coisas que traíam a gente. Não encontrava uma desculpa para estar com a mão sob a toalha. "Vou ter de mudar a toalha de novo para o chá, de modo que se o senhor perdeu alguma coisa...", prosseguiu ela, prestativa. Num abrir e fechar de olhos tirou da mesa a pimenta, o sal, a mostarda, os talheres, o molho, as flores amarelas, juntou os cantos da toalha e levantou-a de uma só vez, com migalhas e tudo.

"Não há nada aí, senhor", disse ela. Ele olhou para a mesa nua e disse: "Eu não tinha perdido nada". A garçonete começou a pôr uma toalha limpa para o chá. Parecia descobrir nele algo de simpático que a fazia conversar, algo em comum talvez — a mocidade, as roupas surradas e uma espécie de ignorância dos usos e costumes daquele elegante café. Ela já parecia ter esquecido a sua mão exploradora. Mas não iria lembrar-se, se alguém lhe fizesse perguntas? Ele desprezava sua tranquilidade, sua palidez, o desejo de agradar: seria também observadora, lembrar-se-ia das coisas? "Não adivinha", disse ela, "o que eu encontrei aqui há dez minutos, quando mudei a toalha."

"Sempre muda a toalha?", perguntou o Garoto.

"Ah! Não", respondeu a moça, pondo a mesa para o chá, "mas um freguês virou o copo e quando fui mudar a toalha estava aí um cartão de Kolley Kibber, que vale dez xelins. Foi um choque e tanto", disse ela, demorando-se ainda com a bandeja, cheia de gratidão, "e as outras não gostaram. É o segundo dia que trabalho aqui, sabe? Dizem que fui uma tola em não falar com o homem e reclamar o prêmio."

"Por que não o interpelou?"

"Porque não me veio à cabeça. Ele não se parecia nem um pouco com a fotografia."

"Quem sabe se o cartão não estava aí desde cedo?"

"Oh, não!", disse ela. "Não seria possível. Ele foi o primeiro homem que ocupou esta mesa."

"Bem", disse o Garoto, "isso não faz diferença. Você ficou com o cartão."

"Sim, fiquei com ele. Só que não me parece muito direito, sabe, isso de o homem ser tão diferente do retrato. Eu bem podia ter ganho o prêmio. Queria que visse como corri para a porta quando encontrei o cartão: não dormi no ponto!"

"E viu o homem?"

Ela balançou a cabeça negativamente.

"Com certeza", disse o Garoto, "não tinha olhado bem para ele. Do contrário conseguiria reconhecê-lo."

"Sempre olho bem para as pessoas... para os fregueses, quero dizer. É que sou nova, compreende? Estou um pouco assustada. Não quero fazer nada que desagrade. Oh!", exclamou consternada, "como, por exemplo, ficar aqui conversando, sem lhe trazer o seu chá!"

"Não faz mal", disse o Garoto, dirigindo-lhe um sorriso parado; não sabia usar com naturalidade os músculos do riso. "Você é o tipo de garota de que eu gosto..." As palavras não eram apropriadas; ele o notou logo e corrigiu-as: "Quero dizer, gosto de uma garota que seja cordial. Algumas aqui chegam a gelar a gente".

"Elas gelam a mim também."

"É que você é sensível, como eu." E acrescentou abruptamente: "Com certeza não reconheceria o homem do jornal se tornasse a encontrá-lo. Ele ainda pode andar por aí".

"Reconheceria, como não! Tenho boa memória para fisionomias."

O Garoto sentiu um repuxo na face. "Vejo que nós dois temos algo em comum. Devíamos nos encontrar uma noite dessas. Como é o seu nome?"

"Rose."

Ele pôs uma moeda em cima da mesa e levantou-se.

"Mas o seu chá?"

"Passei o tempo conversando e tinha um encontro às duas em ponto."

"Ora! Desculpe, sim?", disse Rose. "O senhor devia ter me feito calar."

"Não faz mal. Gostei da conversa. Em todo o caso, ainda são duas e dez pelo seu relógio. Quando é que sai do serviço, à noite?"

"Não fechamos antes das dez e meia, a não ser aos domingos."

"Aparecerei por aqui", disse o Garoto. "Você e eu temos coisas em comum."

3

Ida Arnold atravessou o Strand de forma violenta. Não podia perder tempo esperando pelas mudanças de sinal e não confiava nas balizas. Avançou por entre os radiadores de ônibus; os choferes pisaram no freio e arregalaram os olhos furiosos para ela, que lhes correspondeu arreganhando os dentes num vasto sorriso. Estava sempre um pouco corada quando o relógio batia as onze e ela chegava ao Henekey, como que vinda de alguma aventura que tivesse aumentado sua autoestima. Não fora, contudo, a primeira a chegar. "Olá, meu velho fantasma!", disse ela, e o homem magro e sombrio, de preto e usando chapéu-coco, que estava sentado diante de um barril de vinho, respondeu: "Ora, desista disso, Ida, desista!".

"Está de luto por você mesmo?", perguntou Ida, arranjando melhor o chapéu na cabeça diante de um espelho com um anúncio do uísque White Horse. Não aparentava nem um dia a mais que quarenta anos.

"Minha mulher morreu. Toma uma Guinness, Ida?"

"Sim, aceito uma Guinness. Nem sabia que você tinha mulher..."

"Nós não sabemos muita coisa um do outro, essa é que é a verdade, Ida. Pois eu nem sei como você vive, quantos maridos teve!"

"Oh! Só houve um Tom."

"Não, na *sua* vida houve mais de um Tom."

"Você deve saber", volveu Ida.

"Tragam um cálice de Ruby!", pediu o homem sombrio. "Estava justamente pensando quando você entrou, Ida: por que não ficamos juntos de novo?"

"Você e Tom sempre querem recomeçar. Por que não tratam de segurar uma mulher enquanto a têm?"

"Com o dinheirinho que eu tenho e o seu..."

"Gosto de começar coisas novas", disse Ida, "não de largar o novo para voltar ao velho."

"Mas você tem bom coração, Ida."

"Isso é o que você diz", respondeu Ida, e das escuras profundezas da sua cerveja a bondade piscou-lhe o olho, um pouco astuta, um pouco terrena e gozadora. "Você aposta dinheiro nas corridas?", perguntou.

"Não acredito em apostas. É um jogo para os trouxas."

"Isso mesmo. Um jogo para os trouxas. A gente nunca sabe se vai ganhar ou perder. Gosto disso", volveu Ida apaixonadamente, olhando o seu magro e pálido companheiro, do outro lado do barril de vinho, mais corada do que nunca, mais moça, mais rica de bondade. "Black Boy", disse ela docemente.

"Hein, que é isso?", retrucou vivamente o fantasma, lançando um olhar furtivo para o seu rosto refletido no espelho com o anúncio do White Horse.

"É o nome de um cavalo, nada mais. Um camarada me deu esse palpite em Brighton. Será possível que eu torne a encontrá-lo nas corridas? Perdemo-nos de vista por lá. Gostei dele. Dizia as coisas mais imprevistas. Por sinal fiquei devendo dinheiro a ele."

"Você leu a notícia sobre o tal Kolley Kibber em Brighton, no outro dia?"

"Foi encontrado morto, não? Vi num jornal."

"Fizeram inquérito judicial."

"Ele se matou?"

"Qual nada. Apenas o coração. Foi o coração que deu cabo dele. Mas o jornal pagou o prêmio ao homem que o encontrou. Dez guinéus", disse o fantasma, "por descobrir um cadáver." Estendeu com amargura o jornal sobre o barril de vinho. "Tragam mais um Ruby."

"Como!", exclamou Ida. "Esse é o retrato do homem que o encontrou? O sujeitinho! Por isso é que eu não o vi mais! Não admira que ele não quisesse o dinheiro de volta."

"Não, não, esse não é ele", disse o fantasma. "Esse é Kolley Kibber." Tirou um pequeno palito de um embrulho de papel e começou palitar os dentes.

"Oh!", exclamou Ida. Foi como se recebesse uma pancada. "Então ele não estava tentando me enganar, estava doente mesmo!" Lembrou-se de como a sua mão tremia no táxi e de como ele lhe implorara que não o deixasse, como se soubesse que ia morrer antes de Ida voltar. "Era um cavalheiro", disse com doçura. Ele devia ter caído junto à catraca, logo que Ida voltara as costas; ela havia descido ao lavatório ignorando tudo. Sentiu que as lágrimas lhe subiam aos olhos, ali no Henekey, e reviu mentalmente aqueles degraus brancos e polidos que conduziam ao lavatório, como se eles fossem as lentas etapas de uma tragédia.

"Bem, bem", disse o fantasma com melancolia, "todos nós temos de morrer."

"Sim", tornou Ida, "mas ele tinha tão pouca vontade de morrer quanto eu." Pôs-se a ler e logo em seguida exclamou: "Por que será que ele foi tão longe naquele calor?" Porque ele não tinha caído junto à catraca. Tornara a trilhar todo o caminho por onde tinham vindo, sentara-se debaixo de um abrigo...

"Tinha o seu trabalho..."

"Ele não me falou em trabalho. Ele me disse: 'Estarei aqui. Vou ficar aqui mesmo, junto desta catraca'. Disse: 'Ande depressa, Ida. Eu a esperarei aqui mesmo'." E ao repetir as palavras dele sentiu que uma hora ou duas mais tarde, quando tudo tivesse esclarecido, precisaria chorar um pouco a morte daquele aterrado e apaixonado magricela que se chamava...

"Como!", exclamou. "Que é que eles querem dizer com isso? Leia aqui."

"Que é isso?", perguntou o homem.

"Cadelas! Por que foram contar semelhante mentira?"

"Que mentira? Tome mais uma Guinness. Para que se preocupar com isso?"

"Aceito", disse Ida, mas depois de tomar um longo gole voltou à leitura do jornal. Tinha os seus instintos e eles lhe diziam que havia algo de esquisito ali, algo que não cheirava bem. "Essas garotas que ele convidou para almoçar dizem que um homem se aproximou deles e o chamou de Fred, e ele respondeu que não era Fred e não conhecia o homem."

"Que tem isso? Olhe, Ida, vamos ao cinema."

"Mas ele *era* Fred. Ele me disse que o seu nome era Fred."

"Era Charles. Está escrito aí. Charles Hale."

"Isso não significa nada. Um homem sempre usa um nome diferente para os estranhos. Quer me dizer, por acaso, que o seu verdadeiro nome é Clarence? Além disso, um homem não pode inventar um nome diferente para cada mulher. Ia fazer confusão. Você bem sabe que sempre insiste em se chamar Clarence. Não há muita coisa que eu ignore sobre os homens."

"Isso não quer dizer nada. Pode ler como a coisa aconteceu. Elas apenas se referiram ao incidente. Ninguém deu importância a isso."

"Ninguém deu importância a nada", respondeu Ida com tristeza. "É como diz aqui. Não houve ninguém que se preocupasse com o que aconteceu. 'O juiz indagou se estava presente algum parente do falecido, e as testemunhas da polícia declararam que só tinham podido descobrir um primo de segundo grau, residente em Middlesbrough.' Uma criatura tão solitária! Ninguém estava lá para fazer perguntas."

"Eu sei o que é a solidão, Ida", disse o homem sombrio. "Já faz um mês que vivo sozinho."

Ela não lhe deu atenção. Seu espírito tinha voltado a Brighton, na segunda-feira de Pentecostes. Pensava que enquanto ela esperava junto à catraca ele devia estar morrendo, caminhando pelo passeio na direção de Hove, morrendo, e o drama barato e patético contido nessa ideia lhe amolecia o coração. Ida era do povo, chorava ao ver *David Copperfield* no cinema; quando bebia, todas as baladas que sua mãe costumava cantar outrora vinham-lhe com facilidade aos lábios, seu coração doméstico sentia-se tocado pela palavra *tragédia*. "O primo de segundo grau, de Middlesbrough, faz-se representar por um advogado. Que quer dizer isso?"

"Acho que se esse Kolley Kibber não deixou testamento e o primo vai receber todo o dinheiro. Não gostaria que se falasse em suicídio por causa do seguro de vida."

"Ele não perguntou nada."

"Não havia necessidade. Ninguém insinuou que o homem tivesse se matado."

"Talvez tenha mesmo", disse Ida. "Havia nele qualquer coisa de esquisito. Eu gostaria de fazer umas perguntas."

"A respeito de quê? A coisa é bastante clara."

Um homem de bombacha e gravata listrada aproximou-se do balcão.

"Oi, Ida."

"Oi, Harry", respondeu ela tristemente, com os olhos fitos no jornal.

"Aceita uma bebida?"

"Já tenho uma, obrigada."

"Termina essa e toma outra."

"Não, não quero mais, obrigada", disse ela. "Se eu estivesse lá..."

"Que utilidade teria isso?", disse o homem sombrio.

"Podia ter feito perguntas."

"Perguntas, perguntas!", volveu ele com irritação. "Você continua a falar em perguntas. Não imagino a respeito de quê."

"Pois se ele disse que não era Fred!"

"Não era Fred, era Charles."

"Isso não é natural." Quanto mais pensava no assunto, mais desejava ter estado lá: era como uma pontada no coração o pensamento de que ninguém se mostrara interessado durante o inquérito, que o primo de segundo grau tinha ficado em Middlesbrough, o advogado não fizera perguntas e o próprio jornal em que Fred trabalhava não lhe dedicara mais de meia coluna. Na primeira página vinha outra fotografia: o novo Kolley Kibber, que estaria em Bournemouth no dia seguinte. "Bem podiam ter esperado uma semana", pensou ela, "como sinal de respeito."

"Eu teria perguntado por que motivo ele me deixou plantada lá, para ir caminhar no passeio com aquele sol."

"Tinha que fazer o serviço. Precisava distribuir aqueles cartões."

"Por que me disse então que ia esperar?"

"Ah!", disse o homem sombrio, "seria preciso perguntar isso a *ele!*" E ao ouvir essas palavras tinha-se a impressão de que ele *estava* realmente tentando responder-lhe, responder-lhe na espécie de hieróglifos que ela entendia, aquela dor obscura que falava nos nervos de Ida, do único modo pelo qual um fantasma pode falar. Ida acreditava em fantasmas.

"Ele diria muita coisa se pudesse", tornou Ida. Apanhou de novo o jornal e leu devagar. "Ele cumpriu a sua obrigação até o fim", observou com ternura. Gostava dos homens que cumprem as suas obrigações: havia nisso uma espécie de vitalidade. Fred havia deixado os seus cartões ao longo de todo o passeio, e esses cartões tinham sido devolvidos à redação: debaixo de um bote, num cesto de papéis, num baldezinho de criança. Só lhe restavam alguns poucos quando "mr. Alfred Jefferson, de profissão chefe de escritório, em Clapham", o tinha encontrado. "Se ele se matou", disse Ida (era ela o único advogado a representar o morto), "cumpriu primeiro a sua obrigação."

"Mas não se matou", objetou Clarence. "Basta ler o que diz aí. Os médicos o abriram e dizem que ele teve morte natural."

"É esquisito. Ele deixou um cartão num restaurante. Sei que ele estava com fome. A todo instante falava em ir comer, mas que será que o fez ir embora assim sozinho e me deixar esperando? Parece coisa de louco."

"Acho que ele mudou de ideia a seu respeito, Ida."

"Isso não me agrada. Parece esquisito. Quem me dera ter estado lá! Faria umas perguntas."

"Que tal se fôssemos agora ao cinema, Ida?"

"Não estou com disposição para ir ao cinema. Não é todo dia que a gente perde um amigo. E você também não devia pensar em ir ao cinema, depois de perder sua mulher há tão pouco tempo."

"Já faz um mês que ela faleceu", disse Clarence. "Não se pode esperar que uma pessoa fique de luto a vida inteira."

"Um mês não é muito tempo", disse Ida tristemente, meditando com os olhos no jornal. "Um dia", dizia consigo, "é quanto faz que ele morreu, e aposto que ninguém pensa nele a não ser eu: uma desconhecida a quem convidou para um trago e uns carinhos", e o patético comum da situação tocou-lhe de novo o coração terno e popular. Não teria mais pensado naquilo se houvesse outros parentes além do primo de segundo grau de Middlesbrough, se ele não estivesse tão sozinho, além de morto. Mas havia ali, realmente, algo que não lhe cheirava bem, embora não houvesse nada de concreto a não ser aquele "Fred" — e todo o mundo responderia a mesma coisa: "Ele não era Fred. Basta ler o jornal. Charles Hale".

"Não devia se preocupar com essa história, Ida. Você não tem nada com isso."

"Eu sei. *Eu* não tenho nada", disse ela. Mas ninguém mais tinha, respondeu-lhe o seu coração. Aí é que estava o mal: ninguém, senão ela, para indagar coisas. Conhecia uma mulher que tinha visto o marido, depois de morto, diante do rádio, tentando girar o botão da sintonia, ele fez o que ele queria, a visão desapareceu e, ato contínuo, a mulher ouviu um locutor dizer, na emissora regional dos Midlands: "Aviso de temporal na Mancha". A mulher estava pensando em fazer uma excursão no domingo a Calais. Isso mostrava que a gente não deve zombar das histórias de fantasmas. E, se Fred queria revelar alguma coisa a alguém, não seria ao seu primo de segundo grau de Middlesbrough que se dirigiria: por que não a ela mesma? Deixara-a esperando junto à catraca durante quase meia hora: talvez quisesse dizer-lhe o motivo. "Ele era um cavalheiro", disse Ida em voz alta, e pôs o chapéu de lado com um gesto atrevido e resoluto, alisou os cabelos e levantou-se do seu banco diante do barril de vinho. "Tenho de ir andando. Adeusinho, Clarence."

"Aonde vai? Nunca vi você com tanta pressa, Ida", queixou-se ele amargamente sobre a Guinness.

Ida pôs o dedo no jornal. "Alguém deve aparecer *lá*, ainda que os primos de segundo grau não apareçam."

"Ele não está preocupado com quem vai enterrá-lo."

"Isso ninguém sabe", respondeu Ida, lembrando-se do fantasma junto ao rádio. "É uma mostra de respeito. Depois... eu *gosto* de enterros."

Mas ele não estava sendo enterrado no brilhante e florido arrabalde novo em que havia morado. Não se adotava ali o anti-higiênico costume de sepultar os mortos. Duas torres de tijolo nu, como as de um palácio municipal da Escandinávia, galerias com pequenas placas ao longo das paredes, semelhantes aos memoriais de guerra nas escolas, uma fria e nua capela secular, capaz de ser adaptada com discrição e rapidez a qualquer credo; nada de cemitérios, flores de cera, modestos potes de flores silvestres a fenecer. Ida chegou um pouco tarde. Hesitando um momento diante da porta, com receio de que a casa estivesse cheia de amigos de Fred, pareceu-lhe que alguém tinha sintonizado o *Programa Nacional*. Conhecia aquela voz culta e inexpressiva, mas quando abriu a porta não foi uma máquina, e sim um homem que ela avistou em pé, de batina preta, dizendo "Céu". Não havia ali ninguém senão uma proprietária da casa, uma criada que tinha deixado lá fora o carrinho de criança e dois homens cochichando com impaciência.

"A nossa crença no céu", prosseguiu o pastor, "não é modificada pela nossa descrença no velho inferno medieval. Nós cremos", disse ele, lançando um rápido olhar ao longo do liso e polido plano inclinado, em direção à porta estilo *art nouveau*, através da qual o esquife seria lançado às chamas, "nós cremos que este nosso irmão já está unificado com o Uno." Marcava as palavras, como se fossem rodelinhas de manteiga, com o seu sinete particular. "Ele alcançou a unidade. Ignoramos o que seja esse Uno com quem (ou com que) ele está unificado agora. Não conservamos as velhas crenças medievais em mares refulgentes e coroas de ouro. A verdade é beleza, e para nós, geração amante da verdade, há uma beleza maior na certeza de que o nosso irmão se acha neste momento reabsorvido no espírito universal." Tocou num pequeno botão, os batentes da porta *art nouveau* abriram-se, as chamas crepitaram e o ataúde deslizou com suavidade para dentro do mar de fogo. Os batentes tornaram a cerrar-se, a ama-seca se levantou e tomou o caminho da porta, e o pastor sorriu docemente por trás do plano inclinado, como um prestidigitador que acaba de fazer sair sem dificuldade, de dentro de um chapéu, o seu noningentésimo quadragésimo coelho.

Estava terminado. Ida espremeu com dificuldade uma última lágrima num lenço perfumado com *california poppy*. Gostava de funerais, mas com horror, como outras pessoas gostam de histórias de fantasmas. A morte a chocava: a vida era tão importante! Não era religiosa. Não acreditava no céu nem no inferno, só em fantasmas, tabuleiros para receber mensagens mediúnicas, mesas que transmitiam palavras por meio de pancadas e vozinhas ineptas e queixosas que falam de flores. Os papistas podiam tratar a morte com frivolidade: a vida talvez não fosse tão importante para eles como o que vem depois; mas para Ida a morte era o fim de todas as coisas. Estar unificado com o Uno não significava coisa alguma em comparação com um copo de Guinness num dia de sol. Acreditava em fantasmas, mas não se podia chamar vida eterna a essa tênue e transparente existência: o ranger de um tabuleiro, um pedaço de ectoplasma num armário de vidro, na sede da Sociedade de Investigações Psíquicas, uma voz que ela ouvira certa vez numa sessão, dizendo: "Tudo é esplêndido no plano superior. Há flores por toda a parte".

"Flores!", pensava Ida com desdém. Isso não era a vida. A vida era a luz do sol a refulgir nos enfeites de latão da cama, um cálice de vinho do Porto rubro, o pulo que dá o coração quando o azarão em que você apostou cruza a linha de chegada e as bandeiras começam a subir tremulando. A vida eram os pobres lábios de Fred colados aos seus, no táxi, vibrando com a trepidação do motor ao longo da avenida. De que valia morrer para depois vir dizer tolices sobre flores? Fred não queria flores, ele queria... E a gostosa tristeza que Ida sentira no Henekey voltou mais uma vez. Considerava a vida com profunda seriedade: estava disposta a causar as maiores infelicidades a alguém para defender a única coisa em que acreditava. Perder o amigo... "os corações partidos sempre acabam sarando", dizia ela; ficar aleijado ou cego... "uma pessoa deve considerar-se feliz por estar viva", comentava. Havia algo de perigoso e implacável no seu otimismo, quer estivesse rindo no Henekey, quer derramando lágrimas num enterro ou num casamento.

Saiu do crematório e viu desprender-se das altas torres os derradeiros vestígios de Fred, num tênue fio de fumo vindo dos fornos. As pessoas que passavam pela florida rua suburbana alçavam o olhar e notavam a fumaça; os fornos crematórios tinham tido bastante que fazer naquele dia. Fred desceu e pousou, cinza impalpável, sobre as flores vermelhas: tornou-se parte da fumaça que infesta Londres, e Ida chorou.

Mas, enquanto chorava, uma resolução germinava; foi crescendo durante todo o caminho até as linhas de bonde que a conduziriam ao seu território familiar, os bares, os anúncios luminosos e os teatros de variedades. O que faz o homem são os lugares em que vive, e o cérebro de Ida funcionava com a simplicidade e a regularidade de um sinal luminoso. O copo eternamente inclinado, a roda que nunca cessava de girar, a simples pergunta a acender-se e a apagar-se: "Você usa Forhams para as gengivas?". "Eu faria o mesmo por Tom", pensou ela, "por Clarence, esse velho fantasma tapeador do Henekey, por Harry. É o mínimo que se pode fazer por alguém... perguntar coisas em inquéritos, perguntar coisas em sessões." Alguém fizera a infelicidade de Fred, e esse alguém tinha de se arrepender. Olho por olho. Quem acreditava em Deus podia deixar a vingança por conta dele, mas não era possível confiar no Uno, no espírito universal. A vingança pertencia a Ida, do mesmo modo que a recompensa pertencia a Ida, a boca macia e sôfrega nos táxis, o cálido aperto de mão nos cinemas, a única recompensa que existia. E tanto a vingança como a recompensa eram divertidas.

O bonde zunia e espalhava faíscas, correndo pelo Embankment. Se fora uma mulher que tinha tornado Fred infeliz, ela lhe diria o que pensava. Se Fred havia se matado, ela descobriria, os jornais publicariam a notícia e alguém sofreria. Ida ia começar pelo princípio e levar a sua obra até o fim. Era uma mulher persistente.

O primeiro passo (durante o serviço fúnebre ela conservara o jornal na mão) era Molly Pink, "de profissão secretária particular", empregada da firma Carter & Galloway.

Ida subiu da estação de Charing Cross para a claridade ardente e ventosa do Strand; numa sala superior do edifício Stanley Gibbons um homem com um longo e grisalho bigode eduardiano estava sentado diante de uma janela, examinando um selo com uma lente; um carro de carga, cheio de barris, passou pesadamente. Os repuxos brincavam em Trafalgar Square, flor fresca e translúcida a desabrochar e a despencar-se nas bacias encardidas e fuliginosas. "Isto vai custar dinheiro", repetia Ida, para si mesma, "a gente sempre tem despesas quando quer descobrir a verdade."

E avançou vagarosamente pela St. Martin's Lane, fazendo cálculos, enquanto, por baixo da melancolia e da resolução, o sangue lhe pulsava célere nas veias, ao compasso do estribilho: isto é viver, é emocionante, é divertido. Em Seven Dials os negros faziam ponto diante das portas dos bares, muito elegantes, com velhas gravatas escolares na lapela. Ida reconheceu um deles e parou para trocar algumas palavras. "Como vão os negócios, Joe?" Os grandes dentes brancos acenderam-se como uma série de luzes na escuridão, por cima da vistosa camisa listrada. "Ótimo, Ida, ótimo!"

"E a febre do feno?"

"Medonha, Ida, medonha!"

"Adeusinho, Joe."

"Adeusinho, Ida."

Tinha-se de andar quinze minutos para ir dali ao escritório de Carter & Galloway, que ficava no último andar de um alto edifício das cercanias de Gray's Inn. Ida precisava economizar: não quis nem sequer tomar um ônibus e, quando chegou ao poeirento e antiquado edifício, descobriu que ele não tinha elevador. Sentiu um cansaço ao pensar em todos aqueles lances de escada de pedra. Passara o dia em atividade e só tinha comido um bolinho na estação. Sentou-se num peitoril de janela e tirou os sapatos. Ardiam-lhe os pés e ela pôs-se a esfregar os dedos. Um velho vinha descendo a escada. Usava bigode comprido e tinha um ar debochado e um olhar depravado e oblíquo. Vestia paletó xadrez, colete amarelo, com um chapéu-coco de cor cinzenta na cabeça. Tirou o chapéu. "Está em dificuldades, minha senhora?", perguntou, examinando Ida com os olhos meio turvos. "Posso ajudá-la?"

"Não permito que ninguém me coce os dedos dos pés", respondeu Ida.

"Ah, ah! Uma pessoa espirituosa, como eu as aprecio. Está subindo ou descendo?"

"Subindo. Até o último andar."

"Carter & Galloway. Boa firma. Diga que eu a mandei."

"Como é o seu nome?"

"Moyne. Charlie Moyne. Creio que já a encontrei aqui."

"Nunca."

"Em alguma outra parte. Nunca esqueço um belo tipo de mulher. Diga que Moyne a mandou. Eles lhe darão condições especiais."

"Por que não põem elevador neste lugar?"

"Gente antiquada. Eu também sou. Devo tê-la encontrado em Epsom."

"É possível."

"Conheço logo uma mulher esportiva. Eu a convidaria para partilhar comigo uma garrafa de champanhe no bar da esquina se esses miseráveis não me tivessem arrancado a última nota de cinco que eu trazia no bolso. Gostaria de jogar numa dupla, mas primeiro tenho de ir em casa. A cotação pode cair enquanto isso. Não poderia emprestar-me, por acaso, duas libras? Charlie Moyne." Os olhos injetados de sangue observaram-na sem esperança, um pouco distantes e despreocupados. Os botões do colete amarelo moviam-se sob as pancadas violentas do velho coração.

"Tome", disse Ida, "pode levar uma libra. Agora desapareça."

"Muita gentileza sua. Dê-me o seu cartão. Hoje de noite lhe mandarei um cheque pelo correio."

"Não tenho cartão."

"Eu também me esqueci de trazer os meus. Não faz mal. Charlie Moyne, aos cuidados de Carter & Galloway. Todos me conhecem aqui."

"Está certo", disse Ida. "Até a vista. Vou subir."

"Apoie-se no meu braço." Ajudou-a a levantar-se. "Diga a eles que Moyne a mandou. Condições especiais." Na curva da escada, Ida virou-se para trás. Ele estava metendo a nota de uma libra no bolso do colete, alisando o bigode, ainda dourado nas pontas, como os dedos de um fumante, pondo o chapéu-coco de lado. "Pobre velhote, não esperava conseguir esse dinheiro!", pensou Ida, vendo-o descer a escada com sua elegante e velha desesperança.

Não havia mais que duas portas no último andar. Ela abriu a que tinha o letreiro "Informações" e deu de cara com uma jovem que indubitavelmente era Molly Pink. Numa pequena sala, pouco maior do que um depósito de utensílios de limpeza, Molly estava sentada diante de um bico de gás, chupando uma bala. Ida foi acolhida por um silvo da chaleira que aquecia sobre o bico de gás. O rosto intumescido da moça, com a pele cheia de marcas, encarou-a com os olhos arregalados sem dizer uma palavra.

"Com licença", disse Ida.

"Os patrões saíram."

"Vim para falar com *você.*"

A boca abriu-se um pouco, a bala moveu-se na ponta da língua, a chaleira sibilou.

"Comigo?"

"Sim. Tome cuidado, a chaleira vai derramar. Você é Molly Pink, não é?"

"Aceita uma xícara?" A sala tinha as paredes forradas de arquivos, do assoalho até o teto. Uma janelinha revelava, pelo pó acumulado durante muitos anos, outro edifício coletivo com a mesma disposição de janelas, e também encardido de pó, a encarar o seu parceiro como um reflexo. Uma mosca morta pendia duma teia de aranha.

"Não gosto de chá", disse Ida.

"Ainda bem, porque eu só tenho uma xícara!", riu a moça, enchendo um bule marrom opaco de bico rachado.

"Um amigo meu, chamado Moyne...", começou Ida.

"Ah, Esse!", disse Molly. "Acabamos de pô-lo na rua." Um exemplar da revista *Woman and Beauty* estava aberto diante dela, encostado à máquina de escrever, e os olhos de Molly se voltavam constantemente para a revista.

"Pô-lo na rua?"

"Na rua. Ele veio falar com os patrões. Tentou me levar na conversa."

"Falou com eles?"

"Os patrões saíram. Aceita uma bala?"

"Isso engorda", disse Ida.

"Para compensar, eu não como nada de manhã."

Por cima da cabeça de Molly, Ida podia ler os nomes dos arquivos: "Aluguéis de 1-6, Mud Lane", "Aluguéis da Vila Wainage, Balham", "Aluguéis de...". Rodeava-os o orgulho da posse, da propriedade...

"Vim aqui", disse Ida, "porque você falou com um amigo meu."

"Sente-se. Essa é a cadeira dos clientes. Meu trabalho é conversar com eles. Mr. Moyne não é um amigo."

"Não se trata de Moyne. Um homem chamado Hale."

"Não quero saber mais dessa história. Queria que a senhora visse a fúria dos patrões. Tive de pedir um dia de folga para o inquérito. No outro dia cheguei horas atrasada."

"Só quero saber o que aconteceu."

"O que aconteceu? Os patrões são horríveis quando estão zangados."

"Eu me refiro a Fred... a Hale."

"Não era, a bem dizer, meu conhecido."

"Aquele homem que, segundo você disse no inquérito, apareceu..."

"Não era um homem, era simplesmente um menino. Ele conhecia mr. Hale."

"Mas o jornal disse..."

"Sim, mr. Hale *disse* que não o conhecia. Foi só o que eu contei aos repórteres, porque não me perguntaram nada. Só quiseram saber se eu tinha notado qualquer coisa de estranho no jeito dele.

De estranho, propriamente, não havia nada. Ele estava apenas com medo. Vemos muita gente assim neste escritório."

"Mas não falou disso a eles?"

"Isso não tem nada de extraordinário. Percebi logo o que havia. Ele devia dinheiro ao garoto. Nós vemos muita gente assim. Como Charlie Moyne, por exemplo."

"Então ele estava assustado? Pobre Fred!"

"'Eu não sou Fred', disse ele, num tom ríspido. Mas eu compreendi tudo. Minha amiga também."

"Que jeito tinha o rapaz?"

"Ora, um rapaz como os outros."

"Alto?"

"Não muito."

"Louro?"

"Não me lembro bem."

"Que idade tinha?"

"Mais ou menos a minha, acho eu."

"E qual é a sua?"

"Dezoito", disse Molly, olhando firme e com ar de desafio por cima da chaleira fumegante e da máquina de escrever, chupando uma bala.

"Ele pediu dinheiro?"

"Não teve tempo para isso."

"Você não reparou em mais nada?"

"Ele estava muito ansioso para que eu o acompanhasse. Mas eu não podia deixar a minha amiga sozinha."

"Muito obrigada", disse Ida. "Fiquei sabendo alguma coisa."

"A senhora é detetive?"

"Oh, não, era apenas amiga dele."

Havia, realmente, algo de suspeito: estava convencida disso agora. Lembrou-se mais uma vez de como ele estava assustado no táxi e, descendo o Holborn sob o sol da tardinha, rumo à sua casa, que ficava atrás de Russel Square, tornou a pensar no gesto de Hale quando lhe entregara a nota de dez xelins, antes de ela descer para o lavatório das senhoras. Era um autêntico cavalheiro. Talvez fossem os seus últimos xelins — e aquela gente, aquele garoto, a persegui-lo com exigências de dinheiro! Quem sabe se ele não era outra criatura falida como Charlie Moyne? E, agora que a lembrança da sua fisionomia começava a ficar indistinta, emprestava-lhe instintivamente alguns traços de Moyne — pelo menos os olhos injetados. Cavalheiros esportivos, cavalheiros generosos, cavalheiros autênticos. Os cantos despegados dos anúncios comerciais pendiam no saguão do Imperial, o sol iluminava horizontalmente os plátanos e uma sineta badalava sem cessar, chamando para o chá numa pensão de Coram Street.

"Vou experimentar o tabuleiro", pensou Ida, "e então ficarei sabendo."

Ao entrar viu um postal na mesa do vestíbulo, com uma fotografia do molhe de Brighton. "Se eu fosse supersticiosa", pensou ela, "se eu fosse supersticiosa..." Virou o cartão. Era apenas de Phil Corkery, convidando-a para ir até lá. Recebia esses cartões todos os anos, de Eastbourne, Hastings, e uma vez de Aberywith. Nunca ia, porém. Phil Corkery não era uma pessoa a quem desejasse encorajar. Sossegado demais. Não era o que ela chamava um homem.

Dirigiu-se para a escada do porão e chamou o velho Crowe. Necessitava de quatro mãos para movimentar o tabuleiro e sabia que isso daria prazer ao velho. "Velho Crowe!", gritou, espreitando o fundo dos degraus de pedra. "Velho Crowe!"

"Que é, Ida?"

"Vou trabalhar com o tabuleiro."

Sem esperar por ele, subiu para o seu quarto e sala a fim de preparar-se. O cômodo dava para leste e o sol já se escondera. Estava escuro e frio ali. Ida acendeu o gás e correu as velhas cortinas de veludo escarlate para esconder o céu cinzento e as chaminés. Alisou a cama-divã e aproximou duas cadeiras da mesa. Sua vida a contemplava de dentro de um armário de vidro — uma boa vida: louças compradas nas praias, uma fotografia de Tom, um Edgar Wallace, uma Netta Syrett proveniente de um brique, algumas músicas, *Os bons companheiros*, o retrato de sua mãe, mais louças, alguns animais articulados, feitos de madeira e elástico, bibelôs com que a tinham presenteado várias pessoas, *Sorrell and Son*, e a prancheta.

Tirou-o do armário com jeito e fechou-o à chave. Aquele pedaço oval de madeira chata e polida, munido de rodas pequeninas, parecia-se com algum inseto saído de um armário, numa cozinha de subsolo. Na verdade, foi o velho Crowe que o fez. Bateu suavemente na porta, introduziu-se de lado pela fresta estreita, com os seus cabelos brancos, a cara cinzenta, olhos míopes como os desses pôneis que trabalham nas minas, pestanejando para o globo nu da lâmpada de leitura. Ida cobriu a luz com uma mantilha de renda cor-de-rosa, obscurecendo-a para ele.

"Tem alguma coisa que perguntar, Ida?", disse o velho Crowe, estremecendo de leve, atemorizado e fascinado. Ida fez ponta num lápis e inseriu-o na proa da prancheta.

"Sente-se, velho Crowe. Que esteve fazendo durante todo o dia?"

"Houve um enterro no 27. Um daqueles estudantes indianos."

"Eu também estive num enterro. O seu estava bom?"

"Já não há bons enterros hoje em dia. Não se veem mais plumas." Ida deu um pequeno impulso ao tabuleiro, que deslizou lateralmente sobre a mesa polida, parecendo-se mais do que nunca com um escaravelho. "O lápis está muito comprido", disse o velho Crowe. Sentado, com as mãos apertadas entre os joelhos, inclinava-se para a frente a fim de observar o tabuleiro. Ida ajustou melhor o lápis, empurrando-o um pouco mais para cima. "Passado ou futuro?", disse o velho Crowe, arfando um pouco.

"Hoje quero entrar em comunicação", respondeu Ida.

"Morto ou vivo?"

"Morto. Vi-o arder esta tarde. Cremado. Ande, velho Crowe, ponha os dedos em cima."

"É bom tirar os seus anéis. O ouro atrapalha."

Ida tirou os anéis e pousou a ponta dos dedos na prancheta, que fugiu dela, rangendo sobre a folha de papel almaço. "Ande, velho Crowe."

O velho deu uma risadinha. "Isso é pecado", disse, encostando os dedos ossudos bem na beira da prancheta e tamborilando com eles nervosamente. "Que é que você vai perguntar, Ida?"

"Você está aí, Fred?", perguntou Ida.

A prancheta fugiu rangendo sob os dedos de ambos, traçando longas linhas no papel, ora num sentido, ora noutro. "Ela tem uma vontade própria", disse Ida.

"Silêncio!", disse o velho Crowe.

A prancheta empinou-se um pouco na roda traseira e parou. "Podíamos olhar agora", disse Ida. Afastou para o lado a prancheta e os dois consideraram juntos os traços enredados.

"Isto aqui pode ser um Y", disse Ida.

"Também pode ser um N."

"Seja como for, há qualquer coisa aí. Vamos experimentar de novo." Pousou os dedos firmemente na prancheta: "Que foi que lhe aconteceu, Fred?", e imediatamente a prancheta deslizou. Toda a sua vontade indomável estava concentrada nos dedos: não se deixaria lograr dessa vez. No outro lado da mesinha o velho Crowe franzia a cara cinzenta num esforço de concentração.

"Está escrevendo... Letras de verdade!", exclamou Ida triunfante e, ao afrouxar por um instante a pressão dos dedos, sentiu a prancheta deslizar firmemente, como se estivesse mandando outro recado.

"Silêncio!", disse o velho Crowe, mas a prancheta empinou-se e parou. Afastaram-na e leram uma palavra inconfundível, em letras grandes e finas, porém não uma palavra conhecida: "SUKILL".

"Parece um nome", disse o velho Crowe.

"Deve significar alguma coisa", tornou Ida. "O tabuleiro sempre diz alguma coisa. Vamos tentar outra vez." E novamente o pequeno besouro de madeira disparou, desenhando o seu rastro tortuoso. A lâmpada ardia com uma luz vermelha sob a mantilha, e o velho Crowe assobiava entre os dentes. "Vejamos agora", disse Ida, erguendo o tabuleiro. Uma longa palavra irregular atravessava diagonalmente a folha de papel: "FRESUICILLEYE".

"Bem", disse o velho Crowe, "é uma palavra e tanto. Mas daí não se aproveita nada, Ida."

"É o que você pensa", respondeu Ida. "Ora, mais claro não podia ser! *Fre* representa Fred, *suici* é suicídio, e depois vem *eye*, olho. É o que eu sempre digo: olho por olho, dente por dente."

"Mas e esses dois LL?"

"Ainda não sei, mas vou guardar na memória." Reclinou-se na cadeira, com uma sensação de força e triunfo. "Eu não sou supersticiosa, mas não se pode duvidar disso. O tabuleiro sabe!"

"Ele sabe", confirmou o velho Crowe, chupando os dentes.

"Mais uma tentativa?" O tabuleiro deslizou, rangeu e parou abruptamente. Ali estava o nome, traçado com toda a clareza: "PHIL".

"Bem, bem", disse Ida, corando um pouco. "Aceita um biscoito doce?"

"Obrigado, Ida, obrigado."

Ida tirou uma lata da gaveta do armário e passou-a ao velho Crowe. "Eles o arrastaram ao suicídio", disse ela, contente. "Eu sabia que havia qualquer coisa de suspeito aí. Veja esse EYE. Ele me aponta o que eu devo fazer." E, demorando o olhar na palavra *PHIL*: "Vou fazer com que essa gente se arrependa de ter nascido". Tomou o fôlego com volúpia e estirou as pernas monumentais. "O justo e o injusto, eis aí no que eu acredito." E, mergulhando um pouco mais fundo, com um suspiro de saciedade feliz, disse ainda: "Vai ser emocionante, vai ser divertido, vai ser um bocado de vida, velho Crowe", dando o maior elogio que podia dar a alguma coisa, enquanto o velho chupava os dentes e a luz rosada piscava sobre o Warwick Deeping.

SEGUNDA PARTE

I

Em pé, com as costas voltadas para Spicer, o Garoto contemplava as águas escuras do mar. Estavam sozinhos na extremidade do molhe; àquela hora e com aquele tempo, estavam todos no salão de concertos. O relâmpago acendia-se e tornava a apagar-se no horizonte e a chuva caía aos pingos. "Onde esteve?", perguntou o Garoto.

"Andando por aí."

"Esteve *lá*?"

"Queria ver se tudo estava em ordem, se você não tinha esquecido nada."

O Garoto falou devagar, debruçando-se sobre o parapeito e recebendo no rosto a chuva indecisa: "Quando uma pessoa comete um assassinato, li que às vezes precisa cometer outro para entrar de novo nos eixos". A palavra *assassinato* não lhe despertava maiores emoções do que *caixa, colarinho, girafa*. "Spicer", disse ele, "trate de não ir lá."

A imaginação continuava adormecida. Nisso consistia a sua força. Era incapaz de ver com os olhos dos outros, de sentir com os seus nervos. Somente a música o inquietava, as cordas vibrando no coração da gente eram como uma decomposição dos nervos, a chegada da velhice, a experiência alheia a bombardear-lhe o cérebro. "Onde está o resto do bando?"

"No Sam, bebendo."

"Por que você não foi beber também?"

"Não tenho sede, Pinkie. Precisava de ar fresco. Essa trovoada deixa a gente esquisito."

"Por que não param com esse maldito barulho aí dentro?", disse o Garoto.

"Não vai ao Sam?"

"Tenho um trabalho a fazer."

"Tudo vai bem, não é, Pinkie? Aquela sentença pôs um ponto-final nessa história, hein? Ninguém perguntou nada."

"Eu só quero pôr as coisas em ordem", disse o Garoto.

"O bando não topa mais mortes."

"Quem disse que vai haver mais mortes?" O relâmpago flamejou, mostrando o seu paletó justo e surrado, o tufo de cabelos macios na nuca. "Eu tenho um encontro, nada mais. Tome cuidado com o que você diz, Spicer. Você não está com medo, está?"

"Não é medo. Você me interpreta mal, Pinkie. Só não quero outra morte. Essa sentença nos deixou abalados. Que é que eles pretendem? Nós o matamos, não foi mesmo, Pinkie?"

"Temos de continuar sendo muito cuidadosos, nada mais."

"Mas o que queriam dizer com aquilo? Eu não tenho confiança nesses médicos. Isso é esmola demais."

"Temos de andar com cautela."

"Que é isso que você tem no bolso, Pinkie?"

"Eu não carrego revólver. Está imaginando coisas." Um relógio, na cidade, bateu onze horas. Três das pancadas se perderam no trovão que ribombou sobre a Mancha. "É bom ir dando o fora", disse o Garoto. "Ela já está atrasada."

"Tem uma navalha aí, Pinkie."

"Não preciso de navalha para tratar com uma zinha. Se você tem curiosidade de saber, é um frasco."

"Mas você não bebe, Pinkie!"

"Ninguém ia querer beber isto."

"Que é, Pinkie?"

"Vitríolo. Mete mais medo numa mulher do que uma faca." Virou as costas ao mar, com impaciência, e tornou a queixar-se: "Essa música!". Gemia-lhe dentro da cabeça, na noite abafada e elétrica. Era a sensação mais parecida com o pesar que ele conhecia, assim como o ligeiro toque de prazer sensual e secreto que sentiu ao tocar com os dedos no frasco de vitríolo, vendo a aproximação de Rose, que atravessava apressadamente o salão de concerto, era o sentimento mais parecido com o amor carnal de que era capaz. "Dê o fora", disse a Spicer. "Aí está ela."

"Oh", disse Rose, "me atrasei! Vim correndo até aqui. Achei que você ia pensar..."

"Eu esperava", disse o Garoto.

"Tivemos uma noite horrível lá no café. Tudo saiu errado. Quebrei dois pratos. Depois, a nata estava azeda." Pronunciou tudo isso de um só fôlego. "Quem era esse seu amigo?", perguntou, espreitando a escuridão.

"Ele não nos interessa."

"Me pareceu que... Não pude distinguir bem..."

"Ele não nos interessa", repetiu o Garoto.

"Que é que nós vamos fazer?"

"Bem, achei que seria bom conversarmos aqui um pouco, depois vamos a qualquer parte. Que tal o Sherry? Para mim é indiferente."

"O Sherry seria esplêndido", disse Rose.

"Já recebeu o prêmio daquele cartão?"

"Sim, recebi hoje de manhã."

"Ninguém veio lhe fazer perguntas?"

"Oh, não! Mas não é terrível o homem ter morrido assim?"

"Viu a fotografia dele?"

Rose aproximou-se do parapeito e olhou timidamente para o Garoto. "Mas não era ele! Isso é o que eu não compreendo."

"As pessoas parecem diferentes nas fotografias."

"Eu tenho boa memória para fisionomias. Não era ele. Deve ser alguma tapeação. Não se pode confiar nos jornais."

"Venha aqui." Pinkie levou-a ao canto do molhe para que ambos ficassem mais afastados da música, mais a sós com o relâmpago no horizonte e a trovoada que se aproximava. "Gosto de você", disse com um sorriso pouco convincente que lhe abriu a boca em V, "e quero preveni-la. Ouvi falar muito desse tal Hale. Ele andava envolvido em certas coisas."

"Que tipo de coisas?", sussurrou Rose.

"Deixe isso pra lá. Eu só quero preveni-la para seu bem. Já recebeu o seu prêmio... Se eu fosse você esqueceria isso, esqueceria por completo o sujeito que deixou o cartão. Ele está morto, não é? Você recebeu o dinheiro. Isso é o que basta."

"Como você quiser", disse Rose.

"Pode me chamar de Pinkie, se quiser. Esse é o nome que os amigos me dão."

"Pinkie", repetiu Rose, timidamente, enquanto o trovão estalava no alto.

"Você leu nos jornais o caso de Peggy Baron, não leu?"

"Não, Pinkie."

"Saiu em todos os jornais."

"Eu não lia jornais antes de arrumar um emprego. Não tínhamos dinheiro em casa para comprá-los."

"Ela se envolveu com um bando e depois vieram lhe fazer perguntas. Isso é perigoso."

"Eu não gostaria de me envolver com um bando assim", disse Rose.

"Nem sempre se pode evitar. São coisas que acontecem."

"Que aconteceu a ela?", perguntou Rose.

"Estragaram-lhe a fachada. Perdeu um olho. Jogaram vitríolo na cara dela."

Rose cochichou: "Vitríolo? Que é vitríolo?", e o relâmpago mostrou um esteio de madeira alcatroada, uma onda a quebrar-se e o rosto pálido, ossudo e aterrado da menina.

"Você nunca viu vitríolo?", disse o Garoto, arreganhando os dentes no escuro. Mostrou-lhe o frasquinho. "Isto é vitríolo." Tirou a rolha e derramou um pouco na tábua de madeira do molhe: o líquido silvou como um jato de vapor. "Isto queima", disse o Garoto. "Cheire." E meteu-lhe o frasco debaixo do nariz.

Ela olhou-o cheia de horror, retendo a respiração: "Pinkie, você não seria capaz...". "Eu estava brincando com você", mentiu ele com facilidade. "Isso não é vitríolo, é apenas álcool. Só queria preveni-la. Nós dois vamos ser amigos. Não quero ter uma amiga com a pele queimada. Conte-me se alguém lhe fizer perguntas. Quem quer que seja, lembre-se bem. Telefone imediatamente para a casa do Frank. Seis, seis, seis. Você não pode esquecer esse número." Tomou-lhe o braço e conduziu-a da extremidade deserta do molhe pelo salão de concertos iluminado, a música evolando-se para o lado da terra, a tristeza a beliscar as entranhas. "Pinkie", disse ela, "eu não gosto de me intrometer. Não me meto na vida de ninguém. Nunca fui abelhuda. Juro por Deus."

"Você é uma boa garota", disse ele.

"Você sabe de muita coisa, Pinkie", volveu Rose com horror e admiração. De repente, ao ouvir a velha música romântica que a orquestra tocava — "encanto dos meus olhos, adorável nos meus braços, és o próprio céu" —, uma gota de peçonha, feita de cólera e ódio, destilou-se dos lábios do Garoto: "É preciso saber de muita coisa para se poder viver neste mundo. Venha, vamos ao Sherry".

Depois de deixarem o molhe tiveram de correr. Táxis os salpicavam com água da chuva. As lâmpadas coloridas, ao longo da praia de Hove, reluziam como poças de petróleo através da chuva. Sacudiram a água no saguão do Sherry, e Rose viu a enorme fila esperando, escada acima, que as portas das galerias fossem abertas. "Está cheio", disse ela, decepcionada.

"Vamos para o salão", respondeu o Garoto, pagando os três xelins com a indiferença de um frequentador habitual. E avançou por entre as mesinhas, as *taxi girls* com os seus cabelos louros e metálicos, as suas bolsinhas pretas, enquanto as luzes coloridas dos projetores coruscavam: verde, rosa, azul. "Isto aqui é maravilhoso", disse Rose. "Me faz recordar..." E enquanto se encaminhavam para a sua mesa ela enumerou todas as recordações que lhe traziam aquelas luzes, a música que estavam tocando, a multidão que tentava dançar uma rumba. Tinha um repositório imenso de lembranças triviais e, quando não vivia no futuro, vivia no passado. Quanto ao presente, atravessava-o o mais depressa que podia, fugindo de umas coisas para outras, de modo que sempre tinha a voz um pouco ofegante, o coração pulsando forte numa evasão ou numa expectativa. "Eu escondi o prato debaixo do avental e ela disse: 'Rose, que é que você está escondendo aí?'." E um momento depois voltava os olhos grandes e ingênuos para o Garoto, com um ar da mais profunda admiração, da mais respeitosa esperança.

"Que é que você vai tomar?", perguntou o Garoto.

Ela não conhecia nem sequer o nome das bebidas. Na Nelson Place, de onde havia surgido como uma toupeira para a luz meridiana do restaurante de Snow e do Palace Pier, jamais tinha conhecido um rapaz com bastante dinheiro para lhe oferecer uma bebida. Teve vontade de dizer "cerveja", mas nunca tivera a oportunidade de verificar se gostava de cerveja. Um sorvete de dois *pence* comprado na carrocinha da sorveteria Everest era o maior refinamento que conhecia. Olhava desamparada para o Garoto, que lhe perguntou em voz dura: "Que é que você prefere? Eu é que não sei qual é o seu gosto".

"Um sorvete", disse ela, desapontada. Não podia fazê-lo esperar.

"Que espécie de sorvete?"

"Um sorvete comum." Durante todos aqueles anos passados no seu bairro proletário, a Everest nunca lhe oferecera uma escolha.

"Baunilha?", sugeriu o garçom. Ela aquiesceu. Supunha que era esse o que sempre tinha comprado, e de fato era — apenas um pouco maior. Salvo essa diferença, era como se o estivesse tomando entre dois *wafers*, ao lado da carrocinha.

"Você é uma menina agradável", disse o Garoto. "Quantos anos tem?"

"Tenho dezessete", respondeu ela em tom de desafio. Havia uma lei segundo a qual um homem não podia ir com uma garota antes de ela fazer dezessete anos.

"Eu tenho dezessete também", disse o Garoto, e os olhos que nunca tinham sido jovens fixaram-se com desprezo nos olhos que apenas tinham começado a aprender alguma coisa. "Você dança?", perguntou ele, e ela respondeu humildemente: "Não tenho dançado muito".

"Não faz mal. Não sou muito amigo de dançar." Observou o movimento vagaroso dos animais de duas costas: "Prazer", pensou, "eles chamam a isso prazer". Estava abalado por um sentimento de solidão, uma incompreensão horrível. Desocuparam o centro do salão para o último número de cabaré daquela noite. A luz de um projetor clareou um círculo no assoalho, um *crooner* de smoking, um microfone sobre uma comprida plataforma móvel de cor preta. Ele o segurava com ternura, como se fosse uma mulher, balouçando-o suavemente para cá e para lá, cortejando-o com os lábios, enquanto o alto-falante debaixo da galeria ecoava o seu murmúrio por todo o salão, como um ditador a anunciar uma vitória, como notícias oficiais ao fim de uma prolongada censura.

"Isso atrai a gente", disse o Garoto, "isso atrai a gente", abandonando-se à enorme sugestão sonora.

A música fala, fala do nosso amor.
O pardal que brinca na rua fala, fala do nosso amor.
Os táxis buzinando,
O mocho à noite piando,
O comboio matraqueando,
Ativa abelha zumbindo,
*   Falam do nosso amor.*

A música fala, fala do nosso amor.
O vento oeste em nossos passeios fala, fala do nosso amor.
O rouxinol gorjeando,
O carteiro chamando,
O patrão telefonando,
Campainha retinindo,
*   Falam do nosso amor.*

O Garoto fitava a luz do projetor: música, amor, carteiro, rouxinol, todas essas palavras se agitavam no seu cérebro como poesia. Uma das suas mãos acariciava o frasco de vitríolo dentro do bolso, a outra tocava no pulso de Rose. A voz inumana começou a assobiar do alto da galeria. O Garoto ficara silencioso. Dessa vez era ele que estava sendo prevenido; a vida segurava o frasco de vitríolo, avisando: "Vou estragar a sua fachada". Ela lhe falava pela voz da música, e quando o Garoto protestou que ele, ao menos, nunca se envolveria em tais coisas, a música tinha a sua réplica pronta: "Nem sempre se pode evitar. Essas coisas acontecem".

Os cães que guardam as casas falam do nosso amor.

A multidão perfilava-se atrás das mesas, as seis de fundo (não havia espaço suficiente para tantos na pista de dança). Guardavam profundo silêncio. Era como o hino nacional no Dia do Armistício, depois que o rei depositou a coroa, quando todas as cabeças se descobrem e as tropas parecem petrificadas. Era uma imitação de amor, uma imitação de música, uma imitação de verdade que eles escutavam.

> *Gracie Fields pilheriando,*
> *Bandidos tiroteando,*
> *Falam do nosso amor.*

A música continuava a atroar sob as lanternas chinesas, e a luz rósea do projetor destacava o cantor segurando o microfone bem junto de sua camisa engomada. "Você já se apaixonou alguma vez?", perguntou o Garoto em tom áspero e inquieto.

"Oh, sim!", disse Rose.

Ele replicou com uma súbita maldade na voz: "É natural. Você é inexperiente. Não sabe o que as pessoas fazem". A música parou e no meio do silêncio ele riu alto. "Você é inocente." Pessoas sentadas viraram-se para olhá-lo. Uma garota deu uma risadinha. Os dedos dele beliscaram-lhe o pulso. "Você é inexperiente", repetiu. Estava atiçando em si próprio uma pequena raiva sensual, como costumava fazer com os garotos molengas na escola pública. "Você não sabe nada", disse ele, com desprezo nas unhas.

"Ah, não!", protestou ela. "Eu sei muita coisa."

O Garoto arreganhou os dentes para Rose. "Não uma coisa", insistiu, beliscando-lhe a pele do pulso até que as suas unhas quase se encontraram. "Você me aceitava para namorado, hein? Nos faremos companhia?"

"Oh, seria delicioso!", disse ela. Lágrimas de orgulho e de dor picavam-lhe o interior das pálpebras. "Se lhe agrada fazer isso, continue."

O Garoto soltou-a. "Não seja molenga. Por que isso havia de me agradar? Você pensa que é muito sabida", queixou-se ele. Ficou sentado, a cólera como um tição aceso na barriga, enquanto a música recomeçava. Todos os seus divertimentos dos tempos passados, com pregos e lascas de madeira; os golpes que aprendera a dar depois com uma lâmina de barbear: que graça teriam essas coisas se os outros não gritassem? "Vamos embora", disse, furioso. "Não suporto este lugar." E Rose começou obedientemente a arrumar a sua bolsa, tornando a pôr nela o estojo de pó Woolworth e o seu lenço. "Que é isso?", perguntou o Garoto, ouvindo qualquer coisa fazer ruído dentro da bolsa. Ela mostrou-lhe a extremidade de um rosário.

"Você é católica?"

"Sou."

"Eu também sou." Tomou-lhe o braço e empurrou-a para fora, para a rua escura e gotejante. Levantou a gola do paletó e começou a correr, enquanto o relâmpago coruscava e o trovão sacudia o ar. Correram de porta em porta até verem-se de novo na avenida, debaixo de um dos abrigos de vidro desertos. Tinham-no todo para si na noite ruidosa e abafada. "Uma vez, eu cantei num coro", confidenciou o Garoto, e de súbito começou a cantar docemente, com a sua voz de criança mimada: *Agnus Dei qui tollis peccata mundi, dona nobis pacem*". Nessa voz agitava-se todo um mundo perdido: o canto iluminado sob o órgão, o odor de incenso e de sobrepelizes recém-lavadas, e a música. A música, não importava qual fosse — *Agnus Dei*", "encanto dos meus olhos, adorável nos meus braços", "o pardal que brinca na rua", "*credo in unum Dominum*" —, qualquer música o agitava, falando-lhe de coisas que ele não compreendia.

"Você vai à missa?", perguntou.

"Às vezes. Depende do trabalho. Eu andaria muito tresnoitada se fosse à missa todos os domingos."

"Não me interessa o que você faz", disse o Garoto com aspereza. "Eu não vou à missa."

"Mas você crê, não é mesmo?", implorou Rose. "Você acha que é verdade?"

"Claro que é verdade!", disse o Garoto. "Que mais poderia haver?", continuou ele desdenhosamente. "Pois se é a única coisa aceitável! Esses ateus não sabem nada. Está claro que existe o inferno. Chamas e maldição", disse com os olhos postos na água escura e inconstante, nos relâmpagos e nas luzes que se apagavam acima dos negros esteios do Palace Pier, "tormentos."

"E o céu também", disse Rose com ansiedade, enquanto a chuva caía interminavelmente.

"Ah! Pode ser, pode ser..."

Molhado até os ossos, as calças coladas às pernas finas, o Garoto subiu a longa escada sem tapete que levava ao seu quarto na pensão de Frank. Ao agarrar o corrimão, este vacilou, e, quando ele entrou no quarto e encontrou ali o bando fumando, sentado na sua cama de latão, disse furioso: "Quando é que vão consertar esse corrimão? É perigoso! Qualquer dia alguém cai da escada". A janela estava aberta, a cortina não fora corrida, e o último relâmpago coruscou sobre os tetos cinzentos que se estendiam até o mar. O Garoto dirigiu-se para a sua cama e limpou as migalhas do cachorro-quente que Cubitt estivera comendo. "O que é isso, uma reunião?"

"Há uma dificuldade com as subscrições, Pinkie", disse Cubitt. "Não recebemos duas delas. Brewer e Tate. Dizem que depois da morte de Kite..."

"Vamos cortá-los, Pinkie?", perguntou Dallow. Spicer estava junto da janela, olhando a tempestade. Não dizia nada, continuando a contemplar as chamas e os abismos do céu.

"Pergunte a Spicer. Ele anda muito pensativo ultimamente." Todos se viraram e olharam para Spicer, que disse: "Talvez devêssemos sossegar uns tempos. Vocês sabem que muitos dos rapazes saíram quando Kite foi morto".

"Continue", disse o Garoto. "Ouçam o que ele diz. Ele é o que se chama de filósofo."

"Bem", volveu Spicer, encolerizado, "neste bando todos têm o direito de dizer o que pensam, não têm? Os que saíram, saíram porque não compreendiam que um rapazinho pudesse dirigir a sociedade."

O Garoto estava sentado na cama, observando-o, com as mãos metidas nos bolsos molhados. Teve um estremecimento.

"Sempre fui contra assassinatos", disse Spicer. "Pouco me importa que o saibam."

"Azedo e medroso", disse o Garoto.

Spicer veio para o meio do quarto. "Escute, Pinkie. Você precisa ser razoável." E apelou para todos eles: "Sejam razoáveis".

"Há certa verdade no que ele diz", acudiu Cubitt repentinamente. "Tivemos sorte desta vez. Não devemos chamar a atenção. É melhor deixar Brewer e Tate em paz por enquanto."

O Garoto levantou-se. Algumas migalhas tinham aderido à sua roupa úmida. "Está pronto, Dallow?", disse ele.

"Às suas ordens, Pinkie", respondeu Dallow, arreganhando os dentes como um grande cão amigo.

"Aonde vai, Pinkie?", perguntou Spicer.

"Vou falar com o Brewer."

Cubitt interveio: "Você age como se nós tivéssemos matado Hale no ano passado e não na semana passada. Temos de andar com cautela".

"Esse assunto já está liquidado", disse o Garoto. "Vocês ouviram a sentença. Morte natural", acrescentou ele, olhando a tempestade que morria lá fora.

"Você esquece aquela garota do Snow. Ela pode nos levar à forca."

"Estou cuidando da garota. Ela não falará."

"Vai casar com ela, não?", disse Cubitt, e Dallow soltou uma risada.

O Garoto tirou as mãos dos bolsos, com os punhos cerrados, os nós dos dedos brancos. "Quem disse que eu ia casar com ela?"

"Spicer", disse Cubitt.

Spicer se afastou do Garoto. "Escuta, Pinkie. Eu só disse que o casamento era uma garantia. Uma mulher casada não pode depor..."

"Não tenho necessidade de casar com uma sujeitinha qualquer para me garantir. E como é que vamos nos garantir contra você, Spicer?" Sua língua passou entre os dentes, lambendo as bordas dos lábios secos e rachados. "Se for preciso lhe cortar..."

"Foi uma brincadeira, nada mais", disse Cubitt. "Você não deve levar isso a sério. Você não tem senso de humor, Pinkie."

"Vocês acham graça nisso, hein? Eu... casar... com aquela vagabunda! Ha! Ha!", grasnou para os outros. "Pois sim! Vamos, Dallow."

"Esperem que amanheça", disse Cubitt. "Esperem que venham os outros."

"Você está ficando frouxo também?"

"Você sabe que isso não é verdade, Pinkie. Mas nós temos de andar com calma."

"Você está comigo, Dallow?", perguntou o Garoto.

"Estou, Pinkie."

"Então vamos andando." Dirigiu-se para o lavatório e abriu a portinha onde guardava o urinol. Tateou no fundo, atrás dele, e tirou uma lâmina pequenina, semelhante àquelas com que as mulheres se depilam, mas embotada numa das bordas e montada em emplastro adesivo. Fixou-a sob a longa unha do polegar, a única que não estava roída até a carne, e enfiou a luva. "Voltaremos com a subscrição daqui a meia hora", disse ele, e desceu rapidamente a escada de Frank. O frio da roupa encharcada havia lhe penetrado sob a pele. Surgiu na avenida da praia um passo adiante de Dallow, as feições convulsas de febre, os ombros estreitos crispados num arrepio. Virou a cabeça para trás e disse ao companheiro: "Vamos à casa do Brewer. Uma lição será o bastante".

"Você é quem manda, Pinkie", respondeu Dallow, arrastando-se atrás dele. A chuva tinha parado. A maré estava baixa e a borda rasa do mar raspava a areia muito longe, nos confins da praia. Um relógio bateu meia-noite. Dallow pôs-se a rir de repente.

"Que bicho te mordeu, Dallow?"

"Estava pensando. Você é um tipo e tanto, Pinkie. Kite fez bem em aceitar você no bando. Você sabe o que quer, Pinkie."

"Você é um camarada dos bons", respondeu o Garoto, os olhos fitos na frente, o rosto contorcido pela febre. Passaram diante do Cosmopolitan, com as luzes acesas aqui e ali em toda a alta fachada, até os torreões que se desenhavam contra o céu nublado e móvel. Dobraram para o Old Steyne. Brewer estava estabelecido próximo às linhas de bonde da estrada de Lewes, quase sob o viaduto da estrada de ferro.

"Ele já foi se deitar", disse Dallow. Pinkie tocou a campainha, conservando o dedo no botão. Casas de comércio baixas, fechadas com postigos, estendiam-se dos dois lados; um bonde vazio passou, com o letreiro "Recolhe", retinindo a campainha e dançando nos trilhos pela rua deserta afora, o cobrador dormitando num dos assentos, o teto brilhante de água da chuva. Pinkie conservava o dedo no botão da campainha.

"O que levou o Spicer a inventar essa história a respeito do meu casamento?", perguntou ele.

"Achou que isso taparia a boca da rapariga."

"Não é ela que me faz perder o sono", disse o Garoto, sempre apertando o botão. Uma luz acendeu-se no andar de cima, uma janela rangeu, uma voz gritou: "Quem é?".

"Sou eu, Pinkie."

"Que é que você quer? Por que não deixou para vir de manhã?"

"Quero falar com você, Brewer."

"Nós não temos nenhum assunto tão urgente que não possa esperar, Pinkie."

"É bom que você venha abrir a porta, Brewer. Quer que eu chame o bando?"

"A patroa está muito doente, Pinkie. Não quero encrencas. Ela está dormindo. Há três noites que não dorme."

"Isto vai acordá-la", disse o Garoto, com o dedo no botão da campainha. Um trem de carga passou devagar no viaduto, espalhando fumaça na estrada de Lewes.

"Pare com isso, Pinkie, eu vou abrir a porta."

Pinkie esperou, arrepiado, a mão enluvada no fundo do bolso úmido. Brewer abriu a porta: era um quinquagenário corpulento, metido num pijama branco e sujo. Faltava o botão de baixo, e o casaco abria-se diante da barriga saliente e do umbigo fundo. "Entre, Pinkie, e caminhe em silêncio. A velha está mal. Ando muito preocupado."

"Então por que não pagou a sua subscrição, Brewer?" O Garoto correu os olhos com desprezo pelo saguão estreito — o caixote de munição convertido em porta-guarda-chuvas, a carunchosa cabeça de veado com um chapéu-coco pendurado num dos galhos, o capacete de aço transformado em vaso para samambaias. Kite devia ter arranjado uma freguesia melhor. Brewer era um apostador recém-estabelecido com casa própria. Pouco tempo antes, ainda exercia a sua profissão pelas esquinas e pelos bares. Um caloteiro. Era inútil tentar arrancar-lhe mais de dez por cento das suas apostas.

"Venham cá para dentro que é mais confortável", disse Brewer. "Aqui está quentinho. Que noite fria!" Mesmo de pijama, conservava os seus modos falsamente joviais. Era como uma legenda numa cautela de apostas: "A Velha Firma. V. Exa. pode confiar em Bill Brewer". Acendeu a estufa de gás e ligou uma lâmpada de coluna com uma cúpula de seda vermelha e franja de borlas. A luz refletiu-se numa caixa de biscoitos prateada, numa fotografia de casamento emoldurada. "Tomam um gole de uísque?", convidou Brewer.

"Você sabe que eu não bebo", disse o Garoto.

"Ted aceita", disse Brewer.

"Aceito um gole", disse Dallow. Arreganhou os dentes e acrescentou: "À sua saúde".

"Viemos cobrar a subscrição, Brewer", disse o Garoto.

O homem de pijama branco derramou soda no seu copo. Voltado de costas, observou Pinkie no espelho colocado acima do aparador até encontrar o olhar do outro. "Ando preocupado, Pinkie. Desde que liquidaram o Kite."

"E daí?", perguntou o Garoto.

"É o seguinte. Eu disse cá comigo: se o bando de Kite não é capaz de proteger nem sequer..." Interrompeu-se de repente e pôs-se à escuta. "Será a velha?" Um ruído de tosse, muito fraco, vinha do quarto de cima. "Ela acordou", disse Brewer. "Tenho de ir vê-la."

"Fique aqui conversando conosco."

"Mas é preciso virá-la."

"Quando tivermos terminado você poderá ir."

A tosse continuava: era como um motor que tentava entrar em movimento e falhava. "Sejam humanos!", pediu Brewer, desesperado. "Ela não sabe onde eu estou. Não demoro mais de um minuto."

"Você não precisa ficar mais de um minuto aqui", disse Pinkie. "Só queremos o que é nosso. Vinte libras."

"Não tenho esse dinheiro em casa. Palavra que não tenho."

"Sinto muito por você." O Garoto tirou a luva da mão direita.

"Acontece o seguinte, Pinkie. Eu paguei tudo ontem, ao Colleoni."

"Por Deus", disse o Garoto, "que é que o Colleoni tem a ver com isso?"

Brewer continuou a falar rápido e desesperadamente, escutando a tosse interminável lá em cima: "Seja razoável, Pinkie. Eu não posso pagar aos dois. Eles me cortariam se eu não tivesse pago o Colleoni".

"Ele está em Brighton?"

"Está hospedado no Cosmopolitan."

"E Tate? Também pagou ao Colleoni?"

"Isso mesmo, Pinkie. Ele está explorando o negócio em grande escala." "Em grande escala": isso era como uma acusação, uma alusão à armação de lata de sua cama no Frank, às migalhas no colchão.

"Você pensa que eu estou liquidado?", perguntou o Garoto.

"Aceite o meu conselho, Pinkie, e junte-se ao Colleoni."

O Garoto ergueu subitamente a mão e deu um talho na face de Brewer com a lâmina presa à unha. Um fio de sangue apareceu ao longo do osso da maçã do rosto. "Não! Não!", exclamou Brewer, recuando até o aparador e derrubando a lata de biscoitos. "Eu tenho proteção. Tomem cuidado. Eu tenho proteção."

O Garoto riu. Dallow tornou a encher seu copo com o uísque de Brewer. "Olha a cara dele", disse o Garoto. "Ele tem proteção." Dallow esguichou um dedo de soda no uísque.

"Você quer mais?", perguntou o Garoto. "Isso foi só para lhe mostrar quem é que o está protegendo."

"Eu não posso pagar aos dois, Pinkie. Pelo amor de Deus, não se aproxime."

"Nós viemos buscar vinte libras, Brewer."

"Colleoni vai me liquidar, Pinkie."

"Não tenha medo. Nós o protegeremos."

A mulher continuou a tossir lá em cima, depois soltou um débil grito, semelhante ao de uma criança adormecida. "Ela está me chamando", disse Brewer.

"Vinte libras."

"Não guardo o dinheiro aqui. Deixe-me ir buscá-lo."

"Vá com ele, Dallow. Eu espero aqui." O Garoto sentou-se numa cadeira de encosto vertical e fixou o olhar na rua sórdida lá fora, as latas de lixo dispostas ao longo da calçada, a vasta sombra do viaduto. Mantinha-se perfeitamente imóvel na cadeira, com os seus olhos cinzentos e velhos que não deixavam adivinhar nada.

Colleoni estava explorando o negócio em grande escala, e ele sabia que não podia confiar num só homem do seu bando — exceto, talvez, Dallow. Mas isso não importava. Quem não confia em ninguém não pode errar. Um gato rodeou cautelosamente uma lata na calçada, parou de repente, agachou-se, e na semiescuridão os seus olhos de ágata fixaram-se nos do Garoto. Nenhum dos dois se movia. Observaram-se mutuamente até que Dallow voltou.

"Tenho o dinheiro, Pinkie", disse Dallow. O Garoto voltou a cabeça e arreganhou os dentes para ele. De súbito o seu rosto convulsionou-se; espirrou duas vezes, com violência. No andar de cima a velha parou de tossir. "Ele não há de esquecer esta visita", disse Dallow, e acrescentou ansiosamente: "Você devia tomar um gole de uísque, Pinkie. Pegou um resfriado".

"Estou bem", respondeu o Garoto, levantando-se. "Não vamos esperar para nos despedirmos."

Precedeu o outro pelo meio da rua vazia, entre as duas linhas de bondes. De repente, perguntou-lhe: "Você acha que eu estou liquidado, Dallow?".

"Você? Ora, se ainda nem começou!" Caminharam algum tempo em silêncio, a água das goteiras pingando na calçada. Por fim Dallow falou:

"Está preocupado com o Colleoni?"

"Preocupado o quê!"

"Você vale uma dúzia de Colleoni. O Cosmopolitan!", exclamou o outro, cuspindo.

"Kite quis explorar o negócio das máquinas automáticas. Pagou caro a pretensão. Agora Colleoni pensa que o terreno está desimpedido e começa a estender o negócio também."

"Devia ter aprendido com o exemplo de Hale."

"Hale teve morte natural."

Dallow riu: "Vá dizer isso ao Spicer". Dobraram a esquina do Royal Albion e sentiram de novo a presença do mar. A maré tinha mudado: um movimento, um quebrar de ondas nas trevas. De súbito o Garoto lançou a Dallow um olhar de esguelha (podia confiar em Dallow) e aquela cara feia, de nariz quebrado, transmitiu-lhe uma sensação de triunfo, camaradagem e superioridade. A mesma coisa sente o estudante fisicamente fraco, mas astuto, que conquista a fidelidade cega do mais poderoso aluno da escola. "Seu trouxa...", disse ele, beliscando o braço de Dallow num gesto que era quase de afeição.

Ainda havia uma luz acesa na pensão de Frank, e Spicer estava esperando no vestíbulo. "Houve alguma coisa?", perguntou ele ansiosamente. O seu rosto pálido cobrira-se de manchas vermelhas em redor da boca e do nariz.

"Que é que você esperava?", disse o Garoto, subindo a escada. "Trouxemos a subscrição."

Spicer seguiu-o até o quarto. "Telefonaram para você logo que você saiu."

"Quem era?"

"Uma garota chamada Rose."

O Garoto sentou-se na cama, desatando o cordão do sapato. "Que queria ela?"

"Disse que enquanto estava passeando com você alguém tinha ido procurá-la."

O Garoto imobilizou-se com o sapato na mão.

"Pinkie, essa é a tal garota? A do Snow?"

"Naturalmente que é."

"Fui eu que atendi o telefone, Pinkie."

"Ela conheceu sua voz?"

"Como posso saber, Pinkie?"

"Quem foi que a procurou?"

"Ela não sabia. Disse que avisasse você porque você queria estar informado. Imagine, Pinkie, se os tiras já farejaram essa garota!"

"Os tiras não são tão espertos assim. Talvez seja um dos homens de Colleoni, indagando sobre o seu companheiro Fred." Tirou o outro sapato. "Não precisa ficar com medo, Spicer."

"Era uma mulher, Pinkie."

"Não estou preocupado. Fred teve morte natural. Essa foi a sentença. Pode ficar sossegado. Há outras coisas em que pensar agora." Guardou os sapatos debaixo da cama, um ao lado do outro, tirou o paletó, pendurou-o numa das bolas da armação da cama, tirou as calças e deitou-se, de camisa e ceroulas. "Estou achando, Spicer, que você devia tirar umas férias. Você anda com um ar abatido. Não me agrada que vejam você assim." Cerrou os olhos. "Deixe o serviço por algum tempo, Spicer, e vá descansar."

"Se essa pequena chegasse a descobrir quem deixou o cartão..."

"Ela nunca vai saber. Apague a luz e dê o fora."

O quarto ficou às escuras e a lua acendeu-se como uma lâmpada lá fora, enviesando-se sobre os telhados, projetando sombras de nuvens no planalto ondulado das dunas, iluminando os alvos pavilhões desertos do hipódromo sobranceiro ao Whitehawk Bottom, como se fossem os monólitos de Stonehenge, refulgindo sobre a maré enchente que vinha de Boulogne lamber os pilares do Palace Pier. Iluminava o lavatório, a porta aberta onde se achava o urinol, as bolas de latão que enfeitavam os pés da cama.

2

O Garoto estava deitado na cama. Uma xícara de café esfriava em cima do lavatório e a cama estava polvilhada de migalhas de pastel. O Garoto molhou na língua a ponta de um lápis-tinta; com os cantos dos lábios manchados de roxo, escreveu: "Reporte-se à minha carta anterior" e concluiu afinal: "P. Brown, Secretário, A Proteção dos Apostadores...". O envelope endereçado a "mr. R. Tate" estava sobre o lavatório, com um canto sujo de café. Quando terminou de escrever, tornou a recostar a cabeça no travesseiro e cerrou os olhos. Adormeceu em seguida: era como um postigo que se fechasse, a pressão do bulbo que põe fim à exposição de uma chapa fotográfica. Não tinha sonhos. O seu sono era uma simples função fisiológica. Quando Dallow abriu a porta ele acordou imediatamente. "Então?", disse, ainda deitado sem se mexer, completamente vestido, entre as migalhas de pastel.

"Judy trouxe uma carta para você, Pinkie." O Garoto pegou-a. "É uma carta elegante, Pinkie. Cheire."

O Garoto levou ao nariz o envelope cor de malva. Cheirava a pastilhas para mau hálito, e disse: "Você não pode deixar essazinha sossegada? Se Frank souber..."

"Quem poderia lhe escrever uma carta tão elegante, Pinkie?"

"Colleoni. Quer que eu vá conversar com ele no Cosmopolitan."

"No Cosmopolitan!", repetiu Dallow com nojo. "Você não vai, hein?"

"Claro que vou."

"Não é um lugar onde você possa se sentir em casa."

"Elegante", disse o Garoto, "como esse papel de cartas. Sai caríssimo. Ele pensa que me mete medo."

"Talvez seja bom não nos metermos com Tate."

"Leve esse paletó ao Bill. Diga-lhe que faça uma limpeza rápida e dê uma passada a ferro. Escove esses sapatos." Puxou-os de debaixo da cama com o pé e sentou-se. "Ele pensa que vai ganhar a parada." Avistou o seu rosto no espelho inclinado do lavatório, mas desviou vivamente o olhar daquelas faces lisas que ainda não conheciam a navalha de barbear, dos cabelos macios, dos olhos de velho: aquilo não o interessava. Era orgulhoso demais para se inquietar com as aparências.

Assim, algumas horas mais tarde, sentia-se perfeitamente à vontade esperando Colleoni no grande salão sob a cúpula de vidro: moços chegavam continuamente, vestindo enormes casacos de motorista, acompanhados de criaturinhas delicadamente pintadas, que retiniam como cristais caros quando tocadas, mas davam a impressão de ser duras e afiadas como lata. Atravessavam rápido o salão sem olhar para ninguém, como tinham vindo pela estrada de Brighton nos carros de corrida, e iam instalar-se nos altos tamboretes do bar americano. Uma mulher corpulenta, com uma pele de raposa branca, saiu do elevador, encarou o Garoto, tornou a entrar no elevador e subiu pesadamente. Uma prostitutazinha farejou-o de longe, à moda canina, e pôs-se a fazer comentários sobre ele com outra sujeitinha sentada num canapé. Mr. Colleoni surgiu da sala de escrita em estilo Luís xvi e atravessou o enorme e espesso tapete, andando na ponta dos pés calçados de verniz.

Era pequeno, com um belo ventrezinho redondo; usava colete trespassado e os seus olhos luziam como uvas-passas. Tinha o cabelo ralo e grisalho. As duas cadelinhas do canapé pararam de conversar à sua passagem e concentraram-se. Ele emitia um leve retinir de moedas ao caminhar; era esse o único som que se ouvia.

"Desejava falar comigo?"

"O senhor é que me chamou", disse o Garoto. "Recebi a sua carta."

"Mas o senhor sem dúvida não é mr. P. Brown!", volveu mr. Colleoni, fazendo com as mãos um gesto de perplexidade. "Eu o imaginava muito mais velho", explicou.

"O senhor mandou me chamar", disse o Garoto.

Os olhinhos injetados mediram-no de alto a baixo: o terno limpo com uma esponja molhada, os ombros estreitos, os sapatos pretos baratos. "Julguei que mr. Kite..."

"Kite morreu. O senhor bem sabe."

"Isso me passou despercebido", disse mr. Colleoni. "Está claro que modifica a situação."

"Pode falar comigo em lugar de Kite."

Mr. Colleoni sorriu. "Não acho que seja necessário."

"Será melhor para o senhor", disse o Garoto. Um riso musical veio do bar americano, acompanhado pelo entrechocar de pedaços de gelo. Um moço de recados saiu da sala de escrita Luís XVI, chamando: "Sir Joseph Montagu, sir Joseph Montagu!", e passou ao *boudoir* Pompadour. A mancha de umidade, acima do bolso de peito do Garoto, em que o ferro de engomar de Frank se esquecera de passar, ia secando pouco a pouco no ar quente do Cosmopolitan.

Mr. Colleoni estendeu a mão e deu-lhe umas rápidas palmadinhas no braço. "Venha comigo." E foi à frente para mostrar o caminho, passando nas pontas dos sapatos envernizados diante do canapé onde as prostitutas cochichavam, atrás de uma mesinha onde um homem dizia a um velho sentado, com os olhos fechados, diante do seu chá que esfriava: "Eu declarei a eles que dez mil era o meu limite". Mr. Colleoni olhou por cima do ombro, dizendo suavemente: "O serviço aqui já não é tão bom como em outros tempos".

Lançou um olhar para o interior da sala Luís XVI. Uma mulher vestida de lilás, com um disparatado turbante à cabeça, escrevia uma carta no meio de uma vasta confusão de bibelôs chineses. Mr. Colleoni afastou-se.

"Vamos para um lugar onde se possa conversar em paz", disse, tornando a atravessar o salão. O velho tinha aberto os olhos e estava medindo, com o dedo, a temperatura do chá. Mr. Colleoni conduziu Pinkie às grades douradas do elevador. "Número quinze", disse ele. Subiram angelicamente para a mansão da paz. "Charuto?", ofereceu mr. Colleoni.

"Não fumo", disse o Garoto. Um último guincho de alegria veio de baixo, do bar americano, a última sílaba pronunciada pelo moço de recados ao sair do *boudoir* Pompadour: "gu", antes que a porta do elevador tornasse a fechar-se e eles saíssem para o corredor acolchoado, à prova de sons. Mr. Colleoni parou e acendeu o charuto.

"Deixe dar uma olhada nesse isqueiro", pediu o Garoto.

Os olhinhos astutos de mr. Colleoni brilhavam inexpressivos à claridade difusa das luzes elétricas ocultas. Estendeu o isqueiro. O Garoto virou-o entre os dedos e procurou a marca do contraste. "Ouro legítimo", disse ele.

"Gosto das coisas boas", disse mr. Colleoni, abrindo uma porta que estava fechada à chave. "Sente-se." As poltronas, majestosas, forradas de veludo vermelho, com coroas bordadas com fios de ouro e prata, estavam diante das amplas janelas que davam para o mar e dos balcões de ferro batido. "Aceita uma bebida?"

"Não bebo."

"Bem", disse mr. Colleoni, "quem foi que o mandou aqui?"

"Ninguém me mandou."

"Quero dizer: quem está dirigindo o seu bando, uma vez que Kite morreu?"

"Sou eu quem dirige", respondeu o Garoto.

Mr. Colleoni conteve polidamente um sorriso, dando pancadinhas com o isqueiro de ouro na unha do polegar.

"Que foi que houve com Kite?"

"O senhor conhece essa história", respondeu o Garoto, demorando o olhar nas coroas napoleônicas, no fio de prata. "Certamente não há de querer ouvir os detalhes. Isso não teria acontecido se não tivessem atravessado o nosso caminho. Um jornalista pensou que podia nos empulhar."

"Que jornalista é esse?"

"O senhor devia ler os inquéritos judiciais", disse o Garoto, contemplando através da janela a pálida abóbada do céu, contra a qual se avolumavam algumas nuvens ligeiras.

Mr. Colleoni olhou para a cinza do seu charuto: tinha um centímetro de comprimento. Instalou-se melhor na poltrona e cruzou as perninhas roliças cheio de satisfação.

"Quanto a Kite, não digo nada", falou o Garoto. "Ele passou dos limites."

"Quer dizer que o senhor não está interessado em máquinas automáticas?"

"Quero dizer que passar dos limites é perigoso."

Uma pequena onda de almíscar espalhou-se pelo quarto, proveniente do lenço no bolsinho de mr. Colleoni.

"O senhor é que necessitaria de proteção", disse o Garoto.

"Tenho toda a proteção de que necessito", disse mr. Colleoni. Fechou os olhos; o enorme e bem provido hotel era aconchegante; ele estava em casa. O Garoto sentou-se na beira da poltrona porque não acreditava em relaxar durante as horas de trabalho; era ele quem parecia um estranho naquele quarto, não mr. Colleoni.

"Está perdendo seu tempo, meu rapaz", falou mr. Colleoni. "Vocês não podem me fazer mal algum." E, rindo com doçura: "Em todo caso, se quiser um emprego venha me procurar. Gosto de gente empreendedora. Creio que encontraria um lugar para o senhor. O mundo precisa de moços com energia". A mão que segurava o charuto moveu-se expansivamente, configurando o mundo tal como mr. Colleoni o concebia: muitos relógios elétricos controlados por Greenwich, botões de campainha numa escrivaninha, um bom apartamento de primeiro andar, exames de contas, relatórios de agentes, prataria, talheres, cristais.

"Nós nos veremos nas corridas", disse o Garoto.

"Será um pouco difícil. Há cerca de... vamos ver... vinte anos que não piso num hipódromo." Os mundos de ambos, parecia ele insinuar enquanto revolvia entre os dedos o seu isqueiro de ouro, não tinham um só ponto de contato: o fim de semana no Cosmopolitan, o ditafone portátil junto à escrivaninha, não tinham a menor relação com os talhos de navalha que haviam liquidado Kite numa plataforma de estação, com a mão suja que fazia sinais ao apostador do alto do palanque, com o calor e a poeira que envolviam o recinto das apostas de meia coroa, com o cheiro de cerveja engarrafada.

"Sou apenas um homem de negócios", explicou brandamente mr. Colleoni. "Não preciso assistir às corridas. Além disso, nada do que os senhores possam tentar contra os meus homens me afetará. Casualmente estou com dois deles no hospital. Não tem importância. Eles recebem o melhor tratamento possível. Flores, uvas... Posso pagar tudo isso. Não preciso me preocupar. Sou um homem de negócios", prosseguiu, expansivo e bem-humorado. "Gosto do senhor. É um jovem que promete. Aí está por que eu lhe falo como um pai. O senhor não pode prejudicar um negócio como o meu."

"Mas podia prejudicar o senhor."

"Não compensaria. O senhor não disporia de álibi nenhum. As suas testemunhas é que teriam medo. Eu sou um homem de negócios." Os olhos injetados pestanejaram diante do raio de sol que entrou oblíquo, iluminando um vaso de flores e pousando no tapete. "Napoleão III costumava hospedar-se neste quarto em companhia de Eugênia", disse mr. Colleoni.

"Quem era ela?"

"Oh", respondeu mr. Colleoni vagamente, "uma dessas estrangeiras..." Colheu uma flor, enfiou-a na lapela e alguma coisa levemente canina surgiu nos olhinhos negros e redondos, uma insinuação de harém.

"Vou indo", disse o Garoto. Levantou-se e tomou a direção da porta.

"O senhor me compreendeu, não é mesmo?", disse mr. Colleoni, sem se mexer. Com a mão completamente imóvel, conservava suspensa a cinza do charuto, que atingira um comprimento considerável. "Brewer andou se queixando. Não faça mais isso. E Tate... não brinquem com Tate." A sua velha cara italiana revelava poucas emoções além de um leve divertimento, uma suave cordialidade; mas de repente, sentado naquela opulenta sala vitoriana, com o isqueiro de ouro no bolso e a caixa de charutos no colo, assumiu a aparência de um homem que fosse dono do mundo inteiro, de todo o mundo visível, das caixas registradoras, dos policiais e das prostitutas, do Parlamento e das leis que diziam: "Isto é certo e isto é errado".

"Compreendo muito bem", disse o Garoto. "O senhor acha o nosso bando muito insignificante."

"Tenho grande número de empregados", tornou mr. Colleoni.

O Garoto fechou a porta. Um cordão desatado do sapato foi batendo no assoalho pelo corredor afora. O vasto salão estava quase vazio: um homem de calção de golfe esperava uma jovem. Todo o mundo visível pertencia a mr. Colleoni. A parte em que o ferro de engomar não tinha passado ainda estava um pouco úmida sobre o peito do Garoto.

Alguém lhe tocou no braço. Olhou para trás e reconheceu o homem de chapéu-coco. Inclinou a cabeça cautelosamente. "Bom dia."

"Disseram-me na casa de Frank que você tinha vindo aqui", explicou o homem.

O coração do Garoto parou um instante de bater. Ocorreu-lhe, quase pela primeira vez, que a lei podia enforcá-lo, atirá-lo a uma cova aberta num pátio de prisão e sepultá-lo em cal, pondo um fim no grande futuro...

"Veio me buscar?"

"Isso mesmo."

Ele pensou: "Rose, a garota, alguém fez perguntas". Acendeu-se um clarão na sua memória: lembrou-se de quando ela o apanhara com a mão sob a toalha da mesa, tateando à procura de alguma coisa. Arreganhou os dentes num sorriso sem graça e disse: "Ainda bem que não mandaram os quatro grandes!".

"Quer ter a bondade de vir até o posto policial?"

"Tem um mandado de prisão aí?"

"Foi apenas o Brewer, queixando-se de que você o agrediu. Deixou-lhe um lindo talho na cara."

O Garoto pôs-se a rir. "Brewer? Eu? Não seria capaz de tocar nele."

"Vamos até lá falar com o delegado?"

"Lógico!"

Saíram para a avenida. Um fotógrafo os viu se aproximando pela calçada e tirou o obturador da máquina. O Garoto pôs as mãos diante do rosto e passou. "Vocês deviam acabar com isso. Seria bonito se pusessem um postal em exposição no molhe, nós dois caminhando juntos para o posto policial."

"Uma vez apanharam um assassino na capital por intermédio de um desses instantâneos."

"Eu li a história", disse o Garoto, e mergulhou em silêncio. "Isto é obra de Colleoni", pensou ele, "está mostrando o que pode; foi ele quem instigou o Brewer."

"A mulher de Brewer está muito mal, segundo dizem", observou o investigador com brandura.

"Ah, sim? Eu não sei de nada."

"Já tem o seu álibi preparado, imagino?"

"Como posso saber? Não sei em que ocasião ele diz que o agredi. Um sujeito não pode ter um álibi para cada minuto do dia."

"Você é um garoto sabido", disse o investigador, "mas não precisa ficar nervoso. O delegado quer ter uma conversa amigável com você, nada mais."

Conduziu-o à sala das denúncias. Um homem de rosto fatigado e envelhecido estava sentado atrás de uma escrivaninha. "Sente-se, Brown", disse ele. Abriu uma cigarreira e estendeu por cima da mesa.

"Não fumo", disse o Garoto. Sentou-se e começou a observar vivamente o delegado. "Não vai me acusar?"

"Não há acusação. Brewer mudou de ideia." O delegado fez uma pausa, com o ar mais cansado do que nunca. "Pelo menos desta vez vamos falar francamente. Nós dois nos conhecemos melhor do que queremos fazer crer. Não me meto entre você e Brewer, tenho ocupações mais importantes do que procurar evitar que vocês... discutam. Mas você sabe tão bem quanto eu que Brewer não viria se queixar se não tivesse sido instigado por alguém."

"Não há dúvida de que o senhor tem ideias interessantes", disse o Garoto.

"Instigado por alguém que não teme o seu bando."

"Os tiras não deixam escapar nada", tornou o Garoto com uma careta de escárnio.

"As corridas começarão na semana que vem e eu não quero saber de batalhas entre vocês aqui em Brighton. Não me oponho a que se cortem uns aos outros discretamente; não dou um vintém pelas suas miseráveis peles, mas, quando dois bandos entram em luta, pessoas que interessam podem sair feridas."

"Quem são elas?"

"Pessoas honestas e inocentes. Gente pobre que vem arriscar um xelim nos cavalos. Empregados do comércio, arrumadeiras, varredores. Gente que de forma alguma desejaria se envolver com você... ou com Colleoni."

"Aonde quer chegar?", perguntou o Garoto.

"Ao seguinte: você não está à altura da posição que assumiu, Brown. Não pode fazer frente a Colleoni. Se houver luta eu cairei sem piedade em cima de vocês, mas será Colleoni quem se sairá bem da enrascada. Você não encontrará testemunhas que deponham a seu favor, contra ele. Ouça o meu conselho: desapareça de Brighton."

"Bonito!", disse o Garoto. "Um tira fazendo o jogo de Colleoni!"

"Esta é uma conversa particular. Estou sendo humano desta vez. Pouco me importa que seja você ou Colleoni quem saia cortado, mas farei o que estiver ao meu alcance para impedir que vocês causem dano a pessoas inocentes."

"Pensa que eu estou liquidado?", disse o Garoto. Arreganhou os dentes, perturbado, desviando o olhar, olhando de relance para as paredes cobertas de avisos. Licenças para posse de cães. Licenças para porte de armas. Afogado. Uma cara morta lhe deparou aos olhos, fitando-o da parede, pálida como cera, os cabelos desgrenhados, uma cicatriz junto à boca. "Pensa que Colleoni saberá manter a paz melhor do que eu?" Do lugar onde estava podia ler a descrição: "Um relógio de níquel, colete de pano cinzento, camisa de listras azuis, camiseta de malha, ceroulas de malha".

"E então?"

"É um conselho valioso", disse o Garoto, arreganhando os dentes para a escrivaninha polida, a carteira de Player's, um peso de papel de cristal. "Terei de pensar no assunto. Sou muito jovem para me aposentar."

"Se quer a minha opinião, acho que você é muito moço para dirigir um bando."

"Então Brewer não fez acusação alguma?"

"Não é que ele tenha medo. Fui eu que o dissuadi. Queria pôr tudo em pratos limpos com você."

"Bem", disse o Garoto, levantando-se, "talvez tornemos a nos ver, talvez não." Arreganhou mais uma vez os dentes, atravessando a sala das denúncias, mas as maçãs do seu rosto tinham se coberto de um vivo rubor. Levava a peçonha nas veias, embora forçasse aquele sorriso estoico. Fora insultado. Ia mostrar a todos com quem estavam tratando. Julgavam que, por ele ter apenas dezessete anos... Aprumou os ombros estreitos ao lembrar-se de que já havia matado o seu homem, e esses tiras que se julgavam muito espertos não tinham argúcia suficiente para descobrir tal coisa. Arrastava atrás de si as nuvens de sua própria glória: o inferno golpeando-o no começo. Estava pronto para outras mortes.

TERCEIRA PARTE

I

IDA ARNOLD ERGUEU O CORPO, sentando-se na cama da pensão.
No primeiro instante estranhou o quarto. Doía-lhe a cabeça em
consequência dos excessos da noite anterior, no Sherry. Pouco a
pouco foi se recordando de tudo enquanto fitava o espesso jarro
deixado no chão, a bacia de água escura em que se lavava maquinalmente, as rosas muito vivas do papel de parede, uma fotografia
de casamento: Phil Corkery trêmulo diante da porta de entrada,
beijando-lhe os lábios e caminhando avenida abaixo como se não
pudesse esperar outra coisa, enquanto a maré baixava. Correu os
olhos pelo quarto: não parecia tão atraente à luz matinal como
quando tinha alugado, mas "é como se a gente estivesse em casa",
pensou ela com satisfação, "disso é que eu gosto".

O sol brilhava. Brighton estava refulgente. O corredor diante
da sua porta, cheio de areia, rangia sob os pés. Ela sentiu essa
areia na sola dos sapatos até chegar ao vestíbulo, onde havia um
balde, duas pás e uma comprida alga marinha pendurada ao lado
da porta, à guisa de barômetro. Viam-se sapatos de praia por todos
os lados, e uma voz queixosa de criança vinha da sala de jantar,
repetindo e tornando a repetir: "Não quero brincar na areia, quero
ir ao cinema, não quero brincar na areia".

Combinara encontrar-se com Phil Corkery no Snow à uma hora. Antes disso, tinha algumas coisas a fazer. Precisava controlar os gastos, não beber tantas Guinness. A vida não era barata em Brighton e ela não aceitaria dinheiro de Corkery: tinha consciência, tinha o seu código de moral, e quando aceitava dinheiro dava alguma coisa em troca. Black Boy era a solução: a primeira coisa que faria era tratar disso, antes que a cotação subisse: dinheiro... Tomou o caminho de Kemp Town, onde ficava a casa do único apostador que conhecia, o velho Jim Tate — o "Honesto Jim" das apostas de meia coroa.

"Aí vem Ida! Sente-se, mrs. Turner", berrou Jim, enganando-se de nome, assim que ela entrou no escritório. Estendeu-lhe uma caixa de Gold Flakes: "Fume um charuto". Ele era pouco maior do que o normal. Sua voz, em consequência de vinte anos passados nas corridas, tornara-se incapaz de assumir um tom que não fosse enérgico e rude. Era um homem que se devia olhar pelo lado contrário de um binóculo para poder aceitá-lo como a simpática e saudável pessoa que ele pretendia ser. Ao falar-lhe de perto, distinguia-se as grossas veias azuis da testa, o branco dos olhos raiado de vermelho. "Então, mrs. Turner... Ida... qual é o seu favorito?"

"Black Boy."

"Black Boy", repetiu Jim Tate. "Está a dez por um."

"Doze."

"A cotação subiu. Nesta semana tem-se jogado muito em Black Boy. Ninguém lhe dará dez por um a não ser o seu velho amigo."

"Está bem", disse Ida. "Ponha vinte libras no meu nome. E olhe lá, o meu nome não é Turner. É Arnold."

"Vinte librotas. Uma aposta e tanto, mrs. Seja-lá-quem-for." Molhou o polegar na língua e começou a contar as notas. No meio da operação parou, estancou como um enorme sapo debruçado sobre a sua escrivaninha, à escuta. Ruídos de toda a sorte penetravam pela janela aberta: passos na calçada, vozes, música ao longe, tanger de campainhas, o contínuo sussurro da Mancha. Ele estava completamente imóvel, com metade das notas na mão. Parecia inquieto. A campainha do telefone tocou. Deixou-a tocar durante dois segundos, com os olhos postos em Ida, depois tomou o fone. "Alô, alô! É Jim Tate." Era um aparelho de modelo antigo. Apertou o fone de encontro ao ouvido e ficou escutando, enquanto uma voz baixa zumbia qual abelha.

Segurando o fone com uma das mãos, Jim Tate juntou as notas com a outra, preencheu uma cautela. "Está certo, mr. Colleoni. Será feito, mr. Colleoni", disse ele em voz rouca. E pôs o fone no gancho.

"O senhor escreveu Black Dog", observou Ida.

Jim Tate encarou-a. Levou um momento para compreender. "Black Dog!", exclamou, com um riso áspero e falso. "Em que estava eu pensando? Black Dog, essa é boa..."

"Isso significa preocupação", disse Ida.

"Bem", trovejou ele com uma jovialidade pouco convincente, "todos nós temos as nossas preocupações." O telefone tornou a tocar. Ao ver a expressão de Jim Tate, dir-se-ia que o aparelho era capaz de mordê-lo.

"O senhor está ocupado", disse Ida. "Vou andando."

Ao sair para a rua, olhou para todos os lados para ver se descobria alguma causa para a inquietação de Jim Tate. Nada notou, porém: nada mais do que Brighton tratando da sua vida, num dia maravilhoso.

Ida entrou num bar e tomou um cálice de vinho do Porto. O vinho desceu-lhe suave pela garganta, cálido e espesso. Pediu outro. "Quem é mr. Colleoni?", perguntou ao garçom.

"Não sabe quem é mr. Colleoni?"

"A primeira vez que ouvi falar nele foi ainda há pouco."

"É o sucessor de Kite", disse o homem.

"Quem é Kite?"

"Quem *era*! Não leu nos jornais como deram cabo dele em St. Pancras?"

"Não."

"Não creio que quisessem matá-lo", disse o garçom. "Só queriam cortá-lo, mas uma navalha escorregou."

"Aceita uma bebida?"

"Obrigado. Vou tomar um gim."

"Saúde."

"Saúde."

"Eu ignorava essas coisas todas", disse Ida, olhando o relógio por cima do ombro. Não tinha nada para fazer até uma hora; bem podia tomar mais um cálice e ficar ali conversando um pouco. "Me dê mais um Porto. Quando foi que tudo isso aconteceu?"

"Ora, antes do Pentecostes." Essa palavra passara a despertar-lhe o interesse todas as vezes que a ouvia. Significava muitas coisas para ela: uma sebosa nota de dez xelins, os degraus brancos que desciam para o lavatório das senhoras, TRAGÉDIA em letras maiúsculas. "E os amigos de Kite?", perguntou.

"Não têm nenhum futuro depois da morte dele. O bando ficou sem chefe. Imagine que estão se sujeitando às ordens de um garoto de dezessete anos! Que é que um rapazinho vai poder fazer contra Colleoni?" Debruçou-se sobre o balcão e cochichou: "Ele cortou Brewer a noite passada".

"Quem? Colleoni?"

"Não, o garoto."

"Não sei quem é Brewer", disse Ida, "mas parece que as coisas estão animadas."

"Espere pelo começo das corridas. Então é que as coisas ficarão animadas mesmo. Colleoni quer o monopólio. Olhe pela janela, depressa! Lá vai ele!"

Ida foi até a janela e olhou a rua. Também dessa vez não viu senão a sua conhecida Brighton. Não havia notado nenhuma diferença, mesmo no dia em que Fred morrera: duas jovens em trajes de praia, dando-se o braço, os ônibus passando a caminho de Rottingdean, um homem vendendo jornais, uma mulher com uma cesta de compras, um rapazola de terno surrado, um vapor de excursão largando do molhe que se alongava luminoso e transparente como um camarão ao sol. "Não vejo ninguém", disse Ida.

"Ele já se foi."

"Quem? Colleoni?"

"Não, o garoto."

"Ah! Aquele rapazinho!", disse ela, voltando para o balcão e terminando de tomar o seu vinho do Porto.

"Deve andar bem amolado."

"Um garoto como esse não devia se meter nessas coisas. Se ele fosse meu filho eu o tirava disso a laço." Com essas palavras, dispôs-se a afastá-lo da memória, a voltar a atenção para outras coisas, como uma grande draga de aço que girasse sobre o seu eixo, quando se lembrou de súbito: um rosto num bar, visto por cima do ombro de Fred, o ruído de um copo que se quebrava: "O cavalheiro paga". Tinha uma memória fantástica. "O senhor encontrou alguma vez o tal Kolley Kibber?", perguntou.

"Nunca tive essa sorte", disse o homem do bar.

"Morreu de um modo esquisito. Deve ter dado muito o que falar."

"Que me conste, não. Ele não era de Brighton. Ninguém o conhecia por aqui. Um forasteiro."

Um forasteiro: a palavra nada significava para ela. Não havia lugar no mundo onde se sentisse forasteira. Imprimiu um movimento circular à borra do Porto barato no seu cálice e disse para o ar: "Esta vida é boa". Não havia nada a que se sentisse alheia: o espelho com o anúncio, às costas do garçom, mandava-lhe de volta a sua própria imagem; as garotas da praia passavam pela avenida soltando risadinhas espremidas; o gongo batia no vapor prestes a partir para Boulogne. A vida era boa. Somente aquelas trevas em que se movia o Garoto, vindo do Frank, dirigindo-se para o Frank, lhe eram estranhas: não tinha piedade com aquilo que não compreendia. "Vou andando", disse ela.

Ainda não era uma hora, mas queria fazer algumas perguntas antes que mr. Corkery chegasse. Perguntou à primeira garçonete que encontrou: "Você é que é a moça de sorte?".

"Que me conste, não", respondeu friamente a garçonete.

"Refiro-me à moça que encontrou o cartão... o cartão de Kolley Kibber."

"Ah! Foi aquela!", disse a outra, indicando uma das suas colegas com um queixo pontudo, empoado, desdenhoso.

Ida mudou de mesa. "Estou esperando um amigo", disse ela, "mas vou aproveitar o tempo fazendo a minha escolha. O suflê de batatas está bom?"

"Está muito bonito."

"Bem tostadinho em cima?"

"De encher os olhos."

"Como é o seu nome, querida?"

"Rose."

"Rose? Ou muito me engano ou você foi a felizarda que achou um cartão?"

"Elas lhe disseram isso?", volveu Rose. "Ainda não me perdoaram. Não acham justo que eu tivesse tido tanta sorte no meu primeiro dia."

"Seu primeiro dia? Foi sorte de fato. Não esquecerá tão cedo esse dia."

"Não", disse Rose. "Sempre me lembrarei dele."

"Não devo tomar o seu tempo com conversas."

"Quem me dera que o fizesse! É só fingir que está pedindo alguma coisa. Não há ninguém mais para atender e estou caindo de cansaço com essas bandejas."

"O emprego não lhe agrada?"

"Oh, não digo isso", respondeu Rose prontamente. "O emprego é bom. Eu não desejaria outro por coisa alguma no mundo. Não queria trabalhar num hotel, nem mesmo no Chessman, ainda que me pagassem o dobro. É um lugar elegante", disse Rose, correndo os olhos pelo deserto de mesas pintadas de azul, os narcisos, os guardanapos de papel, os frascos de molho inglês.

"Você é daqui?"

"Sempre vivi aqui... toda a minha vida", disse Rose, "na Nelson Place. Esta é uma situação muito boa para mim porque nos deixam dormir aqui. No meu quarto somos só três, e temos dois espelhos."

"Quantos anos você tem?"

Rose curvou-se sobre a mesa, com gratidão. "Dezesseis. Mas para eles digo que tenho dezessete. Se soubessem, iam dizer que não tenho idade bastante. Mandavam-me...", hesitou um longo tempo diante da sombria palavra: "para casa."

"Deve ter ficado muito contente quando encontrou aquele cartão."

"Oh, se fiquei!"

"Poderia me conseguir um copo de cerveja preta, querida?"

"Temos de mandar buscar fora. Se a senhora me der o dinheiro..."

Ida abriu a bolsa. "Sem dúvida nunca mais esquecerá o homenzinho."

"Oh! Ele não era tão...", começou Rose, mas de súbito calou-se, contemplando o molhe pela janela do Snow, do outro lado da avenida.

"Ele não era o quê?", perguntou Ida. "Que é que você ia dizer?"

"Não me lembro mais."

"Só lhe perguntei se poderia esquecer o homenzinho."

"Perdi o fio da meada", disse Rose. "Vou buscar a sua bebida. Custa tanto assim um copo de cerveja?", perguntou, apanhando as duas moedas de xelim.

"Uma delas é para você, meu bem. Eu sou curiosa. Não posso resistir à tentação de fazer perguntas. Esse é o meu defeito. Diga-me que aspecto ele tinha."

"Não sei. Não posso me recordar. Não tenho boa memória para fisionomias."

"É mesmo! Você não deve ter, do contrário teria reclamado o prêmio grande. Com certeza viu o retrato dele no jornal."

"Eu sei. Sou muito pateta para essas coisas." Estava ali, pálida e decidida, ofegante e com uma vaga sensação de culpa.

"Assim teria ganho dez libras, em vez de dez xelins."

"Vou buscar a sua bebida."

"Talvez seja melhor esperar mesmo. O cavalheiro que me convidou para almoçar pode pagar." Ida tornou a apanhar as moedas, e os olhos de Rose acompanharam-lhe a mão, da mesa até a bolsa. "Vintém poupado, vintém ganho", disse Ida com brandura, registrando os traços do rosto ossudo, a boca grande, os olhos afastados demais, a palidez, o corpo adolescente, e de súbito tornou a soltar a voz jovial, chamando: "Phil Corkery, Phil Corkery!", e abanando a mão.

Mr. Corkery usava uma vistosa jaqueta esporte com um broche e um colarinho duro por baixo. Tinha o ar de quem necessitava de alimento, como se andasse consumido por paixões que nunca tivera a coragem de externar.

"Ânimo, Phil! Que é que você vai comer?"

"Um filé e rins", disse mr. Corkery em tom sombrio. "Moça, queremos tomar alguma coisa."

"Temos de mandar buscar fora."

"Bem, nesse caso, traga duas garrafas grandes de Guinness."

Quando Rose voltou, Ida apresentou-a a mr. Corkery. "Esta é a feliz moça que encontrou um cartão de Kolley Kibber."

Rose tentou se afastar, mas Ida a deteve, segurando-a firmemente pela manga do vestido de algodão preto. "Ele comeu muito?", perguntou.

"Não me lembro de nada, palavra que não me lembro." Os rostos dos dois fregueses, um tanto avermelhados pelo cálido sol de verão, eram como dois sinais de perigo.

"Ele tinha o aspecto de quem vai morrer?", perguntou Ida.

"Como posso saber?"

"Sem dúvida falou com ele!"

"Não falei, não. Estava com pressa. Tudo que fiz foi trazer-lhe uma Bass e um cachorro-quente, e nunca mais tornei a vê-lo." Arrancou a manga da mão de Ida e afastou-se.

"Com essa você não conseguirá grande coisa", disse mr. Corkery.

"Ora se não! Mais do que eu esperava."

"Ué! Quais são as novidades?"

"O que essa garota disse."

"Não disse muito."

"Pelo contrário, disse bastante. Desde o começo tive a impressão de que havia qualquer coisa de suspeito nessa história. Veja só: ele me disse no táxi que ia morrer e no primeiro momento eu acreditei. Fiquei estarrecida, e depois ele disse que estava apenas brincando."

"Mas o fato é que *estava* morrendo."

"Não era a isso que ele se referia. Eu tenho os meus instintos."

"Seja como for", disse mr. Corkery, "existem provas de que ele teve morte natural. Não vejo nenhuma razão para se preocupar com o assunto. Está fazendo um lindo dia, Ida. Vamos para o Brighton Belle conversar sobre isso. Os bares de bordo nunca fecham. Afinal de contas, se o homem se matou, isso é lá com ele."

"Se ele se matou é porque foi obrigado", disse Ida. "Depois de ouvir essa garota, estou convencida de que não foi ele quem deixou o cartão aqui."

"Santo Deus! Que é que você quer dizer? Não devia falar assim. É perigoso." Engoliu em seco, nervoso, e o pomo de adão subiu e desceu sob a pele do magro pescoço.

"É verdade que é perigoso", retrucou, vendo o corpo esguio da adolescente passar diante dela, no seu vestido de algodão preto, e ouvindo o tim-tim-tim do copo carregado na bandeja por uma mão trêmula, "mas para quem? Isso é outra questão."

"Vamos sair para o sol. Não está muito quente aqui." Mr. Corkery não tinha colete nem gravata: tremia de leve na sua jaqueta esporte com camisa leve.

"Preciso pensar", disse Ida.

"No seu lugar eu não me envolveria nessas questões, Ida. Ele não era nada seu."

"Não era nada para ninguém, aí é que está o mal", volveu Ida. Rebuscou as profundezas do seu espírito, o plano das recordações, dos instintos e das esperanças, e tirou de lá a única filosofia pela qual se guiava. "Gosto de ser justa", disse ela. Sentiu-se mais aliviada depois de pronunciar essas palavras e acrescentou com terrível jovialidade: "Olho por olho, Phil. Você está comigo?".

O pomo de adão mexeu-se. Uma corrente de ar, da qual todo o calor solar fora eliminado, irrompeu pela porta giratória, e mr. Corkery sentiu-a no peito ossudo. "Não sei o que lhe deu essa ideia, Ida, mas sou um defensor da lei e da ordem. Estou com você." A sua própria audácia subiu-lhe à cabeça. Pousou a mão no joelho dela. "Por você eu seria capaz de tudo, Ida."

"Em vista do que ela me disse, só temos uma coisa a fazer", disse Ida.

"Que é?"

"Ir à polícia."

Ida irrompeu posto policial adentro, rindo-se para este e abanando a mão para aquele. Nunca os vira mais gordos. Estava alegre e determinada e trazia Phil atrás de si.

"Quero falar com o delegado", disse ao sargento instalado diante de uma escrivaninha. "Ele está ocupado, minha senhora. Sobre que assunto queria falar?"

"Posso esperar", disse Ida, sentando-se no meio dos guardas. "Sente-se, Phil." Arreganhou os dentes para eles com descarada confiança. "Os bares só abrem às seis. Phil e eu não temos nada para fazer até essa hora."

"A respeito do que queria falar com o delegado, minha senhora?"

"Suicídio", disse Ida, "bem nas barbas dos senhores, e ainda dizem que foi morte natural."

O sargento encarou-a e Ida encarou-o também. Os seus olhos grandes e claros (uns goles a mais, de vez em quando, não tinham nenhum efeito sobre eles) nada diziam, não traíam segredos. A camaradagem, o bom humor, a jovialidade desciam como uma cortina de aço diante de uma vitrina. Apenas se podiam adivinhar as mercadorias que estavam lá dentro: velhas mercadorias, sólidas e autênticas, justiça, olho por olho, a lei e a ordem, a pena capital, uma escapadela de vez em quando, nada de feio, nada de tenebroso, nada de que se pudesse ter vergonha, nada de misterioso.

"Não está me fazendo de bobo, está?"

"A ocasião não é para isso, sargento."

Ele entrou por uma porta e fechou-a atrás de si. Ida acomodou-se melhor no banco, ficou à vontade. "Isto aqui está um pouco abafado, rapazes. Que tal se abrissem mais uma janela?" E eles foram abri-la obedientemente.

O sargento chamou-a da porta. "Pode entrar", disse.

"Venha, Phil", convidou Ida, e levou-o ao pequenino e atravancado gabinete que cheirava a madeira envernizada e cola de peixe.

"Então deseja dar parte de um suicídio, senhora...?", disse o delegado. Tinha um ar cansado, envelhecido e tímido. Tentara fazer desaparecer uma lata de caramelos de frutas e um livro manuscrito atrás de um telefone.

"Arnold, Ida Arnold. Pensei que o assunto talvez lhe dissesse respeito, senhor delegado", disse ela com forte sarcasmo.

"Esse é o seu marido?"

"Oh, não, apenas um amigo. Eu só queria trazer uma testemunha."

"E qual é a pessoa com quem está preocupada, mrs. Arnold?"

"Chamava-se Hale, Fred Hale. Queira desculpar, Charles Hale."

"Não ignoramos nada a respeito de Hale, mrs. Arnold. Ele morreu de modo perfeitamente natural."

"Oh, não, os senhores ignoram várias coisas. Não sabem que ele estava comigo duas horas antes de ser encontrado."

"A senhora não compareceu ao inquérito?"

"Só soube que se tratava dele depois de ver o retrato nos jornais."

"E por que julga que a morte não foi natural?"

"Ouça-me. Ele andava comigo e estava com medo de alguma coisa. Estivemos no Palace Pier. Precisei me lavar e passar uma escova na roupa, mas ele não queria que eu o deixasse. Afastei-me durante uns cinco minutos e, quando voltei, ele tinha desaparecido. Para onde foi? Os senhores dizem que ele almoçou no Snow e depois desceu o molhe até o abrigo, em Hove. Talvez pense que ele me abandonou, simplesmente, mas quem almoçou e deixou aquele cartão no Snow não foi Fred... quero dizer, Hale. Acabo de falar com a garçonete. Hale não gostava de Bass... achava essa cerveja intragável... mas o homem que esteve no Snow mandou comprar uma garrafa."

"Isso não quer dizer nada", volveu o delegado. "Estava fazendo calor e ele se sentia indisposto. Estava cansado de todas aquelas coisas que tinha de fazer. Não me admiraria que usasse de um subterfúgio, mandando alguém em seu lugar ao Snow."

"A garota não quer informar nada a respeito dele. Sabe, mas não quer dizer."

"É fácil explicar isso, mrs. Arnold. O homem pode ter deixado o cartão sob a condição de que ela não revelasse nada."

"Não é isso. Ela está com medo. Alguém a assustou, talvez a mesma pessoa que arrastou Fred... Há outras coisas além disso."

"Lamento muito, mrs. Arnold. É pura perda de tempo querer levantar questões em torno desse caso. Como sabe, houve necrópsia. O laudo médico demonstra sem sombra de dúvida que ele morreu naturalmente. Sofria do coração. Os médicos chamam isso de trombose da coronária. Eu diria simplesmente que foi o calor, a multidão, o excesso de exercício... e o coração fraco."

"Eu poderia ver o relatório?"

"Isso não é habitual."

"É que eu era amiga dele, percebe?", disse Ida com brandura. "Gostaria de ter certeza."

"Bem, como é para tranquilizá-la, vou abrir uma exceção. Tenho-o aqui em cima da escrivaninha."

Ida leu cuidadosamente o laudo. "Este médico entende do ofício?"

"É um dos melhores que temos."

"Parece claro, não é mesmo?", disse Ida. Pôs-se a ler de novo, desde o começo. "São muito minuciosos... Eu não poderia conhecê-lo melhor se fosse casada com ele. Cicatriz de operação do apêndice, mamilos supranumerários (sei lá o que é isso), sofria de gases... Eu também sofro quando passo um feriado fora. Chega a ser falta de respeito, não acha? Ele não ficaria satisfeito com isso", ponderou, cheia de pena, com os olhos no laudo. "Varizes. Pobre Fred! Que quer dizer isto sobre o fígado?"

"Ele bebia muito, nada mais."

"Não admira. Pobre Fred! Então tinha unhas encravadas nos pés? Não creio que seja decente saber isso."

"Era grande amiga dele?"

"Nós nos conhecemos naquele dia. Mas gostei dele. Era um autêntico cavalheiro. Se eu não estivesse um pouco alegre isso não teria acontecido." Suspirou. "Na minha companhia não lhe poderia acontecer nada de mau."

"Já terminou a leitura do laudo, mrs. Arnold?"

"Esse seu médico menciona tudo, hein? Contusões, não-sei--o-quê superficiais nos braços. Que pensa disso, senhor delegado?"

"Não quer dizer nada. O feriado, a multidão, empurrões de todos os lados..."

"Ora, use o seu bom senso, use o seu bom senso!" A língua de Ida soltou-se. "Seja humano! O senhor já foi passar um feriado fora? Onde foi que viu uma multidão assim? Brighton, afinal de contas, é bastante grande. Não é um elevador de metrô. Eu estava aqui e sei o que digo."

"A senhora está fantasiando coisas, mrs. Arnold", retrucou o delegado, com obstinação.

"Então a polícia não quer mexer nem um dedo? Não vão interrogar aquela garçonete do Snow?"

"O caso está encerrado, mrs. Arnold. E, ainda que se tratasse de suicídio, para que abrir velhas feridas?"

"Alguém o arrastou... Talvez nem tenha sido suicídio... Talvez..."

"Como eu lhe disse, mrs. Arnold, o caso está encerrado."

"É o que o senhor pensa", disse Ida, pondo-se em pé e chamando Phil com um gesto de cabeça. "Encerrado o quê! Nós nos tornaremos a ver." Já na porta, virou-se para olhar o velho sentado atrás da escrivaninha e ameaçou-o com a sua implacável vitalidade. "Ou quem sabe não? Posso resolver isso à minha moda. Não preciso da sua polícia." Os guardas, na sala de espera, remexeram-se inquietos; alguém riu; alguém deixou cair uma lata de graxa para sapatos. "Tenho os meus amigos."

Seus amigos andavam por toda a parte, no ar claro e cintilante de Brighton. Acompanhavam obedientemente suas mulheres às peixarias, carregavam para a praia os baldezinhos dos filhos, rondavam os bares à espera da hora de abrir, pagavam um *penny* para espreitar *Uma noite de amor* no cinemascópio do molhe. Bastava apelar para um deles, pois Ida Arnold defendia a causa justa. Era jovial e cheia de saúde, podia emborcar um copo com o melhor dentre eles. Gostava de divertir-se; os seus grandes seios exibiam francamente a sua carnalidade pelo Old Steyne afora, mas era suficiente olhá-la para compreender que se podia ter confiança nela. Não iria contar coisas à esposa de ninguém, não lembraria a um homem na manhã seguinte o que ele desejava esquecer. Era honesta, tinha bom coração, pertencia à grande classe média, respeitadora das leis, buscava os mesmos divertimentos que eles, cultivava as mesmas superstições (o tabuleiro raspando a madeira envernizada de uma mesa aqui e além, o sal atirado por cima do ombro), não tinha afeições mais profundas do que eles próprios.

"Os gastos estão subindo", disse Ida. "Não faz mal. Tudo entrará nos eixos depois das corridas."

"Tem um palpite?", perguntou mr. Corkery.

"Diretamente da boca do cavalo. Pobre Fred! Eu não devia falar assim."

"Seja camarada, me diga", implorou mr. Corkery.

"Tudo a seu tempo. Continue sendo bonzinho e não há nada que não possa acontecer."

"Mas você continua com a mesma ideia, depois do que aquele médico escreveu?", sondou ele.

"Nunca dei importância aos médicos."

"Mas por quê?"

"Temos de descobrir."

"Mas como?"

"Dê-me tempo. Ainda não comecei."

O mar estendia-se como uma alegre piscina comum num quarteirão de apartamentos, à extremidade da rua. "Da cor dos seus olhos", comentou mr. Corkery pensativamente, com um toque de nostalgia. "Não poderíamos dar agora uma chegadinha ao molhe, Ida?"

"Sim", disse ela. "O molhe. Vamos ao Palace Pier, Phil." Mas quando lá chegaram não quis passar a catraca. Postou-se ali como um camelô, de frente para o Aquário e o banheiro das senhoras. "É aqui que eu começo. Foi aqui que ele esperou por mim, Phil." E, com um olhar que abrangia as luzes verdes e vermelhas, o denso tráfego do seu campo de batalha, pôs-se a arquitetar os seus planos, arregimentando as tropas, enquanto, a cinco metros de distância, Spicer também estava parado aguardando o aparecimento de um inimigo. Apenas uma ligeira dúvida perturbava o otimismo de Ida. "Esse cavalo tem de ganhar, Phil. Do contrário não poderei me sustentar."

2

SPICER ANDAVA DESASSOSSEGADO. Não tinha nada para fazer. Quando começassem as corridas se sentiria melhor, não teria de pensar tanto em Hale. O que o desconcertava era o resultado da necrópsia: "Morte provocada por causas naturais", quando ele tinha visto com seus próprios olhos o Garoto... Aquilo era suspeito, encobria alguma cilada. Ele dizia com os seus botões que poderia fazer frente a um inquérito policial, mas o que não suportava era aquela incerteza, a falsa garantia daquele veredicto. Havia ali um ardil qualquer, e durante o longo dia de verão Spicer vagueou perturbado, à espera de uma surpresa desagradável: o posto policial, o Lugar onde tinham feito a Coisa, o próprio restaurante Snow eram incluídos no seu passeio. Queria certificar-se de que os policiais não estavam fazendo nada (conhecia todos os agentes secretos da força pública de Brighton), de que ninguém andava fazendo perguntas ou rondando locais onde não tivesse motivo para estar. Sabia que aquilo tudo vinha dos nervos: "Vou sossegar quando começarem as corridas", dizia para si mesmo, como um homem que tem todo o corpo envenenado e julga que basta arrancar um dente para que tudo volte à normalidade.

Avançava cautelosamente pela avenida, vindo dos lados de Hove, do abrigo envidraçado em que haviam deixado o cadáver de Hale; estava pálido, os olhos injetados, as pontas dos dedos amarelas de nicotina. Tinha um calo no pé esquerdo e coxeava um pouco, arrastando o sapato de um marrom-alaranjado vivo. Tinham-lhe aparecido exantemas em redor da boca, e isso também era causado pela morte de Hale. O medo lhe desarranjava os intestinos, fazendo surgir aquelas manchas: era sempre assim.

Atravessou cautelosamente a avenida ao aproximar-se do Snow: ali estava outro ponto vulnerável. O sol incidia nas grandes vitrinas, que faiscavam como faróis de automóvel. Ao passar pelo restaurante, suava um pouco. Uma voz disse: "Olha quem está aqui, o Spicey!". Enquanto atravessava, conservara os olhos fixos no Snow e não tinha reparado no homem que estava perto dele, no passeio, encostado ao gradil verde sob o qual se estendia a praia coberta de seixos. Voltou bruscamente a cara desanimada: "Que está fazendo aqui, Crab?".

"É um prazer estar de volta", disse Crab, um homem jovem, de terno cor de malva, cintura estreita e ombros que lembravam um cabide de paletó.

"Nós já pusemos você fora daqui uma vez, Crab. Pensei que não apareceria mais em Brighton. Está mudado." Os cabelos do rapaz tinham uma cor de cenoura, salvo nas raízes, e o seu nariz tornara-se reto, com cicatrizes nos lados. Outrora fora judeu, mas graças aos bons ofícios de um cabeleireiro e de um cirurgião mudara de raça. "Teve medo de ser descoberto por nós se não transformasse a fachada?"

"Ora, Spicey! Eu, ter medo do seu bando! Qualquer dia você vai me chamar de patrão. Sou o braço direito de Colleoni."

"Sempre ouvi dizer que ele era canhoto. Espera até Pinkie saber que você voltou."

Crab riu: "Pinkie está no posto de polícia".

O posto: Spicer deixou cair o queixo e correu, arrastando na calçada o sapato cor de laranja, com o calo dando-lhe pontadas. Ouviu Crab rir às suas costas, sentiu nas narinas um cheiro de peixe morto: estava doente. O posto, o posto: era como um abscesso a injetar veneno nos nervos. Ao entrar na casa de Frank não encontrou ninguém. Subiu a escada, torturado, fazendo estalar os degraus, evitando o corrimão podre, e deteve-se à porta do quarto de Pinkie. A porta estava aberta, o vazio se refletia no espelho giratório. Nenhum bilhete, migalhas pelo chão: era como o quarto de alguém que tivesse sido chamado inesperadamente.

Spicer parou junto à cômoda: nenhum pedaço de papel nas gavetas com uma mensagem tranquilizadora; nenhum aviso. Olhou para cima e para baixo, sentindo em todo o corpo e no próprio cérebro as pontadas do calo, e de repente deparou com o seu rosto no espelho: os grossos cabelos pretos a branquear nas raízes, as manchas na face, os olhos injetados, e ocorreu-lhe, como se estivesse vendo um *close* na tela, que aquela era uma perfeita cara de delator.

Afastou-se do lavatório. Migalhas de pastel esfarinhavam-se sob seus pés. Disse consigo mesmo que ele não era homem para revelar coisas à polícia. Pinkie, Cubitt e Dallow eram seus camaradas. Não os trairia... embora não fosse ele quem tinha matado o homem. Desde o começo fora contra aquilo; apenas tinha distribuído os cartões; apenas *sabia*. Deteve-se no alto da escada, olhando o vestíbulo lá embaixo, por cima do corrimão vacilante. Preferiria matar-se a denunciar os seus companheiros, disse ele num cochicho ao patamar vazio, mas na realidade sabia não ter essa coragem. Era melhor fugir, e pensou com nostalgia em Nottingham, numa taverna que conhecia e pretendera comprar quando tivesse juntado o seu pé-de-meia. Era uma boa terra Nottingham, o ar saudável, sem esse sal que ardia nos lábios secos, e as garotas eram amáveis. Se pudesse ir embora... Mas os outros não o deixariam: ele sabia demais. Estava ligado ao bando para sempre. Ficou olhando o pequenino vestíbulo lá embaixo, o trilho de linóleo, o telefone de tipo antigo sobre um consolo junto à porta.

Enquanto ele olhava, o telefone pôs-se a tocar. Observou-o com temor e desconfiança. Já não podia suportar más notícias. Aonde tinham ido os outros? Teriam fugido sem avisá-lo? Nem sequer Frank se achava no porão. Sentia-se na casa um cheiro de queimado, como se ele tivesse deixado o ferro ligado. O telefone não parava de tocar. "Deixa que chamem", pensou ele. "Hão de se cansar. Por que é que eu hei de fazer todo o trabalho nesta joça?" E a campainha sempre tocando. O indivíduo, fosse lá quem fosse, não se cansava facilmente. Veio até o topo da escada e olhou carrancudo para aquele objeto preto que enchia de barulho a casa silenciosa. "O diabo", disse ele em voz alta, como se ensaiasse um discurso para Pinkie e os outros, "é que estou ficando muito velho para esse negócio. Preciso me aposentar. Olhem o meu cabelo. Está ficando branco. Preciso me aposentar." Mas a única resposta era aquele retinir teimoso.

"Não há ninguém aí para atender esse maldito aparelho?", gritou para baixo. "Sou eu que tenho de fazer todo o trabalho, hein?" E viu a si mesmo deixando cair um cartão num baldezinho de brinquedo, introduzindo um cartão por baixo de um bote virado de borco — cartões que podiam tê-lo levado à forca. Desceu repentinamente a escada, correndo, com uma espécie de fúria simulada, e apanhou o fone. "Que foi, que foi?", berrou no aparelho. "Quem é o diabo que está ligando?"

"É da casa de Frank?", perguntou uma voz. Spicer já a conhecia. Era a garçonete do Snow. Baixou o fone, tomado de pânico, e esperou. Uma tênue voz de boneca saía do orifício: "Por favor, eu quero falar com Pinkie". Tinha a impressão de que o simples ato de ouvir já o estava denunciando. Tornou a escutar, e a voz repetiu com desesperada ansiedade: "É da casa de Frank?".

Afastando a boca do aparelho, enroscando a língua, entortando os lábios e dando à sua voz uma inflexão roufenha, Spicer, tentando disfarçar, respondeu: "Pinkie não está em casa. Que é que deseja?".

"Preciso falar com ele."

"Estou lhe dizendo que ele não está."

"Quem fala aí?", perguntou de repente a moça, num tom assustado.

"Isso é o que eu também quero saber. Quem é a senhora?"

"Sou uma amiga de Pinkie. Tenho de encontrá-lo. É urgente."

"Não posso fazer nada."

"Por favor! O senhor tem de encontrar Pinkie. Ele me mandou avisá-lo... se por acaso..." A voz apagou-se.

Spicer gritou ao telefone: "Alô! Onde está? Se por acaso o quê?". Não houve resposta. Apertando o fone contra o ouvido, escutou o silêncio que fazia nos fios. "Alô! Alô! Faça o favor de ligar de novo", e de súbito a voz tornou a falar, como se alguém houvesse pousado uma agulha num disco, no lugar certo: "Está ouvindo? Por favor, está ouvindo?".

"Claro que estou ouvindo. Que foi que Pinkie lhe disse?"

"Tenho de encontrar Pinkie. Ele disse que queria saber. É uma mulher. Esteve aqui com um homem."

"Como, uma mulher? Que quer dizer com isso?"

"Fazendo perguntas", respondeu a voz. Spicer pôs o fone no gancho: tudo mais que Rose tinha para dizer morreu estrangulado nos fios. Encontrar Pinkie? De que servia encontrar Pinkie? Os *outros* já o tinham encontrado. E Cubitt e Dallow também haviam fugido sem avisá-lo. Se ele os traísse, não faria mais que pagar-lhes na mesma moeda. Mas não o faria. Não era um delator. Julgavam-no covarde. *Pensavam* que ele iria traí-los. Nem sequer reconheciam... Uma gotinha de autopiedade brotou dos condutos secos e envelhecidos, picando-lhe as pálpebras.

"Tenho de refletir", repetia ele consigo, "tenho de refletir." Abriu a porta da rua e saiu. Nem se deu ao trabalho de ir buscar o chapéu. Os seus cabelos rareavam no alto da cabeça, secos e quebradiços sob a caspa. Andava rapidamente, sem destino certo, mas em Brighton todos os caminhos levam à praia. "Estou muito velho para esse negócio, preciso ir embora daqui." Nottingham. Queria estar só; desceu os degraus de pedra para a praia. As lojinhas em frente ao mar, sob o passeio, começavam a fechar as portas. Ele caminhava à beira do asfalto, enterrando os pés no cascalho. "Não vou abrir o bico", observou mentalmente para a onda que avançava sobre a areia e tornava a retirar-se, "mas não tenho culpa nenhuma nisso, nunca quis matar Fred." Penetrou na sombra do molhe e um fotógrafo barato, com uma máquina-caixão, bateu um instantâneo dele no momento em que a sombra começava a cobri-lo e meteu-lhe um papelucho na mão. Spicer não percebeu nada. Os pilares de ferro desciam pelo cascalho úmido e sombrio, sustentando acima da sua cabeça a pista de automóveis, os estandes de tiro ao alvo e o cinemascópio, modelos mecânicos, "o Robô lhe dirá a sua sorte". Uma gaivota esvoaçou na direção dele, entre os pilares, como um pássaro assustado, surpreendido numa catedral, depois frechou para a luz do sol, deixando a escura nave de ferro. "Eu não seria capaz de dar com a língua nos dentes", disse Spicer, "a não ser que me visse obrigado..." Tropeçou numa botina velha e agarrou-se às pedras para não cair: elas conservavam toda a frialdade do mar e nunca tinham sido aquecidas pelo sol, debaixo daqueles pilares.

"Essa mulher", pensou ele, "como é que ela pode saber? Por que anda fazendo perguntas? Eu não queria que matassem Hale; não seria justo que me enforcassem junto com os outros; eu disse a eles que não fizessem." Saiu para a luz do sol e subiu os degraus, voltando ao passeio. "Será por aqui que virão os tiras", pensou ele, "se descobrirem alguma coisa: sempre reconstituem o crime." Assumiu o seu posto entre a catraca do molhe e o lavatório das senhoras. Não havia muita gente por ali: poderia identificar os tiras com bastante facilidade... se eles viessem. Além ficava o Royal Albion; Spicer abarcava com os olhos toda a Grand Parade até o Old Steyne. As pálidas cúpulas verdes do Pavilion flutuavam por cima das árvores poeirentas. Dali ele podia avistar quem quer que, naquela tarde quente e deserta do meio da semana, descesse as escadas do Aquário — o convés branco pronto para as danças — demandando a pequena galeria coberta onde as lojinhas baratas se perfilavam entre o mar e a muralha de pedra, vendendo caramelo de Brighton.

3

O VENENO ARDIA NAS VEIAS DO GAROTO. Fora insultado. Tinha de provar a alguém que era um homem. Entrou de carranca fechada no restaurante Snow, a aparência juvenil, o terno gasto, um ar que não inspirava confiança, e as garçonetes voltaram unanimemente as costas. Deteve-se procurando uma mesa com os olhos (a casa estava cheia) e ninguém o atendeu. Pareciam duvidar que ele tivesse dinheiro para pagar o jantar. Pensou em Colleoni atravessando as enormes salas sobre os tapetes silenciosos, nas coroas bordadas sobre os encostos das poltronas. "Ninguém me atende?", gritou de súbito, e o nervo repuxou-lhe a face. Todos os rostos que o cercavam estremeceram, depois se aquietaram como a superfície de um lago. Todos desviavam os olhos. Não tomavam conhecimento da sua presença. De súbito uma sensação de cansaço o invadiu. Teve a impressão de haver percorrido muitas milhas para, no final, ser desdenhado assim.

"Não há nenhuma mesa", disse uma voz. Ainda eram tão estranhos um ao outro que ele só reconheceu essa voz quando ela acrescentou: "Pinkie". Virou-se e deparou com Rose vestida para sair, com um surrado chapéu preto de palha que lhe dava antecipadamente ao rosto a aparência que este teria ao cabo de vinte anos de trabalhos e filhos.

"Elas têm de me atender", disse o Garoto. "Que é que estão pensando?"

"Não há mesa desocupada."

Todos, agora, o observavam com ar de reprovação.

"Venha aqui fora, Pinkie."

"Por que você se arrumou toda?"

"É a minha tarde de folga. Venha aqui fora."

Ele a seguiu até a calçada e, agarrando-lhe subitamente o pulso, deixou que a ira lhe subisse aos lábios: "Sou capaz de quebrar-lhe o braço".

"Que foi que eu fiz, Pinkie?"

"Não há mesa! Não gostam de me servir aqui, não sou grã--fino. Hei de mostrar a essa gente... Um dia..."

"Quê?"

Mas o pensamento do Garoto vacilou diante da magnitude das suas próprias ambições: "Deixa estar... eles hão de conhecer...".

"Você recebeu o recado, Pinkie?"

"Que recado?"

"Telefonei para a casa de Frank. Disse a ele que avisasse você."

"Disse a quem?"

"Não sei." E acrescentou com naturalidade: "Acho que foi o homem que deixou o cartão".

Ele tornou a agarrá-la pelo pulso, dizendo: "O homem que deixou o cartão está morto. Você leu nos jornais". Mas dessa vez Rose não mostrou nenhum sinal de temor. Ele tinha sido cordial demais. Ela ignorou sua advertência.

"Ele encontrou você?", perguntou ela, e o Garoto pensou: "É preciso meter-lhe medo de novo".

"Ninguém me encontrou", respondeu. Empurrou-a para a frente com um gesto rude: "Vamos caminhar. Vou sair com você".

O CONDENADO 117

"Eu ia para casa..."

"Não vai, não. Você vem comigo. Preciso de exercícios", disse ele, olhando para os seus sapatos pontudos que nunca tinham andado além da extremidade da avenida.

"Aonde é que nós vamos, Pinkie?"

"A alguma parte, no campo. É para onde se costuma ir num dia como este." Tentou imaginar, por um momento, onde ficava o campo: o hipódromo, aquilo era campo. Viu então aproximar-se um ônibus com o letreiro *Peacehaven* e fez sinal com a mão. "Aqui está, isso é o campo. Poderemos conversar lá. Temos de pôr certas coisas em pratos limpos."

"Pensei que fôssemos caminhar."

"Isso é caminhar", retrucou ele com rudeza, fazendo-a subir os degraus do ônibus. "Você está muito verde ainda. Não sabe nada. Você pensava que a gente caminharia de fato? São quilômetros até lá."

"Então dar uma caminhada quer dizer tomar um ônibus?"

"Ou um carro. Eu levaria você no meu, mas o bando saiu nele."

"Você tem um carro?"

"Não poderia passar sem um", disse o Garoto, enquanto o ônibus subia a ladeira de Rottingdean: construções de tijolo vermelho atrás de um muro, um vasto parque, uma moça com um taco de hóquei olhando qualquer coisa no céu, no meio gramado caro e bem aparado. A peçonha reverteu às glândulas de onde tinha saído: ele era admirado, ninguém o insultava. Mas, quando olhou para aquela que o admirava, as glândulas tornaram a destilar o veneno. "Tire esse chapéu. Você fica horrível com ele." Rose obedeceu. O seu cabelo cor de rato pousava, liso, sobre o pequeno crânio. Ele a observou com desagrado. Seus companheiros tinham pilheriado, insinuando que ele ia casar com aquilo. Observava-a com a sua azeda virgindade, como quem observa uma dose de remédio que lhe é oferecida, mas que jamais consentirá em tomar, preferindo antes a morte — a morte própria ou alheia. A poeira esbranquiçada revoluteava em redor das janelas do ônibus.

"Você me mandou telefonar", disse Rose, "e como..."

"Aqui não. Espere para quando estivermos sós." A cabeça do chofer elevou-se pouco a pouco contra o fundo do céu vazio, algumas plumas brancas sopradas para trás, na direção do azul, estavam no alto da chapada e o ônibus virou para leste. Com os sapatos pontudos dispostos lado a lado, as mãos nos bolsos, o Garoto sentia a vibração do motor por meio das solas finas.

"É delicioso estar aqui... no campo, com você", disse Rose. Pequenos bangalôs alcatroados, de telhado de zinco, iam ficando para trás, jardins plantados na greda, secos canteiros de flores como emblemas saxões talhados nas dunas. Anúncios diziam: "Pare aqui", "Chá Mazawattee", "Objetos genuínos de arte antiga", e a alguns metros lá embaixo o mar verde-pálido lambia o flanco escalavrado e andrajoso da Inglaterra. A própria Peacehaven ia decaindo entre as ondulações da chapada: ruas ainda por terminar e já transformadas em trilhas de capim. Desceram por entre os bangalôs até a beira do penhasco. Não havia ninguém por ali. Um dos bangalôs tinha vidros quebrados nas janelas, em outro as persianas estavam baixadas em sinal de luto. "Fico tonta quando olho para baixo", disse Rose. O armazém já havia cerrado as portas; o comércio fechava cedo nesse dia e não se serviam bebidas no hotel. Uma fileira de tabuletas com a inscrição "Aluga-se" estendia-se ao longo do sulco gredoso da rua inacabada. O Garoto via por cima do ombro dela o despenhadeiro com o seu fundo de cascalho. "Tenho a impressão de que vou cair", disse Rose, afastando-se do mar. Ele deixou que ela se afastasse: era desnecessário agir antes do tempo. O remédio talvez nunca lhe fosse oferecido.

"Agora diga quem telefonou, a quem, e por quê."

"Fui eu que telefonei para você, e ele atendeu."

"Ele?"

"O homem que deixou o cartão naquele dia em que você apareceu. Está lembrado? Você estava procurando alguma coisa." Ele se lembrava muito bem: a mão debaixo da toalha, o rosto inocente e estúpido que, julgava ele, esqueceria facilmente. "Você tem muito boa memória", observou, franzindo a sobrancelha.

"Não poderia esquecer aquele dia", respondeu Rose abruptamente, e calou-se.

"Mas você também esquece muita coisa. Eu disse há pouco que o homem que atendeu o telefone não era aquele. Aquele homem morreu."

"De qualquer forma, isso não tem importância. O que importa é que alguém esteve lá fazendo perguntas", disse ela.

"Sobre o cartão?"

"Sim."

"Um homem?"

"Uma mulher. Uma mulherona que está sempre rindo. Queria que você ouvisse o riso. Como se ela não tivesse a menor preocupação neste mundo. Desconfiei dela. Não é da nossa laia."

"A nossa laia!" Ele tornou a franzir a sobrancelha para as ondas rasas e crespas, ante a insinuação de que ambos tivessem alguma coisa em comum, e falou com aspereza: "Que é que ela queria?".

"Queria saber tudo. Que jeito tinha o homem que deixou o cartão."

"E que foi que você disse?"

"Não disse coisa nenhuma, Pinkie."

O Garoto esgravatou com a ponta do sapato na grama mirrada e seca e deu um pontapé numa lata vazia de carne em conserva, fazendo-a retinir nos sulcos da estrada. "Só estou pensando em você. Não me preocupo comigo. Não tenho nada a ver com isso. Mas não quero ver você comprometida em coisas que podem ser perigosas." Olhou vivamente para ela, de soslaio. "Você não parece assustada. O que estou lhe dizendo é muito sério."

"Não tenho medo nenhum, Pinkie... com você ao meu lado."

Ele enterrou as unhas na palma das mãos, contrariado. Rose lembrava-se de tudo que devia esquecer e esquecia aquilo de que devia se lembrar: o frasco de vitríolo. Não havia dúvida de que lhe metera medo aquela vez, mas desde então mostrara-se amigo demais: Rose pensava que ele gostava realmente dela. E essa! O que estava fazendo, supunha, era o que se chamava namorar. Tornou a pensar na pilhéria de Spicer. Olhou para os cabelos de rato, o corpo ossudo, o vestido surrado, e estremeceu involuntariamente. "Sábado", pensou, "hoje é sábado", lembrando-se do quarto na sua casa, do apavorante exercício semanal dos pais, que ele observava da sua cama. Isso era o que elas esperavam da gente, todas tinham o olho na cama: sua virgindade era tão natural nele como o sexo. Era assim que elas julgavam a gente: não pela coragem de matar um homem, de chefiar um bando, de triunfar sobre Colleoni. "Por que ficamos aqui? Vamos voltar", disse ele.

"Chegamos agora mesmo. Vamos ficar mais um pouco, Pinkie. Eu gosto do campo."

"Você já viu tudo. Não se pode fazer nada no campo. O bar está fechado."

"Podemos ficar sentados aqui. De qualquer modo, temos de esperar o ônibus. Você é engraçado. Por acaso está com medo de alguma coisa?"

Ele riu de modo esquisito, sentando-se com um movimento desajeitado diante do bangalô que tinha as vidraças quebradas: "Eu, com medo? Essa é boa!". Recostou-se na rocha, o colete desabotoado, a gravata fina e puída destacando as suas listras de cor viva contra o fundo de calcário branco.

"Isso é melhor do que ir para casa", disse Rose.

"Onde é sua casa?"

"Em Nelson Place. Conhece?"

"Já passei por lá", disse o Garoto em tom negligente. Mas seria capaz de traçar a planta da praça com a exatidão de um topógrafo: à esquina, o quartel do Exército de Salvação com as suas paredes listradas e as ameias; a casa dele mais adiante, em Paradise Piece; os prédios davam a impressão de ter sofrido intenso bombardeio, as janelas sem vidros e as calhas desprendidas batendo com o vento, uma armação de cama de ferro acumulando ferrugem no meio de um jardim, o chão revolto e devastado em frente, onde haviam demolido algumas casas para construir conjuntos populares que nunca saíram do papel.

Estavam sentados lado a lado no banco de rocha, com uma geografia em comum, e um pouco de ódio misturou-se ao desprezo que ele sentia. Julgava ter fugido para sempre e ali estava o seu lar de volta, ao lado dele, fazendo exigências.

"Ela nunca viveu lá", disse Rose subitamente.

"Quem?"

"Aquela mulher que veio fazer perguntas. Nenhuma preocupação na vida."

"Bem", disse ele, "nem todos nós podemos ter nascido em Nelson Place."

"Você não nasceu lá... ou lá por perto?"

"Eu? Claro que não. Que é que você pensa?"

"Pensei... que talvez você fosse de lá. Você também é católico. Todos somos católicos em Nelson Place. Acredita em certas coisas, como o inferno. Mas aquela mulher a gente nota que não acredita em nada." E acrescentou com amargura: "Está se vendo que a vida para ela é uma festa só".

Ele se resguardava de qualquer ligação com Paradise Piece: "Não estou me preocupando com a religião. O inferno está aqui mesmo. Não há necessidade de pensar nisso... pelo menos não antes da hora da morte".

"Pode-se morrer de repente."

O Garoto cerrou os olhos sob a abóbada refulgente e vazia, e uma recordação veio à tona, formulando-se imperfeitamente em palavras: "Sabe o que eles dizem: 'Entre o estribo e o chão, algo buscou e encontrou'".

"A salvação."

"Isso mesmo: a salvação."

"Mas seria horrível", disse Rose devagar, "se não dessem tempo à gente." Voltou o rosto para ele, encostando a face na pedra, e acrescentou como se ele pudesse ajudá-la: "É o que eu sempre peço nas minhas orações: que não venha a morrer de repente. E você, o que é que pede em suas orações?".

"Eu não rezo", respondeu ele, mas enquanto dizia isso estava rogando a alguém ou a alguma coisa que não lhe fosse preciso levar adiante as suas relações com ela nem tornar a envolver-se com aquele pedaço de terra miserável e dinamitado a que ambos chamavam lar.

"Está zangado por alguma coisa?", perguntou Rose.

"Um homem, às vezes, quer sossego", disse ele, rigidamente estendido no banco, sem se trair. Um postigo bateu no silêncio e as ondas ciciaram lá embaixo. Duas pessoas namorando: eis o que eles eram. E a lembrança do luxo de Colleoni, das poltronas do Cosmopolitan com as suas coroas bordadas, voltou para insultá-lo. "Perdeu a língua? Vamos, fale, diga alguma coisa."

"Você queria sossego", replicou ela, com uma cólera repentina que o pegou de surpresa. Não a julgava capaz disso. "Se eu não lhe sirvo é melhor que me deixe em paz. Não pedi para passear." Estava sentada, com as mãos entrelaçadas prendendo os joelhos, e as maçãs do seu rosto ardiam. A cólera era como um toque de ruge nas faces magras de Rose. "Se eu não sou bastante grã-fina... com esse seu carro e tudo mais..."

"Quem disse?"

"Oh! Eu não sou tão tola assim! Vi quando você me olhou. O meu chapéu..."

De súbito ocorreu-lhe que ela bem podia levantar-se e ir embora, voltar para o Snow com o seu segredo para revelá-lo ao primeiro desconhecido que a interrogasse com jeito. Tinha de apaziguá-la, eram namorados em passeio, devia fazer as coisas que se esperavam dele. Estendeu com repugnância a mão, que pousou como um sapo frio no joelho dela. "Você me entendeu mal. Você é um amor de garota. Ando preocupado, nada mais. Aborrecimentos com os negócios. Nós dois", engoliu em seco, com dificuldade, "nós dois fomos feitos um para o outro." Viu o rubor desaparecer das faces, o rosto voltar-se para ele com um cego desejo de ser enganada, viu os lábios à espera. Ergueu apressadamente a mão dela e encostou os dedos à sua boca: qualquer coisa era preferível aos lábios. Os dedos eram ásperos e tinham um leve gosto de sabão. "Desculpe, Pinkie", disse ela. "Você é tão doce comigo."

Ele riu, nervoso. "Eu e você...", e ouviu a buzina de um ônibus, com a alegria de um sitiado que ouve os clarins das tropas de socorro. "Aí está o ônibus. Vamos indo. Não acho graça no campo. Sou um tipo da cidade. Você também..." Rose ergueu-se e ele vislumbrou por um momento a pele da coxa acima da seda artificial e uma pontada de desejo o perturbou como uma doença. Era isso o que acabava por acontecer a um homem: o quarto abafado, as crianças que não dormem, os movimentos das noites de sábado na outra cama. Não haveria fuga possível, em parte alguma e para ninguém? Valia a pena exterminar o mundo inteiro...

"Apesar de tudo, isso é bonito", disse ela, contemplando os sulcos da estrada entre as tabuletas que anunciavam bangalôs para alugar, e o Garoto tornou a rir-se dos nomes bonitos que a humanidade dava a um ato porco: amor, beleza... Todo o seu orgulho enroscava-se como uma mola de relógio em redor do pensamento de que ele, ao menos, não se deixaria enganar, de que ele não se renderia ao casamento e à procriação de filhos, de que ia elevar-se à posição de Colleoni e mais alto ainda... Ele sabia tudo, tinha observado todos os detalhes do ato sexual, e ninguém podia enganá-lo com palavras atraentes. Não havia naquilo nada de emocionante, nada que compensasse o que se perdia. Mas quando Rose tornou a voltar-se para ele, na expectativa de um beijo, Pinkie sentiu, apesar de tudo, uma aterradora ignorância. Seus lábios não encontraram os dela e recuaram. Nunca tinha beijado uma mulher.

"Desculpe-me", disse ela, "sou muito tola. É a primeira vez que...", e repentinamente calou-se para observar uma gaivota que levantou voo de um dos jardins ressequidos e desceu bruscamente, junto à borda do penhasco, em direção ao mar.

No ônibus Pinkie não lhe falou, mal-humorado e inquieto, as mãos metidas nos bolsos, os pés unidos, sem saber por que razão tinha ido tão longe com ela para voltar sem ter resolvido nada, o segredo, a lembrança ainda firmemente engastados no cérebro de Rose. A paisagem desenrolou-se no sentido contrário: "Chá Mazawattee", negociantes de antiguidades, bares de beira de estrada, a relva fina desaparecendo com o primeiro asfalto.

No molhe, os pescadores de Brighton jogavam suas linhas. Uma cantiga triste esfarelava-se na tarde ensolarada e ventosa. Caminharam pelo lado ensolarado, passando diante de "Uma noite de amor", "Só para homens" e "A dança do leque". "Os negócios vão mal?", perguntou Rose.

"Sempre há amolações."

"Quem me dera poder ajudar, prestar algum serviço!" Ele continuou a andar sem dizer nada. Ela estendeu a mão para a sua figura esguia e rígida, percebendo a face suave, o tufo de pelos louros na nuca. "Pinkie, você é tão jovem para ter preocupações." Enfiou-lhe a mão no braço: "Nós dois somos muito jovens, Pinkie", e sentiu seu corpo afastar-se rígido.

Um fotógrafo propôs: "Um instantâneo dos dois, com o mar ao fundo", retirando o obturador da câmera, e o Garoto pôs as mãos diante do rosto, continuando a caminhar.

"Você não gosta de ser fotografado, Pinkie? Poderíamos ter nosso retrato em exposição, para que todos vissem. Não custaria nada."

"Não me preocupo com o quanto as coisas possam custar", disse o Garoto, sacudindo os bolsos para mostrar o dinheiro que tinha.

"Poderíamos estar aí", disse Rose, parando no quiosque do fotógrafo, diante dos retratos de belas banhistas, de artistas famosos e de casais anônimos, "perto de...", e exclamou, cheia de surpresa: "Oh! Aí está *ele*!"

O Garoto estava olhando, por sobre a beira do molhe, o mar verde que sugava os pilares e os bajulava como uma boca úmida. Voltou-se a contragosto e viu Spicer exposto na vitrina do fotógrafo, aos olhos de todo o mundo, passando da luz do sol para a sombra debaixo do molhe, caminhando com pressa, o ar preocupado e perseguido, figura cômica de que os estranhos podiam rir, dizendo: "Está de fato preocupado. *Esse* foi apanhado de surpresa!".

"O homem que deixou o cartão", disse Rose. "Ele não morreu. Embora quase pareça...", acrescentou, rindo, divertida diante daquele instantâneo borrado, em preto e branco, "que ele tem medo de morrer se não andar bem ligeiro."

"Um retrato velho", disse o Garoto.

"Qual nada! É aqui que eles põem as fotografias tiradas hoje. Para a gente comprar."

"Você sabe muita coisa."

"Não se pode deixar de notar, não é?", disse Rose. "É cômico! O homem todo preocupado, andando com essas enormes passadas... Nem reparou no fotógrafo."

"Espera aqui", disse Pinkie. O interior do quiosque estava escuro em contraste com a luz do sol. Um homem de bigode ralo e óculos com aros de aço classificava montes de fotografias.

"Quero um retrato que está na vitrina", disse o Garoto.

"O envelope, por favor", respondeu o homem, estendendo os dedos amarelos que cheiravam levemente a fixador fotográfico. "Não tenho envelope." "Sem envelope não pode levar a fotografia", respondeu o homem, erguendo um negativo diante da lâmpada. "Que direito tem o senhor de expor fotografias sem pedir licença? Me dê esse retrato." Mas os óculos de aros de aço encararam-no desinteressados: um rapaz impertinente. "Traga o envelope e poderá levar o retrato. Agora vá andando. Estou ocupado." Atrás dele enfileiravam-se instantâneos emoldurados do rei Eduardo VII (príncipe de Gales) com um boné de capitão de navio sobre um fundo de cinemascópios, amarelados pelos anos e pela ação da luz sobre o fixador ordinário; de Vesta Tilley assinando autógrafos; de Henry Irving agasalhado contra os ventos da Mancha; a história de uma nação. Lily Langtry usava penas de avestruz; mrs. Pankhurst, uma saia afunilada; miss Inglaterra de 1923, um traje de banho. Não era grande consolo saber que Spicer se encontrava na companhia dos imortais.

4

"SPICER!", CHAMOU O GAROTO, "Spicer!" Subiu do pequeno e escuro vestíbulo da casa de Frank para o patamar, deixando no linóleo uns vestígios brancacentos do campo e das dunas. "Spicer!" Sentiu tremer sob a sua mão o corrimão quebrado. Abriu a porta do quarto de Spicer: lá estava ele estendido de bruços na cama, dormindo. A janela estava fechada, um inseto zumbia no ar viciado e sentia-se um cheiro de uísque vindo da cama. Pinkie deteve-se olhando aqueles cabelos grisalhos. Não sentiu compaixão: faltava-lhe idade para isso. Virou Spicer de costas; a pele, em torno da boca, estava em erupção. "Spicer!"

O outro abriu os olhos. Durante alguns instantes não conseguiu enxergar nada na penumbra do quarto.

"Quero trocar uma palavra com você, Spicer."

Spicer sentou-se. "Meu Deus, Pinkie, como estou contente por ver você."

"Sempre contente ao ver um companheiro, hein, Spicer!"

"Encontrei Crab. Disse que você estava no posto policial."

"Crab?"

"Então você não esteve no posto?"

"Fui lá para uma conversa entre amigos... a respeito de Brewer."

"Ah! Então não foi..."

"A respeito de Brewer." O Garoto pôs subitamente a mão no pulso do outro. "Você está com os nervos em frangalhos, Spicer. Precisa de um descanso." Farejou com desprezo o ar impregnado de álcool. "Você bebe demais." Foi até a janela e abriu-a bruscamente para a área interna, onde um muro cinzento tapava a vista. Um besouro zumbiu de encontro à janela e o Garoto apanhou-o. O bichinho pôs-se a vibrar na palma da sua mão, qual uma pequenina mola de relógio. Começou a arrancar-lhe as pernas e as asas, uma a uma. "Bem me quer, mal me quer", disse ele. "Estive passeando com minha garota, Spicer."

"Aquela do Snow?"

O Garoto virou na palma da mão o corpo do inseto e soprou-o para cima da cama de Spicer. "Você sabe de quem estou falando. Recebeu um recado para mim, Spicer. Por que não me deu esse recado?"

"Não pude encontrar você, Pinkie. Palavra que não pude. Em todo caso, não era tão importante assim. Uma intrometida qualquer fazendo perguntas."

"Mesmo assim, isso assustou você", disse o garoto. Sentou-se na dura cadeira de pinho diante do espelho, com as mãos sobre os joelhos, observando Spicer. O nervo da sua face vibrava.

"Oh, não me assustou."

"Você correu atabalhoadamente para *lá*."

"Para *lá*? Que está querendo insinuar?"

"Para você só há um *lá*, Spicer. Você passa o dia pensando naquele lugar e de noite sonha com ele. Está velho demais para esta vida."

"Esta vida?", repetiu Spicer, fitando-o da cama com os olhos arregalados.

"Este negócio é o que eu quero dizer, está claro. Você fica nervoso e depois começa a cometer imprudências. Primeiro deixa aquele cartão no Snow, agora deixa que exponham sua fotografia no molhe para todos verem. Para Rose ver!"

"Palavra de honra, Pinkie, que eu não sabia!"

"Você não olha por onde anda."

"Ela é de confiança. Está caída por você, Pinkie."

"Eu não entendo nada de mulheres. Deixo isso por conta de vocês: você, Cubitt e os outros. Só sei o que vocês me dizem, e vocês têm me dito uma porção de vezes que ainda está para nascer uma mulher em quem se possa ter confiança."

"Isso não são mais que conversas."

"Quer dizer que eu sou um garoto e vocês me contam histórias da carochinha? Mas o caso é que comecei a acreditar nelas, Spicer. Não me parece seguro que você e Rose estejam na mesma cidade. Para não falar nessa outra égua que anda fazendo perguntas. Você precisa sumir, Spicer."

"Que quer dizer com isso? Desaparecer?" Spicer pôs-se a remexer na parte interna do paletó e o Garoto o observava, as mãos espalmadas nos joelhos. "Você não seria capaz de me fazer nada", disse ele, rebuscando no bolso.

"Essa é boa, que está pensando? Quero dizer que você precisa tirar umas férias, passar uns tempos fora."

Spicer tirou a mão do bolso e estendeu para o Garoto um relógio de prata. "Pode confiar em mim, Pinkie. Olhe o que os rapazes me deram. Leia a dedicatória: 'Dez anos de amizade. Dos companheiros do Estádio'. Eu não sou traidor. Isso foi há quinze anos, Pinkie. Vinte e cinco anos de turfe. Você não era nascido quando eu comecei."

"Está precisando tirar umas férias, foi só o que eu disse."

"Tirarei umas férias com prazer", disse Spicer, "mas não quero que pense que estou com medo. Vou hoje mesmo. Faço a mala e embarco esta noite. Ficarei até muito satisfeito em deixar isso aqui."

"Não", disse o Garoto, fitando os seus sapatos. "Não há tanta pressa assim." Levantou um pé. A sola tinha um buraco do tamanho de uma moeda de xelim. Tornou a pensar nas poltronas de Colleoni, no Cosmopolitan, com as suas coroas bordadas em ouro e prata. "Vou precisar de você nas corridas." Sorriu para Spicer, do outro lado do quarto. "Um companheiro em quem posso confiar."

"Em mim pode ter toda a confiança, Pinkie." Os dedos de Spicer afagaram o relógio de prata. "De que está rindo? Estou com a cara suja, por acaso?"

"Estava pensando nas corridas. Elas têm muita importância para mim." O Garoto levantou-se e voltou as costas para a luz acinzentada, a parede da casa de apartamentos, a vidraça suja de fuligem, contemplando Spicer com uma espécie de curiosidade. "E para onde você vai, Spicer?", perguntou ele. Estava firmemente resolvido e, pela segunda vez, em poucas semanas, contemplava um moribundo. Não podia deixar de sentir certa curiosidade. Era bem possível, até, que o velho Spicer não estivesse destinado às chamas. Tinha sido um tipo leal, não tinha mais pecados às costas do que o comum dos homens, era bem possível que ele escapasse por entre as grades para... Mas o Garoto era incapaz de imaginar qualquer eternidade que não fosse de sofrimento. Franziu um pouco a testa, sob o esforço: um mar transparente, uma coroa de ouro, o velho Spicer.

"Nottingham", disse ele. "Um camarada meu é proprietário do Âncora Azul, na Union Street. Uma casa independente.

Ambiente distinto. Servem lanches. Ele me disse muitas vezes: 'Spicer, por que não faz sociedade comigo? Podemos transformar isto num hotel com mais algumas libras na gaveta'. Se não fosse por você e pelos outros camaradas", disse Spicer, "eu nem teria vontade de voltar. Não me importava de ficar lá para o resto da vida."

"Bem", disse o Garoto, "vou andando. Pelo menos nos entendemos agora." Spicer tornou a recostar-se no travesseiro e pôs em cima da cama o pé que tinha o calo dolorido. Havia um buraco na meia de lã e o dedão aparecia, a pele dura, calcinada pelos anos. "Durma bem", disse o Garoto.

Desceu a escada. A porta da rua dava para leste, e o vestíbulo estava às escuras. Acendeu uma luz junto ao telefone e tornou a apagá-la, não sabia por quê. Pediu uma ligação com o Cosmopolitan. Quando o PABX do hotel respondeu, ele pôde distinguir ao longe a música de dança que vinha do terraço das palmeiras (chás dançantes, três xelins), atrás da saleta Luís XVI. "Quero falar com mr. Colleoni." *O rouxinol gorjeando, o carteiro chamando...* O fio da música foi abruptamente interrompido e uma voz baixa ronronou na linha.

"É mr. Colleoni?"

Ouviu o tilintar de um copo, o ruído do gelo numa coqueteleira. "Aqui é mr. P. Brown. Estive refletindo, mr. Colleoni." Um ônibus passou na rua, a claridade desmaiava no fim de tarde cinzento. O Garoto colou a boca ao aparelho e disse: "Ele não quer criar juízo, mr. Colleoni". A voz respondeu num rom-rom satisfeito. O Garoto explicou devagar, cuidadosamente: "Desejarei boa viagem a ele e lhe darei uma palmada nas costas". Interrompeu-se e perguntou em tom áspero: "Que foi que disse, mr. Colleoni? Não, apenas me pareceu que o senhor estava rindo. Alô, alô!". Tornou a pôr o fone no gancho, violentamente, e voltou-se para a escada com uma sensação de inquietude. O isqueiro de ouro, o colete gris trespassado no peito, a ideia de uma organização rica e bem-sucedida o dominaram por instantes: a cama de latão lá em cima, o frasquinho de tinta roxa sobre o lavatório, as migalhas do pãozinho de cachorro-quente. A sua esperteza de aluno de pensionato sofreu um esmorecimento momentâneo. Mas depois de acender a luz sentiu-se em casa. Subiu a escada cantarolando baixinho: "o rouxinol gorjeando, o carteiro chamando", mas como os seus pensamentos começassem a rodear mais de perto o centro escuro, perigoso e sinistro, a melodia mudou: "*Agnus Dei qui tollis peccata mundi...*". Avançava rígido, o paletó escorregando dos ombros estreitos, mas, quando abriu a porta do quarto ("*dona nobis pacem*"), o seu rosto pálido encarou-o indistintamente, cheio de orgulho, do espelho por cima do jarro, da saboneteira, da bacia de água suja.

QUARTA PARTE

I

FAZIA UM BELO DIA PARA AS CORRIDAS. Uma horda verteu em Brighton, vinda no primeiro trem. Era como uma repetição da segunda-feira de Pentecostes, com a diferença que dessa vez cada qual poupava o seu dinheiro em vez de gastá-lo. Iam apinhados no alto dos bondes que desciam para o Aquário, moviam-se em massa pela praia, num sentido e no outro, como uma absurda migração de insetos. Por volta das onze horas tornara-se impossível conseguir um assento nos ônibus que se dirigiam ao hipódromo. Um negro de vistosa gravata listrada sentara-se num banco do jardim do Pavilion, fumando um charuto. Algumas crianças brincavam de chicote-queimado, de banco em banco, e ele as chamou com um grito jovial, de braço estendido segurando seu charuto, com um ar de orgulho e cautela, os grandes dentes brilhando como um anúncio. Os meninos pararam de brincar e encararam-no, recuando devagar. O negro tornou a gritar-lhes na linguagem deles, palavras vazias, informes e infantis: os meninos o consideraram com inquietação e recuaram ainda mais. Pacientemente, encaixou de novo o charuto nos lábios polpudos e continuou fumando. Uma banda veio pela calçada, atravessando o Old Steyne, uma charanga de cegos tocando cornetas e tambores, avançando uns atrás dos outros pela sarjeta, procurando com a borda dos sapatos o contato do meio-fio. Ouvia-se a música de bem longe, persistente no meio do burburinho do povo, dos escapamentos dos automóveis, do arfar dos ônibus que subiam a ladeira rumo ao hipódromo. Tocava com garbo, marchando como regimento. O passante alçava os olhos, esperando ver a pele de tigre, a rotação vertiginosa das varetas, e deparava com aqueles olhos pálidos e vazios, como os olhos dos pôneis que trabalham nas minas, passando pela sarjeta.

Nos pátios da escola pública acima do mar as garotas saíam solenemente em bandos para jogar hóquei: robustas goleiras couraçadas como tatus; capitãs discutindo táticas com suas tenentes; garotas menores correndo estonteadas no dia luminoso. Para além do relvado aristocrático, através do grande portão de ferro batido, podiam avistar o desfile plebeu, aqueles que não tinham conseguido lugar nos ônibus, arrastando-se colina acima, levantando poeira, comendo bolinhos que levavam em sacos de papel. Os ônibus seguiam o caminho mais longo, fazendo a volta de Kemp Town, mas pela ladeira íngreme subiam as lotações apinhadas (nove *pence* a corrida), um Packard que se destinava ao recinto dos sócios, velhos Morris, altos e estranhos veículos conduzindo famílias inteiras, ainda em uso ao cabo de vinte anos de serviço. Era como se a estrada inteira galgasse a encosta, como uma escada de metrô na luz poeirenta do sol, uma multidão rangente, confusa e vociferante de automóveis movendo-se com ela. As garotas menores lançaram-se em disparada como pôneis através do relvado, sentindo a comoção que ia lá fora, como se aquele fosse um dia em que a vida, para muitos, atingia uma espécie de clímax. A cotação de Black Boy subira, nada mais poderia restituir o sabor à vida depois daquela temerária aposta de cinco libras em Merry Monarch. Um modelo escarlate de corridas, carro pequenino e vistoso que levava a toda a parte a atmosfera de inúmeras estalagens de beira de estrada, de garotas reunidas em torno de piscinas de natação, de encontros furtivos nos atalhos da Estrada Real do Norte, insinuava-se com incrível destreza pelo meio do tráfego. Foi colhido por um raio de sol, e o reflexo foi cintilar ao longe, nas janelas do refeitório do liceu. Ia cheio até as bordas: uma mulher sentada no colo de um homem, outro homem viajando no estribo do veículo que dança-va e buzinava, mergulhando na confusão e safando-se, enquanto subia para as dunas. A mulher cantava uma balada tradicional a respeito de noivas e buquês, qualquer coisa que iria bem com um jantar de ostras regado a Guinness e o velho Leicester Lounge, qualquer coisa que parecia deslocada no vistoso carro de corrida. No alto da chapada o vento soprou para trás as palavras da canção, e estas chegaram até um antigo Morris que lhes seguia na esteira, avançando a quarenta milhas por hora, entre solavancos, perdendo terreno na estrada poeirenta, com a capota rasgada, o para-choque amassado e o para-brisa descorado.

As palavras alcançaram os ouvidos do Garoto por entre o clap--clap da velha capota. Ia ao lado de Spicer, que guiava o carro. Noivas e buquês: pensou em Rose, com repugnância e mau hu-mor. Não conseguia tirar da ideia a insinuação de Spicer. Era como um poder invisível trabalhando contra ele: a estupidez de Spicer, a fotografia no molhe, aquela mulher (que diabo seria?) fazendo perguntas... Se casasse com Rose, naturalmente, não seria senão por alguns dias: apenas como último recurso para tapar-lhe a boca e ganhar tempo. Não desejava essa espécie de relação com ninguém: o pensamento da cama de casal, da inti-midade, lhe dava náuseas como a ideia da velhice. Encolheu-se no canto, fugindo do meio do assento, onde a vibração mais forte inquietava a sua amarga virgindade. Casar... era como ter excre-mento nas mãos.

"Onde estão Dallow e Cubitt?", perguntou Spicer.

"Não quis que eles viessem hoje conosco. Temos um negócio a tratar e é melhor que o bando fique ao largo." Como um garoto cruel que esconde o compasso atrás das costas, Pinkie pousou a mão no braço de Spicer com falsa afeição. "Para você eu posso contar. Vou me reconciliar com Colleoni. Não confio neles. São muito violentos. Nós dois saberemos resolver o assunto com jeito."

"Eu sou um homem de paz", disse Spicer. "Sempre fui."

O Garoto arreganhou os dentes, através do para-brisa quebrado, para o longo e desordenado desfile de automóveis. "Pois é justamente a paz que eu vou fazer."

"Uma paz que dure", disse Spicer.

"Essa paz não será desfeita por ninguém", tornou o Garoto. As palavras distantes da canção morreram no pó e no sol claro: uma última noiva, um último buquê e uma palavra que se parecia com "coroa". "Como é que a gente faz para casar?", perguntou o Garoto, a contragosto. "Quando se tem de casar às pressas?"

"Para você não é tão fácil. Há a questão da idade..." Acionou as velhas engrenagens para subir uma derradeira encosta em direção ao recinto branco no solo calcário, onde estavam os caminhões dos ciganos. "Preciso refletir sobre isso."

"Então reflita depressa. Não esqueça que você vai dar o fora esta noite."

"É verdade", disse Spicer. A proximidade da partida o deixava um pouco sentimental. "No trem das oito e dez. Queria que você visse aquele boteco. Você seria recebido como uma pessoa de casa. Nottingham é uma linda cidade. Será ótimo descansar lá uns tempos. O ar é maravilhoso e em parte alguma servem um chope melhor do que no Âncora Azul." Arreganhou os dentes. "Esqueci que você não bebe."

"Divirta-se por lá."

"Sempre teremos prazer em receber sua visita, Pinkie."

Entraram no recinto e desceram do carro. O Garoto enfiou o braço no de Spicer. Era delicioso andar pelo lado de fora do muro branco e banhado de sol, diante dos caminhões com os seus alto-falantes, com o homem que acreditava no regresso, rumo à mais deliciosa de todas as sensações: infligir sofrimento. "Você é um grande sujeito, Spicer", disse o Garoto, dando-lhe um apertão no braço, e Spicer começou a descrever-lhe o Âncora Azul numa voz baixa, amiga e confiante. "O botequim não depende de firma alguma e tem boa reputação. Sempre pensei em fazer sociedade com esse meu amigo quando tivesse juntado dinheiro suficiente. Ele ainda quer que eu vá. Estive para ir quando mataram Kite."

"Você se assusta facilmente, hein?", disse o Garoto. Os alto-falantes dos caminhões indicavam-lhes o cavalo em que deviam arriscar o seu dinheiro; alguns ciganinhos perseguiam um coelho entre gritos, sobre o calcário pisoteado. Entraram no túnel que passava por baixo da pista e saíram de novo para a luz, pisando na relva curta e cinzenta que descia em declive para o mar, por entre os bangalôs. Velhos bilhetes de apostadores apodreciam na greda: "Barker lhe oferece as cotações mais vantajosas", uma fisionomia satisfeita de não conformista, impressa em amarelo: "Não se preocupe que eu pago", e velhos bilhetes de entrada para a *pelouse* entre os arbustos mirrados. Atravessaram a cerca de arame do recinto da meia coroa. "Tome um chope, Spicer", sugeriu o Garoto.

"Que amabilidade, Pinkie! Aceito o chope." E, enquanto ele bebia junto aos cavaletes de madeira, o Garoto examinava a fila de apostadores: ali estavam Barker, Macpherson, George Beale (a Velha Firma) e Bob Tavell, de Clapton, todas aquelas caras conhecidas, cheias de lábia e falso bom humor. Os dois primeiros páreos já tinham corrido e havia longas filas diante dos guichês do *pelouse*. O sol iluminava o pavilhão branco no outro lado da pista e alguns cavalos passaram a trote largo rumo ao ponto de largada. "Ali vai General Burgoyne; está inquieto", disse um homem dirigindo-se para a banca de Bob Tavell a fim de cobrir a sua aposta. Os apostadores apagavam e alteravam as cotações enquanto os cavalos passavam, com os cascos pisando suavemente na pista, como luvas de boxe.

"Vai arriscar?", perguntou Spicer, terminando de beber a sua Bass e bafejando na direção dos apostadores um pouco de ar maltado e carbonatado.

"Eu nunca aposto", disse o Garoto.

"É a minha última chance na velha Brighton. Sou capaz de jogar um par de libras. Mais, não. Estou poupando os meus cobres para Nottingham."

"Vá", disse o Garoto, "divirta-se enquanto pode."

Dirigiram-se para a banca de Brewer: havia muita gente ali. "Ele está fazendo negócio", disse Spicer. "Você viu Merry Monarch? Subiu de cotação." E, enquanto ele dizia isso, todos os apostadores apagaram a cotação de dezesseis por um. "Está a dez agora", disse Spicer.

"Divirta-se enquanto está aqui", repetiu o Garoto.

"Acho que vou jogar com a Velha Firma." Spicer libertou o braço e dirigiu-se para a banca de Tate. O Garoto sorriu. Aquilo era tão fácil como descascar ervilhas. "'Memento Mori'", disse Spicer, voltando com a cautela na mão. "Nome esquisito para um cavalo. Cinco por um, como placê. Que quer dizer 'Memento Mori'?"

"É estrangeiro", disse o Garoto. "Black Boy está baixando."

"Eu devia ter apostado nele também. Tem lá uma mulher que diz que jogou vinte e cinco libras em Black Boy. Acho uma loucura. Mas imagine se ele ganha! Meu Deus, o que eu não faria com duzentas e cinquenta libras! Comprava logo a sociedade no Âncora Azul. Vocês é que não me veriam mais aqui", disse ele, olhando o céu refulgente, a poeira que pairava sobre o hipódromo, as cautelas rasgadas e a relva baixa que se estendia para o mar escuro e preguiçoso além do penhasco.

"Black Boy não ganha", disse o Garoto. "Quem foi que jogou vinte e cinco libras?"

"Umazinha que estava lá no bar. Por que você não aposta uma nota de cinco em Black Boy? Só desta vez, para festejar..."

"Festejar o quê?", perguntou rapidamente o Garoto.

"Tinha esquecido. Ando tão animado com as minhas férias que me parece que todo o mundo tem alguma coisa que festejar."

"Se eu quisesse festejar, não seria apostando em Black Boy. Você não lembra? Era o favorito de Fred. Dizia que o cavalo ainda havia de ganhar um Derby. Não acredito que um animal desses traga sorte." Mas não pôde resistir à tentação de observá-lo enquanto passava a trote largo junto à cerca: um pouco vivo e inquieto demais. Um homem encarapitado no alto do palanque das meias coroas bateu no teto de madeira, telegrafando uma mensagem a Bob Tavell, de Clapton, e um judeu pequenino que estudava com o binóculo o recinto dos dez xelins pôs-se a gesticular de repente para chamar a atenção da Velha Firma. "Está aí. Que foi que eu disse? Black Boy baixou de novo."

"Cem por oito, Black Boy, cem por oito", gritou o representante de George Beale, e alguém anunciou: "Largaram!". Pessoas saíram da tenda de bebidas, caminhando para a cerca com copos de cerveja e bolinhos de passas na mão. Barker, Macpherson, Bob Tavell, todos eles apagaram as cotações dos seus quadros, mas a Velha Firma continuou fazendo jogo até o fim: "Cem por seis, Black Boy", enquanto o judeuzinho fazia passes maçônicos do alto do palanque. Os cavalos passaram num magote, com um ruído semelhante ao da madeira quando se racha, e desapareceram. "General Burgoyne", disse alguém, e outro proclamou: "Merry Monarch". Os bebedores de cerveja voltaram para as mesas armadas sobre cavaletes e tomaram mais um copo, enquanto os apostadores organizavam o quadro dos novos corredores, começando a marcar algumas cotações a giz.

"Está aí, que foi que eu disse?", falou o Garoto. "Fred nunca entendeu de cavalos. Essa maluca jogou fora vinte e cinco libras. Não está nos seus dias de sorte. Ora, onde..." Mas o silêncio, a inação que se segue à chegada de um páreo, antes que os resultados sejam proclamados, têm qualquer coisa de intimidador. As filas esperavam diante dos guichês; tudo se imobilizara de súbito no hipódromo aguardando um sinal para recomeçar; no meio do silêncio pôde-se ouvir um cavalo que relinchava ao longe, na pesagem. Um sentimento de inquietação apossou-se do Garoto naquela serenidade banhada de sol. A falsa madureza impregnada de azedume, a experiência concentrada e limitada de bairro pobre o abandonaram. Arrependeu-se de não ter trazido Cubitt e Dallow. Tinha várias coisas em que pensar, para um rapaz de dezessete anos. Não se tratava apenas de Spicer. Na segunda-feira de Pentecostes ele dera início a algo que não tinha mais fim. A morte não era um fim; o incensório balançou, o padre ergueu a hóstia e o alto-falante entoou os nomes dos vencedores: Black Boy. Memento Mori. General Burgoyne.

"Caramba!", disse Spicer. "Ganhei! Memento Mori em segundo!" E, lembrando-se das palavras do Garoto: "Ela também ganhou. Vinte e cinco libras. Que bolada! Que me diz agora de Black Boy?". Pinkie ficou silencioso. "O cavalo de Fred", dizia consigo. "Se eu fosse um desses idiotas que batem em madeira, atiram sal, não passam debaixo de escadas, talvez ficasse com medo de..."

Spicer cutucava-o: "Ganhei, Pinkie! Uma nota de dez. Que é que você tem para dizer agora?".

"... Levar a cabo aquilo que planejara com cuidado." Em algum lugar, no recinto, ouviu um riso, um riso feminino, sonoro e confiante, talvez a zinha que apostara vinte e cinco libras no cavalo de Fred. Virou-se para Spicer com uma raiva secreta, a crueldade a enrijar-lhe o corpo como a luxúria.

"Sim", disse, passando o braço em volta dos ombros do outro, "é bom ir receber agora."

Dirigiram-se juntos para a banca de Tate. Um moço com os cabelos reluzentes de óleo, em pé sobre um degrau de madeira, pagava aos ganhadores. Tate fora até o recinto de dez xelins, mas ambos conheciam Samuel. Spicer gritou-lhe jovialmente ao se aproximar: "Vamos ver, Sammy, escorrega esses cobres!".

Samuel observou os dois que vinham vindo pela grama rala e gasta, dando-se o braço como velhos amigos. Meia dúzia de homens reuniram-se e fizeram roda, esperando. O último credor sumiu-se. Eles esperavam em silêncio. Um homem baixote, que segurava um livro de contas, pôs uma ponta da língua para fora e lambeu uma feridinha do lábio.

"Você está com sorte, Spicer", disse o Garoto, apertando-lhe o braço. "Aproveite bem essas dez libras."

"Como, já vai se despedir?"

"Não vou esperar o páreo das quatro e meia. Não nos veremos mais."

"E Colleoni? Nós dois não íamos..." Os cavalos passaram em direção à linha de largada. A multidão avançou para o marcador, deixando o caminho desimpedido. No fim do caminho o pequeno grupo aguardava.

"Mudei de ideia", disse o Garoto. "Verei Colleoni no hotel. Você ganhou seu dinheiro." Um corretor de apostas deteve-os: "Um palpite para o próximo páreo. Um xelim apenas. Já acertei em dois ganhadores hoje". Os dedos apareciam-lhe pelos buracos dos sapatos. "Vá vender seus palpites para lá", disse o Garoto. Spicer não gostava de despedidas: era um sentimental. Mudou a posição do pé que tinha o calo. "Ué", disse ele, olhando para o cercado, "o pessoal de Tate ainda não escreveu o resultado."

"Tate sempre foi vagaroso. Para pagar também. É bom ir buscar seu dinheiro." Instigava-o a que continuasse, segurando-o pelo cotovelo.

"Não há nada errado, não é?", perguntou Spicer, observando o grupo de homens à espera. Todos olharam para ele.

"Bem, chegou o momento de dizer adeus", disse o Garoto.

"Lembra-se do endereço: o Âncora Azul, Union Street? Mande-me notícias. Acho que não terei novidades para contar."

O Garoto levantou a mão para bater nas costas de Spicer, mas deixou-a cair novamente. O grupo de homens esperava, em formação cerrada. "Talvez...", disse o Garoto. Olhou em redor: ele dera início a algo que não tinha mais fim. Um profundo sentimento de crueldade brotou em suas entranhas. Tornou a levantar a mão e deu uma palmadinha nas costas de Spicer. "Desejo-lhe felicidades", disse, numa voz aguda e rachada de adolescente, e bateu-lhe mais uma vez nas costas.

Os homens os cercaram, num movimento conjunto. Ouviu Spicer ganir "Pinkie!" e viu-o tombar. Uma botina ferrada de grossos pregos ergueu-se e ele sentiu a dor escorrer como sangue pelo próprio pescoço abaixo.

A surpresa, a princípio, foi muito pior do que a dor (uma picada de urtiga doía tanto quanto aquilo). "Seus idiotas, a coisa não é comigo, é com ele!", gritou o Garoto, e ao se virar viu-se rodeado de rostos por todos os lados. Arreganhavam dentes para ele: cada qual tinha a sua navalha na mão. O Garoto lembrou-se então, pela primeira vez, da risada de Colleoni ao telefone. A multidão dispersara-se ao primeiro sinal de perigo. Ele ouviu Spicer gritar: "Pinkie! Pelo amor de Deus!". Uma luta obscura chegou ao auge longe dos seus olhos. Tinha outras coisas para olhar: as compridas navalhas em que incidiam os raios oblíquos do sol, vindos dos lados de Shoreham por cima das colinas. Levou a mão ao bolso, procurando a sua lâmina, e o homem que lhe estava mais próximo inclinou-se para a frente e retalhou-lhe o nó dos dedos. Encontrou-se com a dor e encheu-se de horror e assombro, como se um dos garotos que costumava torturar na escola se lhe tivesse antecipado, cravando-lhe a ponta do compasso.

Eles não tentavam chegar mais perto e liquidá-lo. O Garoto gritou-lhes, soluçando: "Colleoni vai me pagar por isso!". Chamou duas vezes por Spicer, antes de se lembrar que Spicer não podia responder. O bando estava se divertindo como ele sempre fizera até então. Um dos homens inclinou-se para lhe cortar o rosto, e, como ele erguesse a mão para se defender, tornaram a retalhar-lhe o nó dos dedos. Pôs-se a chorar, enquanto o páreo das quatro e meia passava atrás da cerca, num trotar de cascos.

Então alguém gritou do palanque: "Olha os tiras!", e todos se moveram como um só homem, avançando rapidamente sobre ele. Alguém deu-lhe um pontapé na coxa e o Garoto segurou uma navalha na mão e cortou-se até o osso. Dispersaram-se então, ao ver a polícia surgir correndo pela beira da pista, um tanto vagarosa por causa das pesadas botas, e o Garoto rompeu pelo meio deles. Alguns o seguiram, atravessando o portão de tela e contornando a colina em direção às casas e ao mar. Ele chorava enquanto corria, coxeando de uma perna em consequência do pontapé que recebera, e até tentou rezar. Um homem podia salvar-se entre o estribo e o chão, mas com a condição de arrepender-se, e ele não tinha tempo para sentir o menor remorso enquanto descia precipitadamente a encosta gredosa. Corria desajeitadamente, aos tropeções, com o rosto e as duas mãos escorrendo sangue.

Apenas dois homens continuavam a segui-lo. Faziam-no por simples divertimento, afugentando-o como se faz com um gato. Ele alcançou as primeiras casas do sopé da colina, mas não havia ninguém por ali. As corridas tinham esvaziado todas as casas: nada mais que o calçamento irregular, pequenos gramados, portas de vidro fosco e um cortador de grama abandonado num caminho de cascalho. Tinha agora na mão a sua lâmina de barbear, mas nunca a usara contra um inimigo armado. Precisava esconder-se, mas ia deixando um rastro de sangue pela estrada.

Os dois homens estavam sem fôlego; tinham-no esgotado em risadas, e os pulmões do Garoto eram mais jovens. Foi ganhando distância; envolveu a mão num lenço e apoiou a cabeça para trás, a fim de que o sangue lhe escorresse na roupa. Dobrou uma esquina e meteu-se em uma garagem vazia, antes que eles aparecessem. Ficou ali dentro, no escuro, com a navalha na mão, procurando arrepender-se. Quis pensar em Spicer e em Fred, mas seu pensamento não ia além da esquina onde os seus perseguidores poderiam reaparecer. Descobriu que não tinha energia para se arrepender.

E quando, após muito tempo, o perigo pareceu haver passado e o longo crepúsculo começou a envolvê-lo, não foi na eternidade que ele pensou, mas na sua própria humilhação. Tinha chorado, implorado, fugido: Cubitt e Dallow seriam informados daquilo. Que seria feito, então, do bando de Kite? Procurou pensar em Spicer, mas o mundo mantinha-o prisioneiro. Não conseguia pôr as ideias em ordem. Como os seus joelhos estivessem vacilantes, encostou-se à parede da garagem, levando a lâmina à frente, e espreitou a esquina. Algumas pessoas passavam; compassos de música apenas perceptíveis, vindos do Palace Pier, perfuravam-lhe o cérebro como um abscesso; as luzes se acenderam na rua burguesa, agradável e árida.

A garagem nunca fora utilizada como tal: convertera-se numa espécie de oficina de jardineiro: pequenos brotos verdes emergiam, como lagartas, de caixas rasas cheias de terra; uma pá, um cortador de grama enferrujado, todas as velharias para as quais o proprietário não encontrara espaço na pequenina vivenda: um velho cavalinho de balanço, um carrinho de criança convertido em carrinho de mão, um monte de discos antigos — *Alexander's Ragtime Band, Pack up Your Troubles, If You Were the Only Girl* —, tudo isso estava ali atirado junto com as colheres de pedreiro, os restos do calçamento irregular, uma boneca com um único olho de vidro e um vestido manchado de mofo. Observou tudo com alguns rápidos relances de olhos, a lâmina sempre em guarda, o sangue coagulando-se no pescoço e gotejando da mão, de onde o lenço tinha escorregado. Fosse lá quem fosse o proprietário da casa, iria acrescentar aos seus pertences aquela manchinha secando no chão de concreto.

Fosse ele quem fosse, muito havia andado antes de ir estabelecer-se ali. O carrinho de criança estava coberto de rótulos, vestígios de inúmeras viagens de trem: Doncaster, Lichfield, Clacton (provalmente umas férias de verão), Ipswich, Northampton; mal-arrancados, cada qual para ceder lugar ao próximo, eles deixavam no meio daquela confusão um rastro inconfundível. E aquele pequeno bangalô ao pé do hipódromo representava a sua meta final. Não havia dúvida de que aquilo era o fim, a casa hipotecada na várzea; como a marca de detritos deixada pela maré alta numa praia, aquele lixo se empilhara ali e não iria mais longe.

O Garoto o odiou. Era uma criatura sem nome, sem fisionomia, mas o Garoto o odiou — a ele, à boneca, ao carrinho de criança, ao cavalinho de balanço quebrado. As plantinhas brotando na caixa de terra o irritavam com a ignorância. Estava faminto, fraco e com os nervos abalados. Tinha conhecido a dor e o medo.

Essa hora em que o crepúsculo tomava conta da baixada era, por certo, o momento mais propício para reconciliar-se com a sua consciência. Mas entre o estribo e o chão não havia tempo: não se podia romper num instante os hábitos do pensamento. O hábito não larga nem mesmo os moribundos: lembrou-se de Kite, depois de ter sido ferido em St. Pancras, agonizando na sala de espera enquanto um carregador despejava pó de carvão na lareira apagada, falando, o tempo todo, sobre as tetas de alguém.

Mas Spicer... Os pensamentos do Garoto voltaram inevitavelmente para ele, com uma espécie de alívio: "Deram cabo de Spicer". Era impossível arrepender-se de uma coisa que o libertava do perigo. A tal mulher abelhuda ficava agora sem testemunhas — salvo Rose, e ele sabia o que fazer com Rose. Quando a sua segurança fosse completa, poderia pensar em fazer a paz consigo, em voltar para casa — e sentiu um langor no coração, uma leve nostalgia do pequenino e escuro confessionário, da voz do padre e dos fiéis a esperar, sob a imagem, diante das lamparinas brilhantes queimando em copos rosados, pela libertação do sofrimento eterno. Antes desse dia, o sofrimento eterno pouco significava para ele: agora significava cortes de navalha prolongados ao infinito.

Esgueirou-se para fora da garagem. A rua nova e bruta, aberta na greda, estava deserta, com exceção de um casal muito aconchegado junto a uma cerca de madeira, longe do poste de iluminação pública. Ao vê-los, sentiu nojo e um ímpeto de crueldade. Passou pelos dois coxeando, a mão cortada escondendo a navalha, com a sua cruel virgindade que exigia outra espécie de satisfação que não a deles, breve, animal e costumeira.

Levava um destino certo. Não queria voltar para a casa de Frank daquele jeito, a roupa suja de teias de aranha, os talhos da derrota na mão e na face. Dançava ao ar livre no convés branco acima do Aquário. Desceu para a praia, onde estaria mais só, as algas secas deixadas pelas tormentas do último inverno estalando sob os seus pés. Podia distinguir a música: "The One I Love". "Embrulhem isso em celofane", pensou ele, "ponham em papel prateado." Uma mariposa que se ferira de encontro a uma das lâmpadas arrastava-se sobre um pedaço de madeira deixado na praia pela maré: esmagou-a debaixo do sapato sujo de greda. Um dia... um dia... Avançava coxeando pela areia, escondendo a mão sangrenta: um pequeno ditador. Era chefe do bando de Kite, aquilo não passava de uma derrota temporária. Quando estivesse em segurança, confessar-se-ia para apagar tudo. A lua amarela brilhava oblíqua sobre Hove, a exatidão matemática de Regency Square, e ele devaneava coxeando na areia seca, diante das cabinas de banhistas fechadas: "Darei uma imagem à igreja".

À altura do Palace Pier subiu para o passeio e atravessou dolorosamente a avenida. O restaurante Snow estava com todas as luzes acesas. Um rádio tocava. Conservou-se na calçada até que viu Rose servir uma mesa junto à janela: foi então colar o rosto ao vidro. Ela o avistou imediatamente: seu pedido de atenção retiniu no cérebro dela tão depressa como se ele a tivesse chamado por telefone. O Garoto tirou a mão do bolso, mas o ferimento do seu rosto era o bastante. Ela procurou dizer-lhe qualquer coisa através do vidro. Pinkie não a entendia: era como se estivesse ouvindo uma língua estrangeira. Rose teve de repetir três vezes: "Vá para os fundos", antes que ele conseguisse ler o movimento dos lábios dela. A dor na perna tornara-se mais forte. Circundou o edifício, arrastando-a, e ao fazer a volta viu passar um automóvel — um Lancia, com o chofer uniformizado e mr. Colleoni de smoking e colete branco, recostado, a desmanchar-se em sorrisos para uma velha senhora vestida de seda vermelha que ia ao seu lado. Talvez nem fosse mr. Colleoni. O Lancia passara tão depressa e tão maciamente que não se podia ter certeza; bem podia ser outro velho rico qualquer voltando para o Cosmopolitan, depois de um concerto no Pavilion.

Inclinou-se e olhou pela fenda das cartas da porta dos fundos: Rose aproximava-se pelo corredor, com os punhos cerrados e uma expressão de cólera no rosto. O Garoto perdeu um pouco da sua confiança: "Ela reparou no estado da minha roupa", pensou. Sabia que as garotas sempre olham para os sapatos, para o casaco de um homem: "Se ela me manda embora, atiro-lhe este frasco de vitríolo...". Mas, ao abrir a porta, Rose mostrou-se tão bronca e dedicada como sempre. "Quem fez isso?", murmurou. "Se eu os pegasse!"

"Não faz mal", respondeu o Garoto, tentando fanfarronar. "Deixe esses sujeitos por minha conta."

"Coitado, como ficou seu rosto!" Ele se lembrou com repugnância de ter ouvido dizer muitas vezes que as mulheres apre-

O CONDENADO 149

ciavam as cicatrizes, considerando-as um sinal de virilidade, de grande potência.

"Há por aí algum lugar onde eu possa me lavar?"

"Venha, mas não faça barulho", disse ela. "A adega é por aqui." E conduziu-o para um pequeno cubículo por onde passavam os canos de aquecimento e onde havia algumas garrafas num lote.

"Não virá ninguém aqui?", perguntou ele.

"Nunca pedem vinho. Não temos licença. Isso é o que sobrou quando compramos o restaurante. A gerente o bebe por fazer bem à saúde." Sempre que se referia ao estabelecimento, dizia "nós" com um leve sentimento de vaidade. "Sente. Vou buscar água. Tenho de apagar a luz, senão vão reparar." Mas a lua clareava suficientemente o quartinho para que ele pudesse enxergar. Conseguiu até ler os rótulos das garrafas: vinhos Império, vinhos brancos da Austrália e borgonhas de classe.

Ela não demorou para voltar, mas assim que apareceu começou a desculpar-se humildemente: "Um freguês pediu a conta e a cozinheira estava olhando". Trouxera uma forma de pudim com água quente e três lenços. "Não tenho outra coisa", disse, rasgando-os, "a lavadeira ainda não trouxe a roupa", e acrescentou com firmeza enquanto limpava o talho comprido e pouco profundo, como um risco feito com um alfinete pescoço abaixo: "Se eu os pegasse...".

"Não converse tanto", disse o Garoto, estendendo a mão retalhada. O sangue estava começando a coagular-se. Ela a atou desajeitadamente.

"Alguém esteve aí de novo conversando, fazendo perguntas?"

"O homem com quem a mulher andava."

"Um tira?"

"Não me parece. Disse que se chama Phil."

"Pelo que vejo, você é que andou fazendo perguntas."

"Todos eles se abrem com a gente."

"Não entendo isso", observou o Garoto. "Se eles não são da polícia, que é que querem?" Estendeu a mão ilesa e beliscou-a no braço. "Você não lhes conta nada?"

"Nada", respondeu Rose, contemplando-o no escuro com ar de devoção. "Você teve medo?"

"Eles não podem provar nada contra mim."

"Quero dizer quando fizeram isso", volveu ela, tocando-lhe na mão.

"Medo? Ora, claro que não", mentiu o Garoto.

"Por que fizeram isso?"

"Já lhe disse para não fazer perguntas." Levantou-se, pouco firme na sua perna machucada. "Limpe o meu casaco. Não posso sair assim. Preciso andar vestido decentemente." Encostou-se às garrafas de borgonha enquanto ela lhe limpava a roupa com a palma da mão. O luar cobria de sombras o quartinho, o lote, as garrafas, os ombros estreitos, o rosto adolescente, suave e atemorizado.

Ele sentia pouca disposição de voltar para a rua, para a casa de Frank e as intermináveis confabulações com Cubitt e Dallow sobre a próxima medida a tomar. A vida era uma série de complicados exercícios de tática, tão complicados quanto a disposição das tropas em Waterloo, concebidos numa cama de latão entre as migalhas de cachorro-quente. As roupas precisavam ser passadas a toda hora, Cubitt e Dallow desentendiam-se ou Dallow metia-se com a mulher de Frank. O velho telefone de manivela debaixo da escada não parava de tocar e Judy trazia continuamente contas extras, que atirava sobre a cama pedindo uma gorjeta... uma gorjeta... uma gorjeta... Como era possível elaborar um plano estratégico mais vasto em tais condições? Sentiu uma nostalgia repentina daquele cubículo escuro, do silêncio, da luz pálida incidindo nas garrafas de borgonha. Ficar algum tempo só...

Não estava só, porém. Rose pôs a mão na sua e perguntou-lhe, receosa: "Eles não estão esperando você lá fora, estão?".

O Garoto recuou e gabou-se: "Não estão esperando em parte alguma. Tiveram mais do que deram. Não esperavam me encontrar pela frente, pensavam que era só o pobre Spicer".

"Pobre Spicer?"

"O pobre Spicer morreu." Enquanto dizia essas palavras, ouviu-se, através do corredor, uma risada sonora no restaurante, uma risada de mulher, cheia de cerveja e de camaradagem e nenhum remorso. "*Ela* voltou", disse o Garoto.

"Não há dúvida de que é ela." Era um riso que se tinha ouvido numa centena de lugares: riso de olhos secos, sem cuidados nem preocupações, vendo sempre o lado jovial das coisas, quando o vapor largava do cais e outras pessoas choravam; saudando o gracejo picante no *music-hall*; ao pé de uma cama de doente e num apinhado compartimento da Estrada de Ferro do Sul; quando o cavalo errado ganhava, riso de boa desportista. "Ela me mete medo", cochichou Rose. "Não sei o que essa mulher quer."

O Garoto puxou-a para si: tática, tática... Nunca tinha tempo para estratégia. Na luz cinzenta da noite, viu-lhe o rosto alçando para ele, à espera de um beijo. Hesitou, com um sentimento de repulsa: mas a tática, a tática... Tinha vontade de esmurrá-la, fazê-la gritar, mas beijou-a desajeitadamente, sem acertar com os lábios dela. Afastou sua boca crispada e disse: "Escute".

"Você não teve muitas namoradas, não é mesmo?", perguntou ela.

"Claro que tive, mas escute..."

"Você é o meu primeiro. Que bom assim!" Ouvindo-a dizer isso, ele começou de novo a odiá-la. Nem mesmo teria de que se gabar: o primeiro... Não a havia roubado de ninguém, não tinha rival, ninguém mais se interessaria por ela, Cubitt e Dallow não lhe dariam nem sequer um olhar: o seu cabelo natural e descaracterizado, a sua simplicidade, a roupa barata que ele sentia sob a mão. Teve-lhe ódio como tivera de Spicer, e isso o tornou circunspecto; apertou-lhe desajeitadamente os seios com a palma das mãos, simulando com frio oportunismo a paixão de outro, e pensou: "Não seria tão mau se ela estivesse mais enfeitada, com um pouco de ruge e de pintura nas pálpebras, mas isso... A criatura mais comum, mais ignorante, mais sem experiência em toda Brigthon... ter a *mim* debaixo do seu poder!".

"Meu Deus", disse ela, "como você é bom para mim, Pinkie! Eu te amo."

"Você não me entregaria... a *ela*?"

Alguém chamou Rose do corredor; uma porta bateu.

"Tenho de ir", disse ela. "Que é que você quer dizer... Entregar você?"

"Isso mesmo que eu disse. Dar com a língua nos dentes. Dizer a ela quem foi que deixou o cartão. Que não foi quem você sabe."

"Nunca direi isso." Um ônibus passou pela West Street: a luz penetrou pela janelinha gradeada, batendo em cheio no rosto pálido e decidido de Rose: era como uma criança que põe os dedos em cruz e formula o seu juramento mais sagrado. "Pouco me importa o que você fez", disse ela suavemente, como se estivesse negando interesse por uma vidraça quebrada ou por uma palavra suja traçada a giz em porta alheia. Ele emudeceu, e uma intuição da astúcia contida naquela simplicidade, a longa experiência daqueles dezesseis anos, as profundezas possíveis da sua fidelidade tocaram-no como costumava tocá-lo a música barata, enquanto a luz clareava uma face, depois a outra e por fim a parede, e as engrenagens do ônibus gemiam lá fora.

"Que quer dizer com isso? Eu não fiz nada."

"Não sei", disse ela, "mas não me importo."

"Rose!", gritou uma voz. "Rose!"

"É ela, tenho certeza de que é ela", disse Rose. "Perguntando coisas. Macia como veludo. Que é que ela sabe a respeito de *nós*?" Chegou-se mais para ele. "Eu também fiz uma coisa certa vez. Um pecado mortal. Quando tinha doze anos. Mas essa mulher... ela nem sabe o que é um pecado mortal."

"Rose! Onde está você? Rose!"

A sombra do seu rosto de dezesseis anos deslocou-se na claridade da lua que inundava a parede. "Justo e injusto. Eis sobre o que ela fala. Eu a ouvi conversar na mesa. Justo e injusto. Como se ela soubesse!" Sussurou com desprezo: "Oh! Ela não há de arder. Não arderia nem que quisesse". Era como se estivesse falando de um buscapé molhado. "Molly Carthew ardeu. Era encantadora. Matou-se. Desespero... Isso é pecado mortal. Não tem perdão. A não ser... Que foi que você disse sobre o estribo?"

Explicou-lhe, a contragosto: "O estribo e o chão. Isso não funciona".

"O que você fez", insistiu ela, "você confessou?"

O Garoto respondeu evasivamente, vulto escuro e obstinado, descansando nas garrafas de vinho australiano a mão envolta na atadura: "Há anos que não vou à missa".

"Não me importo", repetiu Rose. "Prefiro arder com você a ser igual a ela." A sua voz imatura hesitou ao pronunciar a palavra: "Ela é ignorante".

"Rose!" A porta do esconderijo abriu-se. A gerente, num uniforme verde-escuro, óculos pendendo de um botão no peito, trouxe a luz, as vozes, o rádio e os risos, dissipando a escura teologia em que os dois estavam absortos. "Menina, que é que você está fazendo aqui? E quem é essa outra?", acrescentou, espreitando o vulto esguio na sombra, mas quando ele veio para a luz a mulher emendou: "Esse rapaz". Seus olhos correram ao longo das garrafas, contando-as. "Você não pode trazer amigos para cá."

"Estou saindo", disse o Garoto.

Ela observou-o com desconfiança e desagrado: as teias de aranha não haviam desaparecido de todo. "Se você não fosse tão novo eu chamaria a polícia."

Ele respondeu com o único dito espirituoso que teve na sua vida: "Não me faltaria um álibi".

"Quanto a você", disse a gerente, virando-se para Rose, "depois conversaremos." Acompanhou com os olhos o garoto que saía do quartinho e disse, enojada: "Vocês dois são jovens demais para essas coisas".

Jovem demais: eis aí a dificuldade. Spicer não a tinha resolvido antes de morrer. Jovem demais para tapar-lhe a boca com um casamento, jovem demais para impedir que a polícia a levasse ao banco das testemunhas, se a coisa chegasse a tanto. Prestar depoimento... dizer que fora Spicer, e não Hale, quem tinha deixado o cartão, e que ele próprio tinha vindo procurá-lo debaixo da toalha. Ela se lembrava até dessa particularidade. A morte de Spicer aumentaria as suspeitas. Tinha de lhe tapar a boca, fosse como fosse; precisava de sossego.

Subiu devagar a escada para o seu quarto e sala na casa de Frank. Tinha a impressão de estar perdendo o domínio da situação — o telefone tocava sem cessar —, e ao perder esse domínio começava a compreender todas as coisas que a sua pouca idade não lhe permitira conhecer ainda. Cubitt saiu de um quarto do andar térreo com um pedaço de maçã entulhando a bochecha, um canivete quebrado na mão. "Não", disse ele, "Spicer não está. Ainda não voltou."

O Garoto gritou-lhe do primeiro lance da escada: "Quem quer falar com Spicer?".

"Ela desligou."

"Ela quem?"

"Não sei. Uma amiga dele. Anda bobo por uma garota que encontrou no Queen of Hearts. Mas, afinal, onde está Spicer, Pinkie?"

"Morreu. Os homens de Colleoni o mataram."

"Deus do céu!", exclamou Cubitt, fechando o canivete e cuspindo fora o pedaço de maçã. "Eu bem disse que não devíamos nos meter com Brewer! Que é que nós vamos fazer?"

"Sobe para cá. Onde está o Dallow?"

"Saiu."

O Garoto entrou no quarto e sala e acendeu a única lâmpada. Pensou no quarto de Colleoni, no Cosmopolitan, mas era preciso começar de algum lugar. "Vocês estiveram comendo de novo em cima da minha cama", disse ele.

"Não fui eu, Pinkie. Foi Dallow. Que é isso, Pinkie, retalharam você também?"

O Garoto tornou a mentir: "Paguei-lhes na mesma moeda". Mas mentir foi uma fraqueza. Não estava acostumado a fazê-lo. "Não precisamos tomar as dores de Spicer. Era medroso. É bom que ele tenha morrido. A garota do Snow viu quando ele deixou o cartão. Depois que ele estiver enterrado ninguém irá identificá-lo. Podíamos até mandar cremá-lo."

"Você não está achando que os tiras..."

"Não tenho medo dos tiras. São outros que andam bisbilhotando por aí."

"Eles não podem desmentir o que os médicos disseram."

"Você sabe que nós o matamos e os médicos sabem que ele teve morte natural. Explique isso; eu não posso." Sentou-se na cama e varreu com a mão as migalhas deixadas por Dallow. "Estamos mais seguros sem o Spicer."

"Talvez tenha razão, Pinkie. Mas que foi que levou Colleoni a...?"

"Ficou com medo, acho, de que nós déssemos uma lição em Tate no hipódromo. Quero que chamem mr. Prewitt. Preciso que ele me ajeite um negócio. É o único advogado em quem podemos confiar por aqui... se é que podemos confiar nele."

"Que foi que houve, Pinkie? É coisa séria?"

O Garoto recostou a cabeça na cabeceira da cama de latão. "Talvez seja preciso mesmo casar."

Cubitt estourou subitamente numa gargalhada, a grande boca escancarada mostrando os dentes cariados. Atrás dele, o estore da janela estava meio descido, tapando o céu noturno e deixando ver as chaminés escuras e fálicas fumegando palidamente no luar. O Garoto ficou silencioso, observando Cubitt e ouvindo o seu riso como se fosse o desprezo que o mundo lhe lançava na cara.

Quando Cubitt parou de rir, ele disse: "Anda, vai telefonar a mr. Prewitt. Diz a ele que venha aqui". Olhava atrás do outro, contemplando a borla do cordão do estore que batia docemente na vidraça, as chaminés e o começo da noite de verão.

"Ele não virá aqui."

"Tem de vir. Eu é que não posso sair *assim*." Tocou nos talhos do pescoço. "Preciso arranjar este negócio."

"Seu safado!", disse Cubitt. "Você é novato no jogo." O jogo: e o pensamento do Garoto fixou-se com curiosidade e aversão no rostinho comum e acessível, nas garrafas do lote apanhando os raios de luar, na palavra *arder*, *arder*, tantas vezes repetida. Que queriam dizer com "o jogo"? Ele conhecia tudo em teoria, nada na prática; só tinha experiência das libidinagens alheias, daqueles desconhecidos que deixavam os seus desejos registrados nas paredes dos lavatórios públicos. Conhecia os movimentos das peças, mas nunca jogara uma partida. "Talvez não seja preciso chegar a tanto", disse. "Mas vá chamar mr. Prewitt. Ele é que sabe."

Mr. Prewitt sabia. Tinha-se certeza disso assim que se olhava para ele. Não era estranho a nenhum tipo de chicana, subterfúgio, cláusula contraditória, palavra ambígua. A cara amarela e escanhoada de cinquentão tinha rugas profundas que se diriam as marcas deixadas por decisões judiciais. Carregava uma pasta de couro marrom e usava calças listradas que pareciam demasiado novas em confronto com o resto da sua pessoa. Entrou no quarto com um ar de falsa jovialidade, modos insinuantes de advogado que interroga uma testemunha: tinha sapatos pontudos e polidos que refletiam a luz. Tudo nele, desde o seu fraque até a sua vivacidade, era novinho em folha, exceto ele próprio, que tinha envelhecido nos tribunais, com muitas vitórias mais danificadoras do que derrotas. Adquirira o hábito de não escutar nada: inúmeras repreensões dos juízes tinham lhe ensinado isso. Tinha modos súplices, discretos, simpáticos, e era tenaz como ninguém.

O Garoto, que continuava sentado na cama, cumprimentou--o sem se levantar: "Boa noite, mr. Prewitt", e mr. Prewitt sorriu com simpatia, depôs a pasta no chão e sentou-se na cadeira dura ao lado do lavatório. "Está uma noite maravilhosa. Ai, ai, ai, você esteve numa batalha!" A expressão de simpatia não lhe caía bem; tinha-se a impressão de que era possível despegá-la dos seus olhos, como etiqueta colada pelo leiloeiro num antigo instrumento de sílex.

"Não é sobre *isso* que quero lhe falar", disse o Garoto. "Não se assuste. Só desejo uma informação."

"Não há complicações, espero?"

"Quero evitar complicações. Se eu pretendesse casar, que seria preciso fazer?"

"Esperar alguns anos", respondeu prontamente mr. Prewitt, como se estivesse pagando para ver.

"Na próxima semana", disse o Garoto.

"A dificuldade", observou mr. Prewitt em tom pensativo, "é que você é menor."

"Foi por isso mesmo que chamei o senhor."

"Há casos de pessoas que fizeram uma falsa declaração de idade. Não estou insinuando que você imite esse exemplo, note bem. Que idade tem a moça?"

"Dezesseis."

"Tem certeza? Porque se ela não tem dezesseis o casamento não seria legal nem que fosse casada na catedral de Canterbury pelo próprio arcebispo."

"Quanto a isso não há dúvida", disse o Garoto. "Mas se dermos uma idade falsa, estaremos casados de verdade... legalmente?"

"Tão casados quanto possível."

"A polícia não poderia obrigar a garota...?"

"A depor contra você? Só com o consentimento dela. Está claro que você teria cometido um delito. Poderiam mandá-lo para a cadeia. Além disso... há outras dificuldades." Mr. Prewitt recostou-se no lavatório, com o cabelo grisalho e corretamente penteado roçando no jarro, e analisou o Garoto.

"O senhor sabe que eu pago", disse ele.

"Antes de tudo, é preciso lembrar-se de que isso toma algum tempo."

"Não pode demorar muito."

"Quer casar numa igreja?"

"Claro que não. Não vai ser um casamento verdadeiro."

"Como não?"

"Não tão verdadeiro como quando o padre declara."

"Os seus sentimentos religiosos lhe fazem honra", disse mr. Prewitt. "Então, segundo entendi, será um casamento civil. Pode-se arranjar uma licença... Quinze dias de residência... Você está habilitado para isso... E um dia para os proclamas. Se fosse só isso você poderia casar depois de amanhã... no seu distrito. Mas agora vem a outra dificuldade. Um casamento de menor não é fácil."

"Vá dizendo. Eu pago."

"Não basta dizer que tem vinte e um anos. Ninguém acreditaria nisso. Mas se você dissesse que tem dezoito poderia casar, desde que seus pais ou tutores dessem consentimento. Seus pais estão vivos?"

"Não."

"Quem é o seu tutor?"

"Não entendo o que quer dizer."

Mr. Prewitt disse pensativamente: "Podíamos arranjar um tutor. Mas é bastante arriscado. Seria preferível dizer que você perdeu contato com ele. Foi para a África do Sul e o abandonou.

Poderíamos sustentar um bocado de coisas com isso", acrescentou mr. Prewitt com suavidade. "Atirado ao mundo em tenra idade, você abriu caminho corajosamente..." Os seus olhos corriam de um enfeite de latão da cama para o outro. "Pediríamos ao escrivão que fosse discreto."

"Não imaginava que fosse tão difícil", disse o Garoto. "Talvez eu possa arranjar isso de outro modo."

"Havendo tempo, tudo se pode arranjar." Mr. Prewitt mostrou, num sorriso paternal, os dentes incrustados de tártaro. "Diga que sim, meu rapaz, e eu faço esse casamento. Pode confiar em mim." Levantou-se; as suas calças listradas eram como as de um convidado de bodas, alugadas no Moss para a ocasião; quando atravessou o quarto, sorrindo com os dentes amarelos, dir-se-ia que se dispunha a beijar a noiva. "Se me fizer o favor de dar agora um guinéu pela consulta... Tenho uma ou duas compras que fazer... para a esposa..."

"O senhor é casado?", perguntou o Garoto com súbita vivacidade. Nunca lhe ocorrera que Prewitt... Contemplou aquele sorriso, aqueles dentes amarelos, aquela cara enrugada e gasta como se talvez pudesse aprender *ali*...

"No ano que vem festejo as minhas bodas de prata", disse mr. Prewitt. "Vinte e cinco anos no jogo." Cubitt mostrou a cabeça na porta e disse: "Vou dar uma volta". E, arreganhando os dentes: "Como vai o casamento?".

"Progredindo", respondeu mr. Prewitt, "progredindo." Deu uma palmadinha na sua pasta, como se fosse o rosto gorducho de um bebê promissor. "Ainda veremos o nosso jovem amigo amarrado."

"Só até que passe a tormenta", pensou o Garoto reclinando-se no travesseiro encardido, descansando um sapato no edredom cor de malva. Não seria um casamento de verdade, apenas um expediente para manter a boca de Rose fechada durante algum tempo... "Até logo", disse Cubitt, soltando uma risadinha abafada ao pé da cama. Rose, o rostinho popular e dedicado, o gosto adocicado de pele humana, a emoção no quartinho escuro junto ao lote de garrafas de borgonha: estendido na cama, ele quis ainda protestar: "já, não" e "com essa não". Se aquilo tinha de acontecer um dia, se ele tinha de acompanhar os outros naquele "jogo" estúpido, que fosse quando estivesse velho, sem mais nada que ganhar, e com alguém que pudesse causar inveja aos outros homens. Não com aquela criatura simples, sem experiência e tão ignorante como ele próprio.

"Basta dar o sim", disse mr. Prewitt. "Nós arranjaremos isso." Cubitt havia saído. O Garoto disse: "Aí no lavatório tem uma libra".

"Não vejo nada", respondeu ansiosamente mr. Prewitt, mudando a posição de uma escova de dentes.

"Na saboneteira... debaixo da tampa."

Dallow mostrou a cabeça à porta. "Boa noite", disse a mr. Prewitt. E ao Garoto: "Que foi que houve com Spicer?".

"Foi o Colleoni. Deram cabo dele no hipódromo. Quase deram cabo de mim também", e Pinkie levou a mão, envolta na atadura, ao talho do pescoço.

"Mas Spicer está no quarto dele! Ouvi barulho lá agora."

"Ouviu? Você está imaginando coisas", disse o Garoto. Sentiu medo pela segunda vez naquele dia. Uma lâmpada mortiça iluminava o corredor e a escada; as paredes eram irregularmente pintadas com tinta cor de nogueira. Sentiu contrair-se a pele do seu rosto, como se algo repulsivo o tivesse tocado. Queria perguntar se era possível sentir esse Spicer de outro modo que não fosse pelo ouvido, se ele era perceptível também à vista e ao tato. Levantou-se: cumpria fazer frente àquilo, fosse lá o que fosse. Passou diante de Dallow sem dizer mais palavra. A porta do quarto de Spicer batia de um lado para outro, numa corrente de ar. Não podia enxergar lá dentro. Era um quarto minúsculo: todos tinham recebido quartos minúsculos, menos Kite, e ele o herdara. Era por esse motivo que o seu aposento servia de sala de reunião para todos. No de Spicer só haveria lugar para ele... e Spicer. Pôde ouvir leves rangidos de couro atrás da porta que batia. As palavras *dona nobis pacem* vieram-lhe novamente ao espírito: pela segunda vez ele sentiu uma leve nostalgia, como de alguma coisa que tivesse perdido, ou esquecido, ou renegado.

Enveredou pelo corredor e entrou no quarto de Spicer. A sua primeira sensação ao vê-lo curvado, apertando as correias da sua mala, foi de alívio: era indubitavelmente o Spicer vivo, a quem se podia tocar, meter medo e dar ordens. Uma longa tira de esparadrapo tapava-lhe a face: o garoto contemplou-o da porta com um nascente sentimento de crueldade. Teve vontade de aproximar-se para arrancar o esparadrapo e ver o talho abrir-se. Spicer alçou os olhos, largou a mala no chão, recuou inquieto para a parede. "Pensei... Receei... que os homens de Colleoni tivessem liquidado você", disse ele. O seu temor o traía. O Garoto não respondeu, observando-o da porta. Como se pedisse desculpas por estar vivo, ele explicou: "Consegui escapar...". Suas palavras murcharam como uma porção de algas marinhas na praia de silêncio, indiferença e decisão do Garoto.

Da outra extremidade do corredor veio a voz de mr. Prewitt: "Na saboneteira. Ele disse que estava na saboneteira", e um som de louça ruidosamente remexida.

2

"Vou ficar em cima dessa garota até conseguir alguma coisa." Levantou-se decidida e atravessou o restaurante, como um navio de guerra que entra em ação, um navio de guerra combatendo do lado da justiça numa guerra para acabar com todas as guerras, os estandartes proclamando que todos devem cumprir o seu dever.

Seus grandes seios, que nunca tinham amamentado um filho seu, sentiam uma compaixão inexorável. Rose fez figa ao avistá-la, mas Ida avançou implacavelmente para a porta de serviço. Tudo, agora, estava em marcha: ela havia começado a fazer as perguntas que desejara fazer quando lera no Henekey a notícia sobre o inquérito, e estava obtendo as respostas. Fred também cumprira a sua parte, indicando o cavalo vitorioso, de modo que ela agora possuía não só amigos, mas também fundos: duzentas libras, uma fonte ilimitada de corrupção.

"Boa noite, Rose", disse, estacando à porta da cozinha, bloqueando-a. Rose depôs uma bandeja e virou-se para ela com todo o temor, a obstinação e a incompreensão de um animal bravio que não quer reconhecer a bondade.

"A senhora de novo! Estou ocupada. Não posso falar com a senhora."

"Mas a gerente me deu licença, querida..."

"Não podemos conversar aqui."

"Onde podemos conversar então?"

"No meu quarto, se me deixar passar."

Rose subiu a escada que, nos fundos do restaurante, conduzia a um pequeno patamar revestido de linóleo. "São bem tratadas aqui?", perguntou Ida. "Eu também já morei num bar. Isso foi antes de conhecer Tom... Tom é o meu marido", explicou paciente, gentil e implacavelmente para as costas de Rose. "Não era tão bom como aqui. Flores no patamar!", exclamou com prazer diante do ramalhete murcho sobre uma mesa de pinho e pôs-se a arrancar algumas pétalas, quando uma porta bateu. Rose fechara-se no quarto, e quando ela deu uma pancadinha leve na porta ouviu um sussurro obstinado: "Vá embora. Não quero falar com a senhora".

"O assunto é sério. Muito sério." Um pouco da cerveja que Ida havia tomado subiu-lhe à garganta; levou a mão à boca e disse maquinalmente: "Perdão", arrotando para a porta fechada.

"Não posso ajudá-la. Não sei nada."

"Deixe-me entrar, meu bem, e eu lhe explicarei. Não posso gritar no patamar."

"Por que havia de se interessar por mim?"

"Não quero que inocentes sofram."

"Como se a senhora soubesse quem é inocente!", acusou-a a voz mansa.

"Abra a porta, meu bem." Começava a perder a paciência, mas apenas um pouco: a sua paciência era quase tão grande quanto a sua boa vontade. Experimentou o trinco e empurrou: sabia que as garçonetes não podiam usar chave. Mas uma cadeira tinha sido encaixada sob o trinco. "Você não me escapará assim", disse ela, irritada. Atirou seu peso contra a porta; a cadeira estalou, deslocou-se, e a porta abriu um pouco.

"Você tem de me ouvir", disse Ida. Quando se trata de salvar uma pessoa que está para se afogar, dizem os entendidos que não se deve hesitar em atordoar a vítima. Enfiou a mão na frincha, afastou a cadeira, abriu a porta e entrou. Três camas de ferro, uma cômoda, duas cadeiras e um par de espelhos baratos; observou tudo, inclusive Rose, colada à parede no canto mais afastado, olhando apavorada para a porta, com seus olhos inocentes e cheios de experiência, como se não houvesse nada que ela não esperasse.

"Vamos, não se faça de tola. Eu sou sua amiga. Só quero salvá-la daquele rapaz. Você está apaixonada por ele, não é mesmo? Mas você não compreende... ele não presta." Sentara-se na cama e prosseguia, com implacável brandura.

Rose murmurou: "A senhora não sabe nada".

"Tenho provas."

"Não me refiro a isso", replicou a garota.

"Ele não se importa com você. Ouça-me: eu sou humana. Pode crer que gostei de um rapaz ou dois no meu tempo. Que tem isso? É tão natural como respirar. Só que a gente não deve se apaixonar.

Não há nenhum que mereça isso, sem falar *nele*. Ele é mau. Não sou nenhuma puritana, veja lá. Cometi os meus pecadinhos quando moça... isso é *natural*. Olhe", disse, estendendo para a menina a mão roliça e protetora, "está escrito na minha mão: o cinto de Vênus. Mas sempre fui pelo Direito. Você é jovem. Ainda terá quantos rapazes quiser. Poderá se divertir à farta... se não deixar que eles tomem conta de você. Isso é tão natural como respirar. Não fique pensando que sou contra o amor. Essa é boa. Eu, Ida Arnold! Iam rir de mim." A cerveja subiu-lhe de novo à garganta e ela levou a mão à boca. "Perdão, meu bem. Como você vê, nós nos damos perfeitamente quando estamos juntas. Nunca tive um filho e me afeiçoei a você. Você é um amor de menina." Subitamente, falou com aspereza. "Desgrude-se dessa parede e proceda como uma pessoa de juízo! Ele não gosta de você."

"Que me importa!", murmurou obstinadamente a voz da criança.

"Como, que quer dizer com isso?"

"Eu o amo e isso basta."

"A sua atitude é mórbida", disse Ida. "Se eu fosse sua mãe, dava--lhe uma boa sova. Que diriam seus pais se soubessem?"

"Não se importariam."

"E como pensa que isso vai terminar?"

"Não sei."

"Você é muito moça. Romântica, é o que é", disse Ida. "Eu também já fui assim. Isso desaparece com o tempo. Basta ter experiência." Os olhos de Nelson Place fitavam-na sem compreender: enxotado para a sua toca, o animalzinho espreitava aqui fora o mundo alegre e luminoso; dentro da toca havia o assassínio, a união dos sexos, a pobreza extrema, a fidelidade e o amor e temor de Deus; mas o animalzinho não tinha bastante conhecimento para negar que só no mundo ensolarado e franco, lá fora, pudesse existir isso que os outros chamavam experiência.

3

O GAROTO OLHAVA DO ALTO DA ESCADA o corpo esparramado no chão lá embaixo, como o de Prometeu. "Deus do céu", disse mr. Prewitt. "Como aconteceu isso?"

"Há muito que esta escada vinha precisando de conserto. Falei isso para Frank, mas não há nada que faça esse bastardo gastar dinheiro." Pôs a mão amarrada no corrimão e empurrou-o até que ele cedeu. A madeira podre caiu de través sobre o corpo de Spicer, águia estendida, tingida de nogueira e reclinada sobre os rins.

"Mas isso aconteceu *depois* de ele ter caído!", protestou mr. Prewitt, cuja voz forense tremia.

"O senhor entendeu mal", disse o Garoto. "Estava aqui no corredor e vi quando ele apoiou a mala no corrimão. Ele não devia ter feito isso. A mala era muito pesada."

"Meu Deus, você não pode me envolver numa coisa dessas! Eu não vi nada. Estava com Dallow no quarto, olhando a saboneteira."

"Os dois viram", disse o Garoto. "É uma ótima coisa termos aqui conosco o senhor, um advogado respeitável. Sua palavra resolverá tudo."

"Eu negarei!", disse mr. Prewitt. "Vou embora. Jurarei que nunca estive aqui."

"Fique onde está. Não queremos outro acidente em casa. Dallow, telefone para a polícia... Chame um médico também: fica mais natural..."

"Você pode me prender aqui", disse mr. Prewitt, "mas não pode me obrigar a dizer..."

"Diga o que quiser, eu não exijo o contrário. Mas não pareceria natural que eu fosse preso pela morte de Spicer e o senhor se encontrasse aqui... procurando na saboneteira, hein? Seria o suficiente para arruinar a vida de certos advogados."

Mr. Prewitt olhou para o corpo estendido ao pé da escada. "Tratem de erguer esse cadáver e colocar a madeira debaixo dele. A polícia teria um monte de perguntas para fazer se o encontrasse desse jeito." Voltou para o quarto e sentou-se na cama, apoiando a cabeça nas mãos. "Estou com dor de cabeça", disse ele. "Devia estar em casa." Ninguém lhe prestou atenção. A porta do quarto de Spicer batia com o vento. "Estou com uma dor de cabeça de rachar", disse mr. Prewitt.

Dallow veio arrastando a mala pelo corredor: o cordão do pijama de Spicer saía para fora como um fio de creme dental. "Aonde é que ele ia?", perguntou Dallow.

"Para o Âncora Azul, na Union Street, em Nottingham", disse o Garoto. "É bom telegrafar para lá. Talvez queiram mandar flores."

"Tenham cuidado com as impressões digitais", implorou-lhes mr. Prewitt do lavatório, sem erguer a cabeça dolorida; mas os passos do Garoto na escada fizeram com que ele levantasse o olhar. "Aonde é que você vai?", perguntou rispidamente. O Garoto olhou-o da volta da escada. "Vou sair", respondeu.

"Você não pode sair agora!"

"Eu não estava aqui. Só o senhor e Dallow. Esperavam pela minha chegada."

"Você será visto."

"O azar é seu. Eu tenho que fazer..."

"Não me diga", gritou mr. Prewitt precipitadamente, mas dominou-se: "Não me diga o que é", repetiu em voz baixa.

"Temos de combinar esse casamento", disse o Garoto em tom sombrio. Analisou mr. Prewitt um instante (a esposa, vinte e cinco anos de jogo), como quem queria fazer uma pergunta, quase como se estivesse disposto a pedir conselhos àquele homem muito mais velho do que ele, como se esperasse encontrar um pouco de sabedoria humana naquele velho e tenebroso cérebro jurídico.

"É bom que seja o mais cedo possível", prosseguiu o Garoto em voz branda e triste. Observou ainda por alguns momentos o rosto de mr. Prewitt, procurando algum reflexo da sabedoria que o jogo lhe devia ter incutido em vinte e cinco anos; não via, porém, senão uma cara assustada, entaipada como uma casa de comércio durante um motim da rua. Desceu a escada para o poço escuro em que tinha caído o corpo de Spicer. Já tomara a sua decisão: precisava somente mover-se em direção ao seu objetivo. Sentia o sangue impulsionado pelo coração, fazendo indiferentemente a volta pelas artérias, como trens na linha circular interna. Cada estação era mais uma etapa a aproximá-lo da segurança, depois vinha a seguinte que o afastava desta, até que dava a volta e a segurança tornava a aproximar-se como Notting Hill, para recuar novamente. A prostituta quarentona, na praia de Hove, nem se deu ao trabalho de olhá-lo quando ele a alcançou, vindo de trás: como trens elétricos correndo na mesma linha, não houve colisão. Ambos tinham a mesma meta em vista, se é que se pode falar em meta em conexão com esse círculo. Diante do bar de Norfolk, dois pequenos carros escarlates de corrida estacionavam junto ao meio-fio, um ao lado do outro, como camas geminadas. A consciência do Garoto não se apercebeu deles, mas a sua imagem penetrou-lhe automaticamente no cérebro, provocando sua secreção de inveja.

O restaurante Snow estava quase vazio. Sentou-se à mesa onde Spicer havia se sentado um dia, mas não foi Rose quem o serviu. Uma garota desconhecida veio atendê-lo. "Rose não está?", perguntou ele desajeitadamente.

"Está ocupada."

"Não podia falar com ela?"

"Está conversando com alguém, lá no quarto. O senhor não pode ir lá. Vai ter de esperar."

O Garoto pôs meia coroa em cima da mesa. "Onde é?"

A garota hesitou. "A gerente falaria um monte."

"Onde está a gerente?"

"Saiu."

O Garoto pôs outra meia coroa em cima da mesa.

"Pela porta de serviço", disse a garçonete, "e direto escada acima. Mas há uma mulher com ela..."

Ele ouviu a voz da mulher antes de alcançar o alto da escada. Estava dizendo:"Só quero falar com você para o seu bem", mas Pinkie teve de aguçar o ouvido para apanhar a resposta de Rose.

"Me deixe em paz! Por que não me deixa em paz?"

"É dever de toda pessoa correta."

O Garoto tinha chegado ao alto da escada e avistava agora o interior do quarto, se bem que as amplas costas, o grande vestido solto e as ancas quadradas da mulher quase lhe tapassem a visão de Rose, colada à parede numa atitude de teimoso desafio. Pequena e ossuda no seu vestido de algodão preto com o avental branco, os olhos vermelhos mas sem lágrimas, alarmada e decidida, encarnava a sua coragem com uma espécie de impropriedade cômica, como o homenzinho de chapéu-coco que o empresário manda enfrentar o massa-bruta numa feira. "É melhor que me deixe em paz", disse ela.

Era Nelson Place e Manor Street que estavam ali no quarto das criadas, e por um momento ele não sentiu antagonismo, e sim uma leve nostalgia. Sentiu que ela fazia parte da sua vida, como um quarto ou uma cadeira; era qualquer coisa que o completava. "Ela é mais corajosa do que Spicer", pensou. O que havia nele de pior necessitava de Rose; não podia dispensar a bondade. "Por que está aborrecendo a minha garota?", perguntou em voz branda, e essa reclamação foi estranhamente doce aos seus próprios ouvidos, como um refinamento de crueldade. Afinal de contas, embora tivesse aspirado a coisa melhor, tinha este consolo: Rose não poderia descer mais baixo do que ele. Enfrentou a mulher com um sorriso afetado nos lábios quando ela se voltou. "Entre o estribo e o chão": já conhecia a falsidade desse consolo. Se houvesse conquistado alguma criatura alegre e descarada como as que tinha visto no Cosmopolitan, o seu triunfo não seria tão grande afinal de contas. Sorriu com afetação para as duas; a nostalgia fora enxotada por uma onda de sensualidade triste. Ela era boa, descobrira isso, e ele era abominável: tinham sido feitos um para o outro.

"Deixe essa menina em paz", disse a mulher. "Eu sei quem você é." Era como se estivesse em país estranho, a típica inglesa no estrangeiro. Não tinha nem sequer um guia de conversação. Estava tão distante de ambos quanto estava do inferno... ou do céu. O bem e o mal viviam juntos na mesma terra, falavam a mesma língua, reuniam-se como velhos amigos, sentindo-se completados um pelo outro, tocando-se as mãos ao pé da cama de ferro. "Você quer fazer o que é direito, não é, Rose?", implorou.

Rose tornou a murmurar: "Deixe-nos em paz".

"Você é uma boa menina, Rose. Não vai querer meter-se com *ele*."

"A senhora não sabe coisa alguma."

De momento, ela nada mais podia fazer senão ameaçá-los da porta. "Isso não termina assim. Eu tenho amigos."

O Garoto, cheio de assombro, a viu retirar-se. "Que diabo de mulher é essa?"

"Não sei", disse Rose.

"Nunca a tinha visto." Uma lembrança acenou-lhe e passou: havia de voltar. "Que queria ela?"

"Não sei."

"Você é uma boa garota, Rose", disse ele, apertando-lhe o pulso ossudo entre os dedos.

Ela balançou a cabeça: "Sou má". E implorou-lhe: "Eu quero ser má, se ela é boa e você...".

"Você nunca deixará de ser boa. Alguns podem não gostar de você por causa disso, mas eu não me importo."

"Farei tudo por você. Diga-me o que eu devo fazer. Não quero ser como essa mulher."

"Não é o que a gente faz, é o que a gente pensa", disse o Garoto. E, gabando-se: "Está no sangue. Talvez, quando me batizaram, a água benta não tenha pegado. Não berrei para afugentar o diabo".

"*Ela é boa?*"

"Ela?", Pinkie riu. "Ela simplesmente não é coisa nenhuma."

"Não podemos ficar aqui. Quem me dera que pudéssemos!" Rose olhou à sua volta a gravura coberta de nódoas de mofo que representava a vitória de Van Tromp, as três camas pintadas de preto, os dois espelhos, a cômoda, os pálidos festões de flores cor de malva no papel de parede, como se ali gozasse de uma segurança que nunca lhe seria possível ter lá fora, na ventosa noite de verão. "É um ótimo quarto." Desejava partilhá-lo com ele até que se tornasse um lar para os dois.

"Você não gostaria de deixar esta casa?"

"O Snow? Oh, não, é uma casa muito boa. Eu não gostaria de trabalhar em outra parte."

"Eu quis dizer se gostaria de casar comigo."

"Ainda não temos idade."

"Isso pode se arranjar. Há certos meios." Soltou-lhe o pulso e assumiu um ar de indiferença. "Se você quisesse. Por mim..."

"Oh!", disse ela. "Eu quero, sim, mas não vão deixar."

Ele explicou com desembaraço: "Não poderia ser na igreja, pelo menos no começo. Há certas dificuldades. Você está com medo?".

"Eu nao. Mas será que eles deixam?"

"O meu advogado pode conseguir isso."

"Você tem um advogado?"

"Claro que sim."

"Parece tão importante dizendo isso... Como um homem de idade..."

"Um homem não pode passar sem advogado nesta vida."

"Não era num lugar assim que eu sempre pensei que aconteceria", disse ela.

"Aconteceria o quê?"

"Ser pedida em casamento. Pensei que seria num cinema, ou talvez uma noite na praia. Mas aqui é melhor", disse, volvendo os olhos da vitória de Van Tromp para os dois espelhos. Afastou-se da parede e ergueu o rosto para ele. O Garoto sabia o que lhe cumpria fazer; olhou para sua boca sem pintura com uma ligeira sensação de náusea. Noite de sábado às onze horas, o exercício primevo. Apertou contra os lábios dela os seus lábios duros e puritanos e sentiu de novo o gosto adocicado da pele humana. Teria preferido um rosto de pó Coty, de batom à prova de beijo ou de qualquer outro composto químico. Cerrou os olhos; e quando tornou a abri-los viu-a esperando, como uma cega, por uma nova esmola. Ficou chocado ao notar que ela não se apercebera da sua repulsa. "Sabe o que isso significa?", disse Rose.

"Isso o quê?"

"Significa que eu nunca trairei você, nunca, nunca, nunca!"

Ela lhe pertencia como um quarto ou uma cadeira; inquieto, com um vago sentimento de vergonha, o Garoto sorriu para aquele rosto cego e desnorteado.

QUINTA PARTE

I

Tudo correu bem. O inquérito nem sequer apareceu nas manchetes dos jornais; ninguém fez perguntas. O Garoto voltou a pé com Dallow; o seu sentimento devia ser de triunfo. "Eu não teria confiança em Cubitt se ele soubesse", disse a Dallow.

"Cubitt não saberá de nada. Prewitt tem medo de falar... e você sabe que eu não abro a boca, Pinkie."

"Tenho a impressão de que estamos sendo seguidos, Dallow."

O outro virou-se. "Ninguém. Conheço todos os tiras de Brighton."

"Nenhuma mulher?"

"Não. Em quem está pensando?"

"Não sei."

A banda de cegos vinha pelo meio-fio, roçando as bordas dos sapatos nas beiradas, tateando o caminho na luz cintilante, suando um pouco. O Garoto vinha pela beira da rua em sentido contrário. A música que tocavam era plangente e lamentosa, qualquer coisa que falava de aflições, tirada de um hinário: era como uma voz profetizando desgraça no momento da vitória. O Garoto esbarrou no chefe da banda e afastou-o do caminho com um empurrão, dirigindo-lhe uma imprecação em voz baixa; todos os demais, ouvindo o movimento do seu chefe, estenderam inquietos um pé na direção da rua e ficaram ali parados até que o Garoto passasse, como barcos imóveis num Atlântico imenso. Voltaram então aos seus lugares, procurando com o pé o desnível do pavimento.

"Que bicho mordeu você, Pinkie?", disse Dallow. "Eles são cegos."

"Por que haveria de me desviar do meu caminho para deixar passar um mendigo?" Mas não tinha percebido que eram cegos e sentiu-se chocado pela sua atitude. Dir-se-ia que estava sendo arrastado longe demais num caminho que só queria percorrer até certa distância. Deteve-se e encostou-se no parapeito do passeio, enquanto passava a multidão de quarta-feira e o sol implacável reaparecia.

"Que é que você anda remoendo, Pinkie?"

"Estou pensando em todas essas amolações por causa de Hale. Ele merecia o que lhe fizemos, mas, se eu soubesse o que ia resultar daí, talvez o tivesse deixado viver. Talvez não valesse a pena matá-lo. Um jornalistazinho sujo que andava metido com Colleoni e provocou a morte de Kite. Por que alguém estaria preocupado com ele?", lançou repentinamente um olhar por cima do ombro. "Onde já vi esse tipo?"

"É um forasteiro, nada mais."

"Me pareceu que conhecia aquela gravata."

"Há centenas delas nas lojas. Se você bebesse, eu diria que está precisando de um trago. Pois se tudo vai às maravilhas, Pinkie! Ninguém faz perguntas."

"Só havia duas pessoas que poderiam nos levar à forca: Spicer e a garota. Matei Spicer e vou casar com a garota. Acho que estou fazendo o que posso."

"Pois bem, agora estaremos garantidos."

"Sim, *vocês* estarão garantidos. Sou eu que corro todos os riscos. *Você* sabe que eu matei Spicer. Prewitt também sabe. Só falta

Cubitt descobrir e eu terei de fazer um massacre para me livrar desta vez."

"Não devia me falar assim, Pinkie. Você anda muito amargo desde que Kite morreu. Você precisa de um pouco de divertimento."

"Eu gostava de Kite", disse o Garoto. Alongou o olhar na direção da França, terra desconhecida. Às suas costas, além do Cosmopolitan, do Old Steyne e da estrada de Lewes, estendiam-se as dunas, aldeias e gado em torno dos laguinhos artificiais, outra terra desconhecida. Esse era o seu território, a praia populosa, mil ou dois mil acres de casas, uma estreita península de linha férrea eletrificada até Londres, duas ou três estações com bufês e os seus bolinhos. Aquele fora o território de Kite, que se dava por satisfeito com ele; e quando Kite morrera na sala de espera em S. Pancras, era como se um pai tivesse morrido, deixando-lhe um patrimônio que era seu dever jamais trocar por terras estranhas. Herdara dele até os maneirismos, o hábito de roer a unha do polegar, as bebidas sem álcool. O sol deslizou para dentro do mar e, como uma siba, lançou para o céu um jato de agonias e tormentos.

"Pense em outra coisa, Pinkie. Sossegue, procure se distrair. Venha comigo e com Cubitt comemorar no Queen of Hearts."

"Você sabe que não bebo."

"Terá de beber no dia do seu casamento. Onde já se ouviu falar num casamento sem bebidas?"

Um velho andava muito devagar pela praia, curvado, virando as pedras, procurando pontas de cigarros e restos de comida no meio das algas secas. As gaivotas, que se mantinham imóveis como velas na areia, levantaram voo, aos gritos, sobre o passeio. O velho encontrou uma botina e meteu-a no seu saco; uma gaivota levantou do passeio e atravessou por baixo da nave de ferro do Palace Pier, branca e resoluta na obscuridade: meio abutre e meio pomba. No final a gente sempre tem o que aprender.

"Muito bem, eu vou", disse o Garoto.

"É a melhor estalagem para cá de Londres", volveu Dallow, animando-o.

Dirigiram-se para o campo no velho Morris. "Gosto de uma farra no campo", disse Dallow. Era a hora entre o acender das luzes e a verdadeira escuridão, quando os faróis dos automóveis ardem na visibilidade cinzenta, tão pálidos e inúteis quanto uma lamparina num quarto de crianças. Os anúncios sucediam-se ao longo da entrada principal: bangalôs, uma granja falida, relva mirrada e empoeirada no lugar em que um andaime tinha sido posto abaixo, um moinho de vento oferecendo chá e limonada, as velas em ruínas e esburacadas.

"O pobre Spicer é que ia gostar deste passeio", disse Cubitt. O Garoto ia ao lado de Dallow, que dirigia, e Cubitt estava sentado no banco de trás. Pinkie via-o pelo espelho, sacudindo-se sobre as molas defeituosas.

O Queen of Hearts estava profusamente iluminado atrás das bombas de gasolina: um celeiro modificado do tempo dos Tudor, uma lembrança de pátio de granja pairando no restaurante e nos bares, uma piscina onde existira um potreiro. "Devíamos ter trazido umas garotas conosco", disse Dallow. "Não podemos arranjá-las aqui, é uma casa grã-fina."

"Vamos ao bar", disse Cubitt, seguindo na frente. Deteve-se à entrada, cumprimentando com a cabeça uma mulher que bebia sozinha diante do comprido balcão de aço, sob as velhas vigas. "É bom falarmos com ela, Pinkie. Essas coisas, você sabe... Ele era um bom camarada, nós compartilhamos o seu sentimento..."

"Que diabo de coisa você está dizendo?"

"Essa é a garota de Spicer", explicou Cubitt.

O Garoto deteve-se à porta, estudando-a com relutância: cabelos claros como prata, fronte larga e vazia, nádegas pequenas e bem-feitas, salientadas pelo tamborete alto, sozinha com o seu copo e a sua mágoa.

"Como vão as coisas, Sylvie?", perguntou Cubitt.

"Mal."

"Terrível, não é mesmo? Ele era um bom camarada. Dos melhores."

"Você estava lá, não estava?", perguntou a Dallow.

"Frank devia ter mandado consertar aquela escada", disse Dallow. "Quero te apresentar Pinkie, Sylvie, o melhor da nossa turma."

"O senhor também estava lá?"

"Ele não estava", disse Dallow.

"Aceita outro drinque?", perguntou o Garoto.

Sylvie esvaziou o copo. "Não enjeito. Um *sidecar*."

"Dois uísques, um *sidecar*, um suco de *grapefruit*."

"Como", disse Sylvie, "você não bebe?"

"Não."

"Aposto que não anda com mulheres também."

"Que olho, Sylvie!", disse Cubitt. "Você acertou na mosca."

"Admiro um homem assim. Acho maravilhoso ter essa força de vontade. Spicer sempre dizia que um dia se entregava... e então... Oh, que maravilha!" Largou o copo no balcão, calculando mal e derramando o coquetel. "Não estou bêbada", disse. "Estou nervosa de pensar no pobre Spicie."

"Vamos, Pinkie, tome um gole", disse Dallow. "Isso lhe dará alma nova." E explicou a Sylvie: "Ele está nervoso também". No salão de dança a orquestra tocava: "Ama-me esta noite e esquece à luz do dia a nossa exaltação...".

"Tome um trago", disse Sylvie. "Estou transtornada. Todos notam que estive chorando. Meus olhos estão medonhos... Foi a muito custo que resolvi sair. Agora compreendo por que certas pessoas vão para o convento." A música solapava a resistência do Garoto: ele observava a namorada de Spicer com uma espécie de horror mesclado de curiosidade: ela conhecia o jogo. Balançou mudamente a cabeça, no seu orgulho aterrado. Tinha consciência das suas qualidades: ele era um ser superior; suas ambições não tinham limite; nada devia expô-lo às zombarias de pessoas mais experientes. Ser comparado com Spicer e não estar à altura dele... O seu olhar fugia de um lado para outro, humilhado, e a música gemia sua mensagem — "esquece a luz do dia" — sobre o jogo que todos ali conheciam muito melhor do que ele.

"Spicie não acreditava que você tivesse estado alguma vez com uma mulher", disse Sylvie.

"Há muita coisa que Spicer ignorava."

"Você é muito moço para ser tão famoso."

"É melhor darmos o fora", disse Cubitt a Dallow. "Parece que estamos sobrando. Vamos dar uma olhada nas sereias." Os dois afastaram-se pesadamente. "Dallie logo percebe quando eu gosto dum rapaz", disse Sylvie.

"Quem é Dallie?"

"O seu amigo mr. Dallow, tolinho. Você dança?... Imagine, nem sei qual é o seu primeiro nome!" Ele a observava com um sentimento de luxúria e terror: ela pertencera a Spicer; sua voz tinha vibrado nos fios do telefone, marcando encontros; o morto recebera cartas em envelopes cor de malva, dirigidas a ele; até Spicer tinha alguma coisa de que se orgulhar, alguma coisa para mostrar aos amigos: "Minha garota". Lembrou-se de umas flores enviadas à casa de Frank, com um cartão: "De um coração partido". A infidelidade da mulher o fascinava. Ela não pertencia a ninguém, não era como uma mesa ou uma cadeira. Disse devagar, passando-lhe o braço em volta para tirar-lhe o copo da mão e apertando-lhe desajeitadamente o seio: "Vou me casar dentro de um ou dois dias". Era como se reclamasse a sua parte de infidelidade: não se deixaria derrotar pela experiência. Ergueu o copo dela e bebeu. A doçura pingou-lhe garganta abaixo, o seu primeiro gole de álcool feriu-lhe o paladar como um mau cheiro: era isso que os outros chamavam de prazer — isso e o jogo. Pousou a mão na coxa de Sylvie com uma espécie de horror:

Rose e ele quarenta e oito horas depois que Prewitt arranjasse as coisas, sozinhos sabe Deus em que quarto... O que viria depois, o que viria depois? Ele conhecia os movimentos tradicionais como é possível conhecer os princípios de balística no quadro-negro, mas para passar desse conhecimento à ação, à aldeia destruída, à mulher deflorada, era preciso a ajuda dos nervos. Os seus estavam gelados de repulsa: ser tocado, entregar-se, abandonar-se... Tinha mantido a intimidade a distância o mais que pudera, no fio de uma lâmina de barbear.

"Vem, vamos dançar", disse ele.

Circularam lentamente pelo salão de dança. Ser derrotado pela experiência já era bastante amargo, mas ser derrotado pela simplicidade e pela inocência, por uma garota que carregava pratos no Snow, por uma cadelinha de dezesseis anos...

"Spicie era um grande admirador seu", disse Sylvie.

"Vamos lá para o carro", pediu ele.

"Não posso, olhe que Spicie morreu ontem..."

Pararam, bateram palmas e a música recomeçou a tocar. Ouvia-se o ruído da coqueteleira no bar, e as folhas de uma árvore pequena comprimiam-se contra a vidraça, atrás do bumbo e do saxofone.

"Gosto do campo. Me deixa romântica. Você gosta?"

"Não."

"Isso aqui é campo *de fato*. Há pouco vi uma galinha. Os ovos que eles usam nos *gin slings* são daqui mesmo."

"Vamos lá para o carro."

"Também estou tentada. Puxa, como seria bom! Mas não posso, o pobre Spicie..."

"Você mandou flores, não mandou? Esteve chorando..."

"Os meus olhos estão medonhos."

"Que mais pode fazer?"

"Isso me partiu o coração. O pobre Spicie desaparecer assim..."

"Eu sei. Vi a sua coroa."

"Parece horrível, não é mesmo? Eu dançando aqui com você, e o pobre Spicie..."

"Vamos para lá."

"Pobre Spicie." Mas foi na frente, e ele notou perturbado que ela atravessava correndo, literalmente correndo, o canto iluminado do antigo quintal da granja para o escuro estacionamento e para o jogo. "Dentro de três minutos eu saberei", pensou com uma sensação de náusea.

"Qual é o seu carro?", perguntou Sylvie.

"Aquele Morris."

"Não nos serve." Avançou rapidamente ao longo da fila de automóveis. "Este Ford." Abriu a porta e disse: "Ah! Perdão!", tornou a fechá-la, subiu precipitadamente para o assento de trás do carro mais próximo e esperou-o. "Oh! Eu adoro os Lancias!", disse lá de dentro a sua voz doce e apaixonada. Ele se deteve à porta, e a escuridão que velava o rosto louro e vazio se dissipou. A saia puxada para cima dos joelhos, ela o esperava com voluptuosa docilidade.

Por um momento o Garoto teve consciência das suas enormes ambições, à sombra do ato hediondo e vulgar: o apartamento no Cosmopolitan, o isqueiro de ouro, as poltronas com coroas bordadas para uma estrangeira que se chamava Eugênia. Hale desapareceu das vistas como uma pedra jogada por cima da beira de um penhasco. Ele estava no começo de uma longa galeria de assoalho polido, entre bustos de grandes homens e sons de aplausos, mr. Colleoni cumprimentava como um vigia de loja, recuando, com um exército de navalhas atrás de si: um vencedor. Um tropel de cascos na reta de chegada e um alto-falante anunciando o nome do cavalo que ganhara: a música tocava. Doía-lhe o peito sob o esforço de abarcar o mundo inteiro.

"Você tem o que é preciso, não é?", disse Sylvie.

Com medo e horror, ele pensou: "O próximo movimento, qual é?".

"Depressa", disse Sylvie, "antes que nos encontrem aqui."

O assoalho da galeria enrolou-se como um tapete. O luar iluminou um anel Woolworth e um joelho roliço. "Espere aqui. Vou lhe mandar Cubitt", disse ele com uma fúria amarga e dolorosa; virou as costas para o Lancia e voltou ao bar. Uma risada vinda da piscina desviou-o da sua rota. Deteve-se à entrada, com o gosto de álcool na língua, observando uma moça magra, com uma touca vermelha de borracha, que dava pequenas risadinhas sob a iluminação resplandecente. O seu espírito dirigia-se para Sylvie e voltava num vaivém inevitável, como uma locomotiva acionada por eletricidade. O medo e a curiosidade solapavam o soberbo futuro; ele sentiu ânsia de vômito. "O casamento!", pensou. "Não, com mil diabos; prefiro que me enforquem."

Um homem de calção de banho veio correndo pelo trampolim, saltou e deu uma cambalhota na luz brilhante e perolada e mergulhou na água escura. Os dois banhistas nadaram juntos, uma braçada após a outra, para a parte rasa da piscina, e deram a volta, lado a lado, deslizando suavemente e sem pressa, absortos no seu divertimento privado, felizes e à vontade.

O Garoto observava-os, parado, e, quando começaram pela segunda vez a atravessar a piscina, ele viu na água iluminada a sua própria imagem tremendo, agitada por eles, os ombros estreitos e o peito cavado, e sentiu os seus sapatos marrons e pontudos escorregar nos ladrilhos molhados e reluzentes.

2

Cubitt e Dallow tagarelaram durante toda a volta, um pouco chumbados; o Garoto tinha os olhos fitos na frente, contemplando o núcleo luminoso da escuridão. "Riam à vontade", disse de repente, com fúria.

"Até que você não se saiu tão mal", respondeu Cubitt.

"Riam à vontade. Vocês pensam que estão garantidos, mas eu estou farto de toda essa cambada. Estou disposto a dar o fora."

"Tire uma lua de mel bem comprida", disse Cubitt, arreganhando os dentes, e um mocho piou com fome, voejando baixo sobre um posto de gasolina, atravessando a luz dos faróis com um bater das asas peludas e predatórias.

"Não vou me casar", disse o Garoto.

"Conheci um sujeito", lembrou Cubitt, "que ficou com tanto medo que se matou. Tiveram de devolver os presentes de casamento."

"Não vou me casar."

"Isso dá em muita gente."

"Não há nada que me faça casar."

"Mas você tem de casar", disse Dallow. Uma mulher olhava pela janela do Charlie's Café, à espera de alguém; observando, não viu o carro que passava.

"Tome um gole", disse Cubitt; estava mais bêbado que Dallow. "Eu trouxe uma garrafa. Você agora não pode dizer que não bebe; nós dois o vimos, eu e Dallow."

O Garoto disse a Dallow: "Não caso. Por que haveria de casar?".

"Foi você mesmo que armou tudo isso", retrucou Dallow.

"Que foi que ele armou?", perguntou Cubitt. Dallow não respondeu, pousando a mão amiga e tirânica no joelho do Garoto. Este olhou de esguelha o rosto estúpido e dedicado, encolerizando-se ao pensar em como a lealdade alheia podia enredar e compelir um homem. Dallow era a única criatura em quem tinha confiança, e odiava-o como se fosse seu mentor. "Não há nada que me faça casar", repetiu debilmente, contemplando o longo desfile de cartazes na luz submarina: "Guinness faz bem à sua saúde", "Experimente um Worthington", "Conserve a sua tez juvenil". Uma longa série de imposições, gente indicando coisas: "Adquira a sua casa própria", "Anéis de noivado? Visite a Casa Bennett".

E, quando chegou em casa, disseram-lhe: "Sua garota está aí". Subiu a escada cheio de rebelião impotente; ia entrar e dizer: "Mudei de ideia. Não posso casar com você". Ou talvez: "Os advogados dizem que é impossível". O corrimão não fora consertado e ele olhou lá de cima para o ponto em que tinha jazido o cadáver de Spicer. Cubitt e Dallow detiveram-se no lugar exato rindo de alguma coisa. A lasca pontuda de um balaústre quebrado arranhou-lhe a mão. Levou-a à boca e entrou. "Preciso agir com calma", pensava, "preciso ter presença de espírito", mas sentia que aquele gole de álcool, no bar, lhe deixara uma mancha na integridade. É possível perder o vício tão facilmente como se perde a virtude, em consequência de um simples contato.

Lançou um olhar para Rose. Ela assustou-se quando o Garoto perguntou brandamente: "Que está fazendo aqui?". Trazia o chapéu que ele detestava e arrancou-o da cabeça assim que ele olhou. "A esta hora da noite!", acrescentou o Garoto em tom escandalizado, pensando que tinha tudo para armar uma briga se agisse direito.

"Você viu isso aqui?", implorou-lhe Rose. Tinha na mão o jornal de Brighton. Ele não se dera ao trabalho de lê-lo, mas na primeira página vinha a fotografia de Spicer caminhando aterrado sob a arcada de ferro. Tinham sido mais bem-sucedidos do que ele no quiosque. "Diz aqui... que aconteceu..."

"Na escada. Eu vivia dizendo a Frank que mandasse consertar esse corrimão."

"Mas você disse que tinham acabado com ele nas corridas. E esse homem foi o que..."

Ele enfrentou-a com um ar de falsa firmeza: "Que deu o cartão para você? Sim, já sei. Talvez ele conhecesse Hale. Spicer tinha muitos amigos que eu não conhecia. E daí?". Repetiu a pergunta cheio de segurança, diante do olhar mudo de Rose: "E daí?". Sabia que o seu espírito era capaz de conceber qualquer traição, mas ela era boa e por isso estava confinada pelas fronteiras da sua bondade; havia certas coisas que não podia imaginar, e pareceu-lhe naquele momento que via a imaginação dela murchar e encolher-se no vasto deserto do medo.

"Pensei...", disse ela, "pensei...", olhando, atrás dele, o corrimão em ruínas no patamar.

"Que foi que você pensou?"

Os dedos do Garoto crisparam-se com ódio veemente em torno do frasquinho que levava no bolso.

"Não sei. Não dormi a noite passada. Que sonhos tive!"

"Que sonhos?"

Olhou-o com horror. "Sonhei que você tinha morrido."

"Sou moço e cheio de vida", o Garoto riu, pensando com repulsa no estacionamento e no convite dentro do Lancia.

"Você não vai continuar aqui, vai?"

"Por quê?"

"Eu pensei...", disse ela, voltando de novo o olhar para o corrimão. "Estou com medo."

"Não há motivo para isso", respondeu ele, afagando o frasco de vitríolo.

"Tenho medo por sua causa. Oh! Eu sei que sou uma criatura insignificante. Sei que você tem um advogado, um carro, amigos, mas este lugar..." Titubeava, impotente, no esforço de externar a sua impressão sobre o ambiente em que ele se movia, um território de acidentes e ocorrências inexplicáveis: o desconhecido com o cartão, a luta no hipódromo, a queda do alto da escada. Seu rosto refletiu uma espécie de ousadia e de arrojo, despertando nele um leve impulso de sensualidade: "Você precisa sair daqui. Você tem de casar comigo como disse".

"Isso não se pode arranjar, afinal. Falei com o meu advogado. Somos moços demais."

"Pouco me importa. De qualquer modo não seria um casamento de verdade. O cartório não faz diferença alguma."

"Volte para o seu restaurante", disse ele com aspereza. "Sua vagabunda..."

"Não posso, me puseram na rua."

"Por quê?" Era como se as algemas se fechassem. Desconfiou dela.

"Tratei mal uma freguesa."

"Por quê? Que freguesa?"

"Você não adivinha?", disse ela, e prosseguiu com veemência: "Quem é essa mulher, afinal? Intrometendo-se... Importunando a gente... Você deve saber".

"Nunca vi mais gorda", disse o Garoto.

Rose pôs na pergunta toda a sua pseudoexperiência, adquirida em romances baratos: "Ela tem ciúmes? É alguém que... Sabe o que eu quero dizer?". O seu instinto de posse estava em guarda, mascarado atrás da pergunta ingênua como os canhões de um navio de guerra camuflado: ela era como uma mesa ou uma cadeira, mas uma mesa também nos possui, pelas impressões digitais.

Pinkie riu, perturbado: "Ela? Tem idade bastante para ser minha mãe".

"Então que é que ela quer?"

"Quem me dera saber!"

"Acha que eu devia levar isso... à polícia?", perguntou ela, mostrando-lhe o jornal.

A ingenuidade (ou a astúcia) da pergunta chocou-o. Era possível estar-se tranquilo com alguém que não compreendia até que ponto se achava envolvida num caso como aquele? "Cuidado com o que faz", disse ele, e refletiu com uma aversão surda e cansada (passara um dia extenuante): *Parece que tenho mesmo de casar com ela.* Forçou um sorriso: aqueles músculos começavam a obedecer-lhe. "Escute", disse, "não precisa se preocupar com essas coisas. Vou casar com você. Há meios de tapear a lei."

"Por que se preocupar com a lei?"

"Não quero ouvir conversas cínicas. Só o casamento me serve", retrucou ele com cólera simulada. "Temos de ser casados de verdade."

"Isso é que não é possível. O padre da igreja de São João diz..."

"Não vá muito atrás do que dizem os padres. Eles não conhecem a vida como eu conheço. As ideias mudam, o mundo anda para a frente..." As suas palavras titubearam diante da dedicação estampada no rosto dela. Esse rosto dizia, tão claramente como se falasse, que as ideias nunca mudam, que o mundo jamais se move: aí está para sempre, território devastado e disputado entre as duas eternidades. Eles se defrontavam como vindos de países inimigos, mas confraternizavam como as tropas por ocasião do Natal. "Para você é indiferente de um modo ou de outro", disse ele, "e eu quero ser casado... legalmente."

"Se você quer...", respondeu ela, fazendo um pequeno gesto de completo assentimento.

"Talvez pudéssemos arranjar a coisa deste modo: se seu pai escrevesse uma carta..."

"Ele não sabe escrever."

"Bem, então podia colocar a impressão digital em uma carta escrita por nós, não é?... Eu não sei como se fazem essas coisas. Talvez ele possa se apresentar ao juiz. Mr. Prewitt tratará disso."

"Mr. Prewitt?", perguntou ela rispidamente. "Não é o homem que... o homem que estava aqui e que fez declarações no inquérito?"

"E que tem isso?"

"Nada. Pensei que..." Mas ele podia ver os pensamentos dela em marcha, saindo do quarto para o patamar, o corrimão, a queda orientando-se para outras ocasiões anteriores... Alguém ligou o rádio lá embaixo: provavelmente uma brincadeira de Cubitt para sugerir o clima romântico apropriado. A música lamentosa subiu pela escada e penetrou no quarto: uma orquestra qualquer num hotel qualquer, o último programa do dia. A música desviou os pensamentos de Rose e ele perguntou a si mesmo por quanto tempo seria ainda necessário despistá-la com o gesto romântico ou o ato amoroso: quantas semanas, quantos meses?... Seu espírito não admitia a possibilidade de que aquilo durasse anos. Um dia tornaria a ser livre; estendeu as mãos para Rose como se ela fosse um detetive munido de algemas, e disse: "Amanhã vamos tratar disso. Falarei com o seu pai. Olha, sabe", os músculos da sua boca tremeram a esta lembrança, "em dois dias podemos estar casados."

3

SENTIA MEDO AO DIRIGIR-SE SOZINHO para o território que havia deixado anos antes. O mar pálido coagulava-se no cascalho e a torre verde do Metrópole parecia uma moeda encontrada numa escavação, azinhavrada pelos séculos. As gaivotas frechavam em direção ao passeio, esganiçando-se e avançando rumo à luz do sol, e um conhecido escritor popular exibia o rosto rechonchudo e famoso à janela do Royal Albion, contemplando o mar. O dia estava tão claro que se procurava a França com os olhos.

O Garoto atravessou a rua na direção do Old Steyne, caminhando devagar. Além do Steyne, as ruas estreitavam-se ao subir a colina: o lamentável segredo por trás do espartilho vistoso, o peito disforme. Cada passo era um recuo. Ele julgava ter escapado para sempre, pondo de permeio toda a extensão da avenida, mas a extrema pobreza tornava a reclamá-lo para si: um cabeleireiro onde o corte *à la garçonne* custava dois xelins, no mesmo prédio com uma casa funerária que trabalhava em carvalho, olmo ou chumbo; na vitrina, nada mais que um ataúde de criança coberto de pó e a lista dos preços do cabeleireiro. A cidadela do Exército de Salvação, com as suas ameias, assinalava as fronteiras do seu bairro. Começou a recear que o reconhecessem e a sentir uma obscura vergonha, como se fosse ao bairro natal que competisse perdoá-lo, e não a ele censurar-lhe o passado desolado e miserável. Após deixar para trás a hospedaria Albert ("Boa acomodação para viajantes"), encontrou-se no topo da colina, no acesso do bombardeio — uma calha solta, vidraças quebradas, uma armação de cama de ferro abandonada num minúsculo jardinzinho. Metade de Paradise Piece fora destruída como que por explosões de bombas; as crianças brincavam em volta de um íngreme montão de entulho; os restos de uma lareira indicavam que outrora tinham existido casas ali, e um cartaz da prefeitura anunciava apartamentos novos, num poste cravado no asfalto arruinado, fazendo frente à pequena fileira de casas sujas e escalavradas, derradeiros restos de Paradise Piece. Sua casa desaparecera: uma nesga de chão plano no meio do entulho talvez assinalasse o lugar da lareira; o quarto da volta da escada, onde se realizava a ginástica das noites de sábado, transformara-se em simples ar. Ele indagou, com horror, se aquilo tudo teria de ser reconstruído para ele; como ar ficava muito melhor.

Tinha mandado Rose para casa na noite anterior e agora ia encontrar-se com ela, no seu passo arrastado. Já de nada servia rebelar-se: tinha de casar com ela, conquistar a segurança. Os garotos faziam explorações entre os entulhos com tubos de desodorante; um grupo de meninas observava-os com ar mal-humorado. Uma criança com a perna num aparelho de ferro vinha coxeando e esbarrou nele às cegas; afastou-a com um empurrão; uma voz esganiçada disse: "Mãos ao alto!". Faziam-no voltar em espírito ao passado e ele odiou-os por isso; era como a terrível atração da inocência, só que *ali* não havia inocência; seria necessário recuar muito mais para encontrá-la: a inocência era uma boca babada, uma gengiva sem dentes, a sugar as tetas; talvez nem mesmo isso: inocência era o choro repulsivo na hora do parto.

Encontrou a casa da Nelson Place, mas, antes que tivesse tempo de bater, a porta abriu-se. Rose espreitara-o pelo vidro quebrado da janela. "Oh! Como estou contente!", disse ela.

"Julguei que talvez..." No horrendo corredorzinho que exalava um cheiro de privada, ela prosseguiu, com apaixonada vivacidade: "Ontem de noite foi um horror... Você sabe, eu mandava dinheiro para eles... Não compreendem que qualquer um pode perder um emprego...".

"Deixe que eu os acalmo", disse o Garoto. "Onde estão?"

"É preciso ter cuidado. Eles são rabugentos."

"Onde estão?"

A direção, na verdade, era uma só: não havia ali mais que uma porta e uma escada forrada com jornais velhos. Nos degraus de baixo, entre as marcas de lama, com os olhos escancarados, aparecia o rosto trigueiro e infantil de Violet Crow, estuprada e sepultada sob o West Pier em 1936. Ele abriu a porta: junto ao fogão preto estavam sentados os pais, entre o carvão de madeira espalhado no chão. Estavam emburrados. Observaram-no com silenciosa e altaneira indiferença: um homenzinho magro e idoso, o rosto profundamente marcado pelos hieróglifos da dor, da paciência e da desconfiança; a mulher, de meia-idade, estúpida e rancorosa. Os pratos não tinham sido lavados e o fogão não fora aceso.

"Estão de mau humor", disse-lhe Rose em voz alta. "Não me deixaram fazer nada. Nem sequer acender o fogo. Gosto de manter a casa limpa, pode crer. A nossa não será assim."

"Escute, senhor...", disse o Garoto.

"Wilson", acudiu Rose.

"Wilson. Eu quero me casar com Rose. Segundo parece, preciso ter a sua licença por causa da idade dela."

Não queriam responder. Guardavam o seu mau humor como um objeto de porcelana chinesa que só eles possuíssem, como algo que podiam mostrar aos vizinhos e dizer: "Isso é meu".

"Não adianta", disse Rose. "Quando estão de mau humor..."

Um gato observava-os do alto de um caixote.

"Sim ou não?"

"Não adianta", disse Rose. "Quando eles estão de mau humor é bobagem."

"Responda à minha pergunta", disse o Garoto. "Caso com Rose ou não caso?"

"Volte amanhã", Rose disse. "Estarão mais bem-dispostos."

"Não vou esperar que estejam dispostos. Deviam se orgulhar..." O homem levantou-se de súbito e deu um pontapé furioso num pedaço de carvão. "Suma daqui. Não queremos nenhum negócio com você, nunca, nunca, nunca!" Por um instante, os olhos fundos e desnorteados assumiram uma expressão de fidelidade, fazendo o Garoto pensar com terror em Rose.

"Cale-se, pai", disse a mulher guardando sua rabugice. "Não fale com ele."

"Vim propor um negócio", disse o Garoto. "Se não querem fazer negócio..." Abrangeu com um olhar a pobreza e o descalabro do quarto. "Pensei que talvez aceitassem umas dez libras", e viu surgir, por baixo do silêncio cego e rancoroso, a incredulidade, a avareza e a suspeita. "Nós não queremos...", começou de novo o homem, e de repente cortou o fio do seu discurso, como um gramofone. Pôs-se a pensar: era possível ver os pensamentos nascendo um após o outro.

"Não queremos o seu dinheiro", disse a mulher. Cada um deles tinha a sua espécie de fidelidade.

Rose interveio: "Deixe que eles digam o que quiserem. Eu não fico aqui".

"Espere um momento. Espere um momento", disse o homem. "Você fique quieta, mãe." E ao Garoto: "Não podemos entregar Rose a um desconhecido a troco de dez libras. Não sabemos se o senhor a tratará bem".

"Dou-lhe doze", volveu o Garoto.

"Não é questão de dinheiro. Gosto da sua cara. Não desejamos impedir que Rose melhore a sua vida... mas você é muito moço."

"Quinze é a minha última oferta", disse o Garoto. "É pegar ou largar."

"Você não pode fazer nada sem o nosso consentimento", disse o homem.

O Garoto afastou-se um pouco de Rose. "Não faço tanta questão assim de casar."

"Quinze guinéus."

"Já lhe fiz a minha oferta." Correu os olhos pelo quarto, com horror: ninguém podia negar que ele fizera bem em fugir daquilo, em dispor-se a cometer qualquer crime... Quando o homem abria a boca ele ouvia seu pai falando, a mulher sentada no canto era sua mãe: ele estava negociando a posse de sua irmã e não sentia desejo algum... Voltou-se para Rose: "Vou embora", sentindo uma ligeira ponta de compaixão por aquela bondade que era incapaz de matar para libertar-se. Dizia-se que os santos possuíam — como era mesmo? — "virtudes heroicas", heroica paciência, heroica resistência, mas ele nada distinguia que se pudesse qualificar de heroico naquele rosto ossudo, nos olhos protuberantes, na pálida ansiedade enquanto os dois regateavam e a vida dela se enredava na transação financeira. "Bem", disse, "até a vista", e tomou o caminho da porta. Ali chegado, virou-se para trás: dir-se-ia uma reunião de família. Com impaciência e desprezo, cedeu. "Está bem. Que sejam guinéus. Vou mandar o meu advogado." E, quando ele passou para o infecto corredor, Rose seguiu-o, ofegante e reconhecida.

Ele continuou o seu jogo até a última cartada, forçando um sorriso e um cumprimento: "Eu faria mais do que isso por você".

"Você foi formidável!", disse ela, adorando-o entre os odores de privada, mas esse elogio tinha um travo amargo para ele: marcava o seu sentimento de posse; levava diretamente ao que ela esperava dele, ao apavorante ato de um desejo que ele não sentia. Rose seguiu-o para o ar puro de Nelson Place. As crianças brincavam entre as ruínas de Paradise Piece e uma brisa soprava do mar, atravessando o local da sua casa. Um vago desejo de aniquilação cresceu dentro dele: a imensa superioridade do vazio.

Ela disse, como já dissera uma vez: "Sempre desejei saber como isso seria". O seu espírito revolveu obscuramente as ocorrências daquela tarde e voltou com uma descoberta inesperada: "Nunca vi o mau humor passar tão depressa. Devem ter simpatizado com você".

4

Ida Arnold mordeu uma bomba de creme, e o recheio esguichou por entre os seus dentes grandes. Soltou uma risada levemente exagerada no *boudoir* Pompadour e disse: "Nunca tive tanto dinheiro para gastar desde que me separei de Tom". Deu outra mordida, e um bocado de creme assentou-lhe na língua carnuda. "Graças a Fred. Se ele não tivesse me indicado Black Boy..."

"Por que não deixa tudo isso de lado e trata de se divertir simplesmente?", perguntou mr. Corkery. "Esse negócio é perigoso."

"Perigoso é", reconheceu ela, mas nenhuma consciência de perigo podia medrar atrás daqueles olhos grandes e vivazes. Nada lhe faria crer jamais que um dia ela também, como Fred, iria fazer companhia aos vermes... O seu espírito era incapaz de seguir aquele caminho; depois de percorrer uma pequena distância, os ponteiros viravam automaticamente e a repunham, vibrante, na trilha costumeira: a trilha dos bilhetes de temporada, marcada por anúncios de belas vivendas, programas de excursões marítimas e bosquezinhos protegidos para o amor bucólico. "Eu nunca desisto", disse ela, olhando a bomba de creme. "Eles nem imaginam em que enrascada se meteram."

"Deixe isso para a polícia."

"Qual o quê! Eu sei o que é direito. Não me venha ensinar. Quem lhe parece que seja esse?"

Um homem de certa idade, com sapatos de verniz, fita branca no colete e pedra preciosa no alfinete de gravata atravessava maciamente o *boudoir*. "Elegante", disse Ida.

Um secretário trotava a pequena distância atrás dele, lendo os itens de uma lista: "Bananas, laranjas, uvas, pêssegos...".

"De estufa?"

"De estufa."

"Quem é esse?", repetiu Ida Arnold.

"Era só isso, mr. Colleoni?", perguntou o secretário.

"Quais são as flores?", perguntou mr. Colleoni. "E não poderia conseguir umas nectarinas?"

"Não, mr. Colleoni."

"A minha querida esposa...", começou a dizer mr. Colleoni, e a sua voz apagou-se na distância. Só distinguiram a palavra *paixão*. Ida Arnold correu os olhos pelo elegante mobiliário do *boudoir* Pompadour, apanhando, como um projetor, uma almofada aqui, um divã mais adiante, e por último a boca fina e burocrática do homem sentado à sua frente. "Estaríamos muito bem aqui", disse ela, observando essa boca.

"Muito caro", respondeu mr. Corkery, nervoso, afagando as canelas finas com mão excessivamente delicada.

"É Black Boy quem paga. Como sabe, não podemos fazer a nossa farrinha no Belvedere. Muito puritano."

"Está disposta a fazer uma farrinha aqui?", disse mr. Corkery, pestanejando. Era impossível saber, pela sua expressão, se ele desejava ou temia o consentimento de Ida.

"Por que não? Isso não prejudica ninguém, que me conste. É humano." Deu uma mordida na bomba de creme e repetiu a senha familiar: "Afinal de contas é divertido". Divertido defender o direito, divertido ser humana...

"Vá buscar a minha mala enquanto eu consigo um quarto. Afinal, sou sua devedora... Você tem trabalhado."

Mr. Corkery corou de leve. "Meio a meio", disse.

Ida arreganhou os dentes para ele. "Fica por conta de Black Boy. Sempre pago as minhas dívidas."

"Um homem sempre gosta...", objetou mr. Corkery debilmente.

"Fique tranquilo, eu sei do que um homem gosta." A bomba de creme, o divã profundo e a mobília vistosa eram como um afrodisíaco no seu chá. Uma disposição báquica e dissoluta se apossou dela. Em cada palavra que ambos pronunciavam ela percebia a mesma significação. Mr. Corkery corou e mergulhou ainda mais fundo no seu embaraço. "Um homem não pode deixar de sentir...", e ficou abalado pelo imenso júbilo dela.

"Disso sei eu", falou Ida, "disso sei eu."

Enquanto mr. Corkery saía, ela fez os seus preparativos para a festa, ainda com o gosto do creme na boca. A lembrança de Fred Hale recuou como um vulto numa plataforma, quando o trem se põe em movimento: ele pertencia a qualquer coisa que ficava para trás; a mão que abana não faz senão contribuir para a emoção da nova aventura. Nova — e, contudo, incalculavelmente velha. Ela considerou com olhos injetados e experientes a vasta alcova, macia morada do prazer: o comprido espelho, o guarda-roupa e a enorme cama. Instalou-se francamente nesta, enquanto o empregado esperava. "Ela pula!", disse. "Ela pula!" E ficou longo tempo sentada ali depois que o homem se foi, traçando o plano da campanha daquela tarde. Se alguém lhe tivesse mencionado Fred Hale nesse momento, ela mal teria reconhecido o nome: outro interesse a absorvia; abandonava-o por uma hora à polícia.

Por fim levantou-se vagarosamente e começou a despir-se. Nunca fora de muita roupa, em dois tempos ficou nua diante do longo espelho: corpo grande e firme, um pedaço de mulher. Estava sobre um tapete espesso e macio, cercada de molduras douradas, reposteiros de veludo vermelho, e uma dúzia de expressões comuns e populares lhe desabrocharam no espírito: "Uma noite de amor", "Só temos uma vida", e assim por diante. Sugou os restos de chocolate que lhe tinham ficado presos entre os dentes e sorriu, os dedos gorduchos dos pés brincando no tapete, esperando mr. Corkery — uma grande surpresa em flor.

Pela janela via-se a maré baixa, raspando o cascalho, pondo a descoberto uma botina, um pedaço de ferro enferrujado, e o velho curvado a catar entre as pedras. O sol sumiu atrás das casas de Hove e o crepúsculo chegou. A sombra de mr. Corkery alongava-se, vindo lentamente dos lados do Belvedere, carregando as malas para poupar o dinheiro do táxi. Uma gaivota lançou-se aos gritos sobre um caranguejo morto, batido e quebrado de encontro às fundações de ferro do molhe. Era a hora da penumbra, da bruma vespertina do canal da Mancha e do amor.

5

O GAROTO FECHOU A PORTA e virou-se para enfrentar os rostos expectantes e divertidos.

"Então", disse Cubitt, "tudo está arranjado?"

"Claro! Quando eu quero uma coisa..." A sua voz vacilou e apagou-se, sem nenhum poder de convicção. Em cima do seu lavatório havia meia dúzia de garrafas; o quarto cheirava a cerveja azeda.

"Quando quero uma coisa...", repetiu Cubitt. "Bravo, Pinkie." Abriu outra garrafa e na atmosfera quente e abafada do quarto a espuma subiu rápido, derramando-se na superfície de mármore.

"Que diabo de história é esta?", perguntou Pinkie.

"Estamos festejando", respondeu Cubitt. "Você é católico, não é? Uma despedida de solteiro, como dizem os católicos."

O Garoto observou-os: Cubitt um pouco bêbado, Dallow preocupado, duas caras magras e famintas que ele mal conhecia — satélites que rondam a grande confraria, que sorriem quando você sorri e franzem o sobrolho quando o veem descontente. Nesse momento sorriam, imitando Cubitt, e ele percebeu de repente quão longe estava daquela tarde, no molhe, em que armara o álibi, dera as ordens, fizera o que eles não tinham coragem de fazer.

Judy, a mulher de Frank, mostrou a cabeça à porta. Vestia um chambre. Os seus cabelos louros à Ticiano eram castanhos na raiz. "Felicidades, Pinkie", disse ela, batendo as pálpebras pintadas. Estivera lavando o sutiã: a pequena peça de seda cor-de-rosa gotejava no linóleo. Ninguém lhe ofereceu nada para beber. "Trabalhar, trabalhar... Que vida!", disse ela, fazendo-lhe uma careta e saindo pelo corredor, rumo aos canos de água quente.

Como estava longe... e no entanto não dera um só passo em falso: se não tivesse ido ao Snow e falado com a garota, todos estariam agora no banco dos réus. Se não tivesse matado Spicer... Nem um só passo em falso, mas todos condicionados por uma pressão que ele não podia nem sequer localizar: uma mulher fazendo perguntas, telefonemas que assustavam Spicer. "Quando eu tiver casado, isso cessará?", pensou. "Até onde poderei ser arrastado ainda?" E, torcendo os lábios, perguntou a si mesmo: "Que poderá acontecer de pior?".

"Quando será o ditoso dia?", perguntou Cubitt, e todos sorriram obedientemente, exceto Dallow.

O cérebro do Garoto pôs-se a trabalhar de novo. Caminhou devagar para o lavatório. "Vocês não têm um copo para mim? Eu também não festejo?"

Viu Dallow surpreso, Cubitt caído das nuvens, os satélites sem saber a quem seguir, e arreganhou os dentes para eles: o homem de cérebro.

"Mas, Pinkie...", disse Cubitt.

"Eu não bebo nem sou homem de casar. É o que *vocês* pensam. Mas, como estou gostando de uma coisa, por que não hei de gostar da outra? Vamos ver um copo."

"Gostando", disse Cubitt, com um sorriso perturbado. "Você, *gostando*..."

"Você já viu a garota?", perguntou ele.

"Eu e Dallow nos encontramos com ela na escada, mas estava muito escuro..."

"Ela é um encanto", disse o Garoto. "Seria uma pena metê-la numa casa de cômodos ordinários. E inteligente! Vocês não se iludam. Está claro que eu não via nenhuma razão para casar com ela, mas já que tem de ser assim..." Alguém lhe estendeu um copo: o líquido amargo e borbulhante repugnou-lhe (era daquilo que eles gostavam!). Crispou os músculos da boca para dissimular o seu nojo. "Já que tem de ser assim, caso-me com prazer", terminou, considerando com secreta revolta o dedo de líquido pálido que restara no copo, antes de esvaziá-lo.

Dallow observava-o em silêncio, e o Garoto sentiu-se mais irado contra o amigo do que contra o inimigo: como Spicer, ele sabia demais, mas o seu conhecimento era muito mais perigoso que o do outro. O que Spicer sabia eram apenas essas coisas que podem levar um homem ao banco dos réus, enquanto Dallow estava a par daquilo que só o nosso espelho e o nosso travesseiro conhecem: a humilhação e o temor secretos. "Que bicho mordeu você, Dallow?", perguntou, disfarçando sua fúria.

A cara amassada e estúpida do outro assumiu uma expressão de perplexidade.

"Inveja?", começou o Garoto a gabar-se. "Terá motivo para isso quando tiver visto a garota. Não é nenhuma dessas cadelinhas pintadas que vocês conhecem. Tem distinção. Vou casar com ela por causa de vocês, mas vou dormir com ela por gosto." Virou-se para Dallow com um ímpeto diabólico. "Que é que está pensando?"

"Bem", disse o outro, "é aquela com quem você se encontrou no molhe, não é? Não me pareceu tão boa assim."

"Você não sabe nada. É um ignorante. Não faz a menor ideia do que seja distinção."

"Uma duquesa", disse Cubitt, rindo.

Uma extraordinária indignação apossou-se do Garoto, contraindo-lhe os músculos dos dedos. Era quase como se tivessem insultado uma pessoa a quem amava. "Tome cuidado, Cubitt!", disse ele.

"Não ligue pra ele", acudiu Dallow. "Nós não sabíamos que você estava caído..."

"Temos uns presentes para você, Pinkie", disse Cubitt. "Móveis para o novo lar", e indicou dois objetozinhos indecentes que estavam em cima do lavatório, ao lado das garrafas de cerveja (as papelarias de Brighton andavam cheias dessas coisas); uma minúscula cômoda de boneca em forma de aparelho de rádio, com o rótulo: "O menor e mais perfeito receptor de duas válvulas em todo o mundo", e um pote de mostarda que imitava um assento de privada, com a legenda: "Para mim e a minha garota". Foi como a volta de todos os horrores que já sentira, da horrível solidão da sua inocência. Deu uma bofetada em Cubitt, que se furtou ao golpe, rindo. Os dois pulhas safaram-se do quarto. Não apreciavam sessões de pancadaria. O Garoto ouviu-os rir na escada. "Vai precisar deles em casa", disse Cubitt. "A cama não é o único móvel." Mas enquanto zombava ia recuando.

"Por Deus, vou tratar você como tratei Spicer!", disse o Garoto.

Cubitt nunca apanhava imediatamente o significado de uma frase. Houve um longo intervalo. Pôs-se a rir, depois notou a expressão atemorizada de Dallow e *ouviu*. "Como é isso?", perguntou Cubitt.

"Ele está doido", interveio Dallow.

"Você pensa que é muito sabido", disse o Garoto. "Spicer também pensava."

"Foi o corrimão", disse Cubitt. "Você não estava aqui. Que está insinuando?"

"Claro que ele não estava aqui", acudiu Dallow.

"Pensa que sabe muita coisa." Todo o ódio e a repulsa do Garoto se concentravam nesta palavra, *saber*: ele sabia, como Prewitt também sabia após vinte e cinco anos de jogo. "Você não sabe de tudo." Procurava armar-se de orgulho, mas os seus olhos não cessavam de voltar para aquela humilhação: "O menor e mais perfeito...". Podia-se saber tudo quanto existe no mundo e, no entanto, se ignorava aquela esgrima ignóbil, era o mesmo que não saber nada.

"Que é que ele quer dizer?", perguntou Cubitt.

"Não dê ouvidos a ele", disse Dallow.

"Quero dizer o seguinte", volveu o Garoto: "Spicer era frouxo e eu sou o único deste bando que sabe agir".

"Você age demais", disse Cubitt. "Quer então dizer... que não foi o corrimão?" A pergunta causou terror a ele próprio: não queria resposta. Encaminhou-se para a porta, tomado de perturbação, sem tirar os olhos do Garoto.

"Está claro que foi o corrimão", disse Dallow. "Eu estava aqui, não estava?"

"Não sei, não sei...", disse o outro, alcançando a porta. "Brighton não é bastante grande para ele. Não quero mais nada com vocês."

"Pois então vá", disse o Garoto, "dê o fora. Dê o fora e morra de fome."

"Não hei de morrer de fome. Há mais gente nesta cidade..."

Quando a porta se fechou, o Garoto voltou-se para Dallow: "Vá, dê o fora também. Vocês pensam que podem passar sem mim, mas basta eu dar um assobio...".

"Não precisa falar comigo assim. Não vou deixar você. Não me tenta a ideia de tão cedo fazer as pazes com Crab."

Mas o Garoto não lhe prestou atenção: "Basta eu dar um assobio...", vangloriou-se. "Eles voltarão correndo." Dirigiu-se para a cama e deitou-se. Estava moído de cansaço. "Telefone ao Prewitt. Diz que não há dificuldades da parte dela. Que ele arranje isso depressa."

"Depois de amanhã, se ele puder?"

"Sim", disse o Garoto. Ouviu fechar-se a porta e ficou estendido, com aquele tique na face, olhando o teto. "Não tenho culpa que eles me enraiveçam e me levem a fazer certas coisas", pensou. "Se os outros me deixassem em paz..." A sua imaginação estacou diante dessa palavra. Tentou, sem muita convicção, fazer uma ideia do que fosse a "paz". Os seus olhos fecharam-se e ele viu, por trás das pálpebras, uma penumbra cinzenta que se alongava indefinidamente, um país do qual nunca tinha visto nem sequer um postal, um lugar muito mais estranho do que o Grand Canyon ou o Taj Mahal. Tornou a abrir os olhos e imediatamente a razão voltou a circular nas suas veias: pois ali, sobre o lavatório, estavam os presentes de Cubitt. Ele era como uma criança que sofre de hemofilia: qualquer contato fazia brotar sangue.

6

UMA CAMPAINHA ABAFADA SOOU NO CORREDOR do Cosmopolitan; através da parede em que estava encostada a cabeceira da cama, Ida ouvia uma voz que falava sem cessar: alguém lendo um relatório, talvez em conferência ou ditando para um gravador. Phil dormia ao lado dela, com ceroulas, a boca entreaberta mostrando um dente amarelo e uma obturação de metal. "Divertido... Natureza humana... Não faz mal a ninguém..." Com a regularidade de um mecanismo de relógio, essas justificativas se apresentaram ao espírito atento, triste e insatisfeito: não havia nada que pudesse igualar a profunda excitação do desejo normal. Os homens sempre decepcionam no que se refere ao ato. Antes tivesse ido ao cinema.

Mas aquilo não fazia mal a ninguém, era natural e humano, ninguém podia realmente acusá-la: um pouco livre, talvez, um pouco boêmia; não que tirasse algum proveito daquilo, como certa gente que sugava um homem para depois jogá-lo fora como uma coisa sem serventia, como uma luva usada. Ela sabia o que é direito e o que não é. Deus não se opunha a que se dessem largas de vez em quando à natureza; o que Ele não admitia... E esqueceu Phil em ceroulas para pensar na sua missão de levar a cabo o que era direito, de fazer com que os maus sofressem...

Sentou-se na cama, cingiu com os braços os fortes joelhos nus e sentiu a excitação vibrar novamente no corpo decepcionado. Pobre Fred! O seu nome já não lhe trazia nenhum sentimento de pesar ou de drama. Já não guardava quase recordações dele, salvo um monóculo, um colete amarelo, e estes pertenciam a Charlie Moyne. A caçada era o que importava. Era como o retorno da vida após uma enfermidade.

Phil abriu um olho, que o esforço sexual tornara amarelo, e observou-a apreensivo. "Acordou, Phil?", perguntou ela.

"Deve ser quase hora de jantar", disse ele. E, com um sorriso nervoso: "Em que estava pensando?".

"Estava pensando que o que nós precisamos é fazer relações com um dos capangas de Pinkie. Alguém que esteja zangado ou assustado. Devem sentir medo de vez em quando. Basta esperar."

Levantou-se da cama, abriu a mala e começou a tirar dali a roupa que lhe parecia mais apropriada para um jantar no Cosmopolitan. À luz rósea da lâmpada de leitura e de amor, algumas lantejoulas claras puseram-se a cintilar. Ida espreguiçou-se: já não sentia desejo nem desapontamento; tinha o cérebro lúcido. Era quase noite na praia; a beira do mar parecia uma linha escrita numa parede caiada, em grandes garranchos. Àquela distância não se podia ler nada. Uma sombra curvou-se com infinita paciência e desenterrou alguma relíquia dentre o cascalho.

SEXTA PARTE

I

QUANDO CUBITT SAIU PELA PORTA DA FRENTE, os pulhas já haviam desaparecido. A rua estava deserta. De uma maneira surda, vaga e amarga sentia-se como alguém que destruiu o seu lar sem haver preparado outro. A neblina vinha do mar e ele não pusera o casaco. Estava tão raivoso quanto uma criança. Não voltaria para buscá-lo: seria o mesmo que dar o braço a torcer. O único remédio era tomar um bom gole de uísque no Crown.

Abriram-lhe caminho com respeito quando ele entrou no bar. Viu o seu reflexo no espelho com um anúncio de gim Booth's: os cabelos curtos e cor de fogo, a cara rude e franca, os ombros largos: contemplou-se como Narciso no seu lago e sentiu-se mais satisfeito consigo. Não era homem de se dobrar; tinha o seu valor. "Aceita um uísque?", convidou alguém. Era o empregado da mercearia da esquina. Num gesto protetor, Cubitt pousou-lhe no ombro a mão pesada, aceitando: o homem que vivera um par de aventuras fazendo camaradagem com o obscuro e ignorante indivíduo que, por trás do seu balcão, sonhava com uma vida de homem. Tais relações eram agradáveis a Cubitt. Tomou mais dois uísques por conta do merceeiro.

"Tem um palpite para mim, mr. Cubitt?"

"Tenho outras coisas em que pensar", respondeu Cubitt misteriosamente, jogando um dedo de soda no uísque.

"Estávamos aqui discutindo sobre Gay Parrot no páreo das duas e meia. Eu acho que..."

Gay Parrot... O nome nada significava para Cubitt. A bebida o aquecera, o nevoeiro penetrara-lhe no cérebro; inclinou-se para o espelho e viu as palavras *gim Booth's* formando um halo acima da sua cabeça. Estava envolvido na alta política: homens tinham sido mortos. Pobre e velho Spicer! Os compromissos de lealdade deslocavam-se no seu cérebro como os braços de uma pesada balança: sentia-se tão importante como um chefe de gabinete negociando tratados.

"Antes que isso acabe ainda hão de matar um ou dois", opinou ele misteriosamente. Não perdera a presença de espírito nem estava sendo indiscreto; mas não havia mal algum em deixar que aqueles pobres paus-d'água vislumbrassem de longe os segredos da vida. Empurrou o copo e disse: "Pago uma rodada para todos", mas, quando olhou para os lados, os outros tinham desaparecido; um rosto ainda se virou para olhar através do vidro da porta e sumiu: não podiam suportar a companhia de um homem.

"Não faz mal", disse ele, "não faz mal." Terminou de beber o seu uísque e saiu. O que tinha de fazer agora, naturalmente, era ir ver Colleoni. "Aqui estou, mr. Colleoni. Rompi com o bando de Kite. Não quero trabalhar sob as ordens de um garoto. Me dê um serviço de homem que eu o farei." O nevoeiro penetrou-lhe nos ossos e ele estremeceu involuntariamente. Pensou: "Se Dallow também quisesse...". E de repente a solidão lhe roubou toda a confiança íntima: todo o calor da bebida o abandonou, e o nevoeiro apossou-se dele como um bando de demônios. E se Colleoni não estivesse interessado? Cubitt desembocou na praia e avistou, através da bruma tênue, as luzes do Cosmopolitan: era a hora do coquetel.

Sentou-se, tremendo de frio, num abrigo envidraçado, e ficou olhando o mar. A maré estava baixa e o nevoeiro a ocultava: não era mais que o ruído de qualquer coisa deslizando e sibilando. Cubitt acendeu um cigarro: o fósforo aqueceu por um instante as mãos em concha. Ofereceu o maço de cigarros a um cavalheiro idoso, embrulhado num grosso sobretudo, que compartilhava o abrigo com ele. "Não fumo", disse o velho acremente, e pôs-se a tossir: um prolongado cof-cof-cof na direção do mar invisível.

"A noite está fria", disse Cubitt. O velho dirigiu os olhos para ele como um binóculo de teatro e continuou a tossir: cof-cof-cof. Ouviram-se os sons de um violino no mar: dir-se-ia algum plangente animal marinho suspirando pela praia. Cubitt pensou em Spicer, que gostava de música. Pobre e velho Spicer! O nevoeiro vinha, soprado do largo, em massas compactas e pesadas como ectoplasma. Cubitt assistira certa vez a uma sessão em Brighton: desejava entrar em comunicação com sua mãe, morta havia vinte anos. A ideia lhe viera de repente: a velha podia ter alguma coisa para lhe dizer. E tinha, com efeito: estava no sétimo plano, onde tudo era maravilhoso; a sua voz parecia um pouco alcoolizada, mas isso era até muito natural. A turma havia caçoado dele por causa disso, especialmente o velho Spicer. Pois bem, Spicer não riria agora. Ele próprio podia ser chamado a qualquer hora para tocar uma sineta ou sacudir um pandeiro. Por sorte, gostava de música.

Cubitt levantou-se e foi andando devagar para a catraca do West Pier. O molhe mergulhava na bruma, desaparecendo na direção de onde vinham os sons de violino. Foi até o salão de concertos, sem encontrar ninguém. Não era uma noite que convidasse os namorados a passear. No molhe só havia aqueles que estavam reunidos no interior do salão. Cubitt deu a volta por fora, olhando para o interior: um homem de casaca tocando rabeca para algumas fileiras de pessoas de sobretudo, ilhadas cinquenta metros mar adentro, no meio da cerração. Algures, no canal da Mancha, ouviu-se a sirene de um navio; outra respondeu, e outra ainda, como cães que se despertam mutuamente à noite.

Procurar Colleoni e dizer-lhe... Era bem fácil; o velho devia até ficar agradecido... Cubitt volveu os olhos na direção da praia e viu, acima do nevoeiro, as luzes elevadas do Cosmopolitan, que o intimidaram. Não estava acostumado àquele ambiente. Desceu a escada de ferro que levava ao banheiro dos homens, esvaziou o uísque que tinha bebido na água em movimento sob os pilares e tornou a subir para o convés, sentindo-se mais só do que nunca. Tirou uma moeda do bolso e introduziu-a na fenda de um caça-níqueis: um rosto robótico atrás da qual girava uma lâmpada elétrica, mãos de ferro para Cubitt agarrar. Um cartãozinho azul saltou: "O seu caráter delineado". Cubitt leu: "Você é influenciado sobretudo pelo ambiente e inclinado aos caprichos e à inconstância. Suas afeições são intensas, mas de pouca duração. Tem um temperamento alegre e despreocupado. É bem-sucedido em tudo o que empreende. Sempre poderá ter seu quinhão nas dádivas da vida. Sua falta de iniciativa é contrabalançada pelo seu bom senso, e você alcançará o êxito onde os outros fracassam".

Avançou a passos vagarosos e arrastados diante das máquinas automáticas, retardando o momento em que não teria outro remédio senão ir ao Cosmopolitan. "Sua falta de iniciativa..." Dois times de futebol, com jogadores de chumbo, que uma moeda punha em ação; uma velha feiticeira, com o recheio de palha a escapar--lhe da garra, oferecia-se para lhe dizer a sorte. Deteve-se diante de "Uma carta de amor". O tabuado estava úmido de cerração, o longo convés continuava deserto, o violino não parava de gemer. Ele sentiu a necessidade de uma afeição profunda e sentimental, flores de laranjeira, abraços a um canto. Sua manzorra ansiava por prender outra mão. Alguém que não se ofendesse com as suas brincadeiras, que risse com ele do aparelho de duas válvulas. Não tivera a intenção de ofender; o frio chegou-lhe ao estômago, e um pouco de uísque azedo subiu-lhe à garganta. Estava quase disposto a voltar para o Frank. Mas lembrou-se de Spicer: o Garoto estava louco, a sua loucura assassina era perigosa. A solidão arrastou-o. Tirou do bolso a sua última moeda de cobre e meteu-a na fenda. Surgiu um cartãozinho cor-de-rosa com um selo impresso: uma cabeça de jovem, cabelos compridos, e a legenda: "Amor sincero". Estava endereçado "À querida do meu coração, rua dos Carinhos, aos cuidados de Cupido", e tinha uma vinheta: um moço de casaca, ajoelhado no chão, beijando a mão de uma jovem envolta num amplo casaco de peles. A um canto, dois corações trespassados por uma seta, logo acima de "Reg. N. 745.812". "Isso é engenhoso", pensou Cubitt. "É barato." Olhou vivamente por cima do ombro — ninguém à vista — e virou o cartão para ler. A carta provinha das Asas de Cupido, Travessa da Adoração: "Minha querida menina. Então é verdade que me desdenhaste pelo filho do morgado! Não imaginas até que ponto arruinaste a minha vida quando me faltaste com a palavra dada: esmagaste-me a própria alma como uma borboleta sob a sola do teu sapato; mas não importa, eu só desejo a tua felicidade".

Cubitt arreganhou os dentes, perturbado. A sua emoção era profunda. Aí estava o que acontecia sempre que um homem se metia com uma garota de família: levava um fora. Grandes renúncias, tragédias, poesia e beleza se agitavam no cérebro de Cubitt. Se se tratasse de uma vagabunda, naturalmente, a gente pegava uma navalha e cortava-lhe a cara; mas o amor descrito naquele cartão era grã-fino. Continuou a ler: era literatura; assim é que ele desejaria escrever. "Afinal, quando penso na tua beleza maravilhosa e sem-par, na tua cultura, compreendo que fui muito tolo em julgar que pudesses amar-me realmente." Humildade. A emoção dava-lhe picadas nas pálpebras, e ele tremia arrepiado pelo frio e pelo sentimento da beleza. "Mas nunca esqueças, luz da minha alma, que eu te amo, e, se um dia necessitares de um amigo, devolve a pequena prenda de amor que te dei, e serei teu servo e teu escravo. Daquele a quem partiste o coração, John." Era o nome dele: um augúrio.

Tornou a passar diante do salão de concertos e pelo convés deserto. Amor perdido. Angústias trágicas ardiam-lhe sob os cabelos cor de cenoura. Que outro remédio tem um homem senão beber? Tomou outro uísque num botequim em frente ao molhe e seguiu caminho, plantando os pés no chão com excessiva firmeza, rumo ao Cosmopolitan: planc-planc-planc pela calçada, como se tivesse solas de chumbo nos sapatos, como poderia caminhar uma estátua, meio pedra e meio carne.

"Quero falar com mr. Colleoni." Falou em tom de desafio. Os móveis forrados de veludo e os dourados solapavam-lhe a confiança íntima. Esperou inquieto, junto à portaria, enquanto um mensageiro ia procurar mr. Colleoni pelas salas e *boudoirs*. O empregado da portaria virou as páginas de um grande livro, depois consultou um *Who's Who*. O mensageiro voltou caminhando no espesso tapete, seguido de Crab, ágil e triunfante com o seu cabelo preto que cheirava a creme.

"Eu pedi mr. Colleoni", disse Cubitt ao empregado, mas este não lhe deu atenção, molhando o dedo e folheando o *Who's Who*.

"O senhor queria falar com mr. Colleoni?", disse Crab.

"Isso mesmo."

"Não é possível. Ele está muito atarefado."

"Atarefado", disse Cubitt. "Bonita palavra. Atarefado."

"Olhe quem está aqui, o Cubitt!", exclamou Crab. "Sem dúvida você quer um emprego." Olhou em redor de si com ar preocupado e perguntou ao empregado do hotel: "Não é lorde Feversham que está ali?".

"Sim, senhor."

"Tenho-o visto muitas vezes em Doncaster", disse Crab, considerando atentamente uma unha da mão esquerda. Virou-se para

Cubitt. "Siga-me, meu rapaz. Não podemos conversar aqui." E, antes que Cubitt tivesse tempo de responder, ele avançou com agilidade e rapidez por entre as poltronas douradas.

"É o seguinte", disse Cubitt: "Pinkie..."

Crab parou no meio do saguão e curvou-se, e seguindo o seu caminho, tomou de súbito um tom confidencial: "Uma bela mulher". Seus movimentos eram saltitantes como os de um filme antigo. Entre Doncaster e Londres, tinha assimilado uma centena de maneirismos diferentes: viajando em primeira classe após um encontro coroado de êxito, aprendera com lorde Feversham a dirigir-se a um carregador; tinha visto o velho Digby analisar uma mulher.

"Quem é ela?", indagou Cubitt.

Mas Crab não prestou atenção na pergunta. "Aqui podemos conversar." Estavam no *boudoir* Pompadour. Através da porta dourada, com caixilhos de vidro, e além das mesas de metal, avistavam-se pequenas tabuletas que apontavam no meio de um labirinto de corredores — graciosas tabuletas de arte chinesa, com um ar de Palácio das Tulherias: "Senhoras", "Cavalheiros", "Cabeleireiro de Senhoras", "Barbearia".

"É com mr. Colleoni que eu quero falar", disse Cubitt. Bafejava uísque nos móveis marchetados, mas estava intimidado e cheio de desespero. Resistia com dificuldade à tentação de dizer "senhor" Crab. Este subira tanto, desde o tempo em que fazia parte do bando de Kite, que estava quase irreconhecível. Pertencia agora à grande organização, com lorde Feversham e a bela mulher. Tinha crescido.

"Mr. Colleoni não tem tempo para receber ninguém. Anda muito ocupado." Crab tirou do bolso um dos charutos de mr. Colleoni e levou-o à boca. Não ofereceu nenhum a Cubitt, que lhe estendeu um fósforo com a mão vacilante. "Deixe lá, deixe lá", disse Crab, procurando nos bolsos do colete trespassado. Tirou um isqueiro de ouro e floreou-o diante do charuto. "Que é que você quer, Cubitt?"

"Achei que talvez...", disse Cubitt, mas as suas palavras murchavam entre as poltronas douradas. "Você sabe como essas coisas são...", acrescentou, olhando desesperado em torno de si. "Que tal se tomássemos algo?"

Crab atalhou-o vivamente: "Aceito em lembrança dos velhos tempos". Tocou uma campainha chamando o garçom.

"Os velhos tempos...", disse Cubitt.

"Sente-se", Crab indicou as cadeiras douradas com uma mão de proprietário. Cubitt sentou-se delicadamente. As cadeiras eram pequenas e duras. Ele viu um garçom observando-os e corou. "Que é que você vai tomar?"

"Um xerez", disse Crab. "Seco."

"Uísque com soda para mim", pediu Cubitt. Sentou-se à espera da bebida, com as mãos entre os joelhos, silencioso, a cabeça baixa. Lançava olhares furtivos. Era ali que Pinkie tinha vindo falar com Colleoni: que topete!

"O serviço aqui é bastante bom", disse Crab. "Mr. Colleoni, naturalmente, quer tudo do melhor." Pegou o seu cálice e observou Cubitt enquanto ele pagava. "Ele gosta de coisas finas. O homem vale cinquenta mil libras no mínimo. Se você quer a minha opinião", disse ele, recostando-se, puxando fumaça do charuto, observando Cubitt com um olhar distante e superior, "ele ainda acaba entrando na política. Os conservadores têm excelente opinião sobre ele... Mr. Colleoni tem contatos com o partido."

"Pinkie...", começou Cubitt, e o outro riu. "Ouça o meu conselho, Cubitt, dê o fora desse bando enquanto é tempo. Você não tem futuro..." Dirigiu um olhar oblíquo por cima da cabeça de Cubitt e disse: "Está vendo aquele homem que vai ao toalete? Esse é Mais, o fabricante de cerveja. Vale cem mil libras".

"Eu estava perguntando cá comigo se mr. Colleoni..."

"Nenhuma chance", tornou Crab. "Ora, veja bem: que utilidade você poderia ter para mr. Colleoni?"

A humildade de Cubitt cedeu lugar a uma cólera surda. "Eu tinha bastante utilidade para Kite."

Crab riu. "Perdão, mas Kite..." Sacudiu a cinza do charuto no tapete e prosseguiu: "Ouça o meu conselho. Dê o fora. Mr. Colleoni vai fazer uma limpeza neste hipódromo. Gosta que tudo seja bem-feito. Nada de violências. A polícia tem muita confiança em mr. Colleoni". Consultou o seu relógio. "Bem, bem, preciso sair. Tenho um encontro no hipódromo." Pousou a mão protetoramente no braço de Cubitt. "Está bem, vou dizer uma palavra em seu favor... Em lembrança dos velhos tempos. Não adianta nada, mas fique certo de que o farei. Dê lembranças a Pinkie e ao pessoal." Passou, entre um bafo de brilhantina e de havana, curvando-se de leve para uma senhora que estava à porta, um velho com um monóculo pendente de uma fita preta. "Que diabo...", disse o velho.

Cubitt esvaziou o seu copo e seguiu-o. Uma enorme tristeza curvava-lhe a cabeça cor de cenoura, uma sensação de ter sido maltratado agitava-se entre os vapores de uísque — precisava desforrar-se de alguma coisa em alguém. Tudo quanto via alimentava essa chama. Entrou no saguão: um garçom com uma bandeja enfureceu-o. Todo mundo o observava, esperando que ele se retirasse, mas tinha tanto direito de estar ali quanto Crab. Correu os olhos em redor e, sentada a uma mesinha com um cálice de vinho do Porto, viu a conhecida de Crab. Contemplou-a com inveja e cobiça, e ela sorriu para ele... "Quando penso na tua beleza maravilhosa e sem-par, na tua cultura." O sentimento de incomensurável tristeza que envolve a injustiça tomou o lugar da cólera. Queria fazer confidências, aliviar-se de amarguras... Deixou escapar um arroto. "Serei o teu servo dedicado." O corpanzil girou como uma porta, os pesados pés mudaram de direção e caminharam para a mesa diante da qual Ida Arnold estava sentada.

"Ouvi sem querer", disse Ida, "quando o senhor passou há pouco, falando em Pinkie."

Ao ouvi-la, Cubitt percebeu com imenso prazer que ela não era grã-fina. Era como o encontro de dois compatriotas longe da terra natal. "É amiga de Pinkie?", perguntou, sentindo o uísque nas pernas. "Dá licença de me sentar?"

"Cansado?"

"É isso, cansado." Sentou-se, com os olhos no vasto peito amigo. Lembrou-se da descrição do seu caráter: "Você tem um temperamento alegre e despreocupado". Caramba, era verdade! Bastava que o tratassem bem.

"Aceita uma bebida?"

"Não, não", disse ele com pastosa galanteria, "quem paga sou eu." Mas quando serviram a bebida ele percebeu que estava sem dinheiro. Pretendia pedir emprestado a um dos rapazes, mas acontecera aquela briga... Viu Ida Arnold pagar com uma nota de cinco libras.

"Conhece mr. Colleoni?", perguntou.

"Conhecer mesmo, não conheço."

"Crab disse que a senhora era uma bela mulher. Ele tinha razão."

"Ah! Crab...", disse ela vagamente, como se tivesse esquecido o nome.

"Em todo caso, é bom que se conserve a distância. Não convém envolver-se em certas coisas." Olhava para o interior do seu copo como se ali reinasse uma treva profunda: do lado de fora, a inocência, beleza sem-par, cultura — o humilde adorador. Uma lágrima se foi acumulando atrás do olho injetado.

"É amigo de Pinkie?", perguntou Ida Arnold.

"Não, por Cristo!", disse Cubitt, tomando mais um gole de uísque.

Uma vaga recordação da Bíblia, guardada no armário junto com a prancheta, a novela de Warwick Deeping e *Os bons compa-*

nheiros, despertou na memória de Ida Arnold. "Eu o vi em companhia dele", mentiu: um quintal, uma rapariga costurando diante do fogo, o galo cantando.

"Não sou amigo de Pinkie."

"É perigoso ter amizade com ele." Cubitt olhava para dentro do seu copo como um adivinho que perscruta a própria alma, lendo o destino funesto de um estranho. "Fred era amigo de Pinkie", disse ela.

"Que sabe de Fred?"

"Os outros falam. As pessoas estão sempre falando."

"Tem razão", disse Cubitt. Os olhos turvos alçaram-se, contemplaram o conforto, a compreensão. Colleoni não o queria; tinha brigado com Pinkie; atrás da cabeça dela, além da janela do salão, as trevas e a maré em retirada, além de um arco arruinado de cartão-postal, a desolação. "Por Deus, a senhora acertou." Tinha uma necessidade veemente de confessar, mas os fatos estavam confusos. Só sabia que nessas ocasiões um homem necessitava da compreensão de uma mulher. "Nunca concordei com isso", confiou a ela. "Cortar é outra coisa."

"Claro, cortar é outra coisa", concordou Ida Arnold, com suavidade e destreza.

"Quanto a Kite... foi um acidente. Só queriam ameaçá-lo. Colleoni não é louco. Alguém errou o alvo. Não havia motivo para ressentimentos."

"Outra bebida?"

"Eu é que devia pagar", disse Cubitt. "Mas estou sem um níquel. Só depois de falar com os camaradas."

"Foi bom para você romper assim com Pinkie. É preciso ter coragem para fazer isso depois do que aconteceu a Fred."

"Oh! A mim ele não mete medo. Nenhum corrimão quebrado..."

"Que quer dizer com isso? Corrimão quebrado?"

"Eu só queria brincar", disse Cubitt. "Brincadeira é brincadeira. Quando um homem se casa não deve se zangar com as piadas."

"Casar? Quem vai casar?"

"Pinkie, naturalmente."

"Não me diga que é com a garota do Snow!"

"Mas claro que sim!"

"Que idiota!", disse Ida Arnold, num ímpeto de cólera. "Mas que idiota!"

"Ele não é nenhum idiota. Sabe o que lhe convém. Se ela quisesse dar com a língua nos dentes..."

"Isto é, dizer que não foi Fred quem deixou o cartão?"

"Pobre Spicer!", disse Cubitt, olhando as bolhas que subiam no uísque. Veio-lhe à mente uma pergunta: "Como é que a senhora?...", mas não se completou no cérebro enevoado. "Preciso de ar, está abafado aqui dentro. E se nós dois?..."

"Espere mais um pouco", disse Ida Arnold. "Estou esperando um amigo. Quero apresentá-lo a você."

"Esse aquecimento central não faz bem à saúde. A gente sai, apanha um resfriado, e quando vê..."

"Quando é o casamento?"

"Que casamento?"

"O de Pinkie."

"Não sou amigo de Pinkie."

"Não concordou com a morte de Fred, não é mesmo?", insistiu Ida Arnold suavemente.

"A senhora sabe compreender um homem."

"Cortar seria outra coisa."

Cubitt explodiu de repente, com fúria: "Não posso ver um bastão de caramelo de Brighton sem...". Arrotou e disse com lágrimas na voz: "Cortar é outra coisa".

"Os médicos disseram que tinha sido morte natural. Ele sofria do coração."

"Vamos lá fora", disse Cubitt. "Preciso tomar um pouco de ar."

"Espere um pouquinho. Caramelo de Brighton? Que quer dizer com isso?"

Cubitt fixou nela os olhos inertes. "Preciso tomar um pouco de ar. Nem que eu morra. Esse aquecimento central...", queixou-se. "Sou muito sujeito a resfriados."

"Espere só dois minutos." Ida pôs-lhe a mão no braço, presa de intensa excitação: estava à beira da descoberta; e sentiu também, pela primeira vez, o ar quente e sufocante a rodeá-los, vindo dos respiradouros invisíveis, empurrando-os para a rua. "Vou sair com você. Daremos um passeio..." Ele a observava balançando a cabeça, com uma vasta indiferença; perdera a direção dos seus pensamentos, como um homem que perde a trela de um cão e este desaparece sabe Deus em que mato, tão longe que não é possível segui-lo... Encheu-se de pasmo ao ouvi-la prometer: "Eu lhe darei... vinte libras". Que teria ele dito que valesse tanto dinheiro? Ela dirigiu-lhe um sorriso sedutor: "Só um instantinho, enquanto me lavo e ponho um pouco de pó". Cubitt não respondeu: estava amedrontado, mas Ida não podia esperar pela resposta. Subiu correndo a escada: não tinha tempo para tomar o elevador. Lavar-se: era o que tinha dito a Fred quando o deixara. Enquanto ela subia, outros desciam para o jantar, após ter mudado de roupa. Bateu na porta do seu quarto e Phil Corkery veio abrir. "Depressa, preciso de uma testemunha!" Felizmente ele já estava vestido. Fê-lo descer atropeladamente, mas nem bem tinha chegado ao saguão percebeu que Cubitt fora embora. Correu ao pórtico, mas o homem evaporara-se.

"E agora?", disse mr. Corkery.

"Ele se foi. Não faz mal, agora sei com certeza. Não foi suicídio. Eles o mataram." Repetiu devagar, para si mesma: "Caramelo de Brighton...". A indicação teria parecido vaga demais à maioria das mulheres, mas Ida Arnold estava treinada pelo tabuleiro. Coisas mais esquisitas do que isso haviam surgido sob os seus dedos e os do velho Crowe: o seu cérebro pôs-se a trabalhar com toda a segurança.

O ar da noite agitava os cabelos finos e amarelos de mr. Corkery. Talvez lhe ocorresse que numa noite como aquela, depois dos exercícios amorosos, toda mulher devia sentir necessidade de um pouco de romantismo. Tocou-lhe timidamente no cotovelo: "Que noite! Nunca imaginei... Que noite!". Mas emudeceu assim que ela voltou para ele os grandes olhos pensativos, que não compreendiam, cheios de outros pensamentos. Ida disse devagar: "Essa idiotazinha... Casar com ele... Sabe lá o que ele vai fazer!". Uma espécie de alegria justiceira levou-a a acrescentar, toda vibrante: "Temos de salvá-la, Phil!".

2

O GAROTO ESPERAVA AO PÉ DA ESCADA. O enorme edifício municipal dominava-o como uma sombra: registros de nascimentos e óbitos, licenças de automóveis, impostos e taxas, e algures, em algum comprido corredor, a sala dos casamentos. Consultou o seu relógio e disse a Prewitt: "Raios a partam, está atrasada!".

"É o privilégio das noivas", respondeu mr. Prewitt.

Noiva e noivo: a égua e o garanhão que a serve: como uma lima no metal ou o contato do veludo numa erupção da pele. "Eu e Dallow vamos ao encontro dela."

Mr. Prewitt gritou às suas costas: "E se ela vem por outro caminho? E se vocês não a encontram? Vou esperar aqui".

Dobraram uma esquina, para a esquerda. "Não é este o caminho", disse Dallow.

"Não temos obrigação de esperá-la."

"Agora você não pode mais escapar."

"Quem falou em escapar? Então eu não posso fazer um pouco de exercício?" Parou e olhou a vitrina de uma pequena banca de jornais e revistas: rádios de duas válvulas, a mesma torpeza por toda a parte.

"Você viu Cubitt?", perguntou ele, continuando a olhar a vitrina.

"Não. Nenhum dos outros tampouco o viu."

Os jornais diários e as folhas locais, um cartaz repleto de notícias: "Conflito na sessão do Conselho", "Mulher afogada em Black Rock", "Colisão em Clarence Street". Uma revista de histórias de faroeste, um exemplar do *Film Fun*; atrás dos tinteiros, das canetas-tinteiros, dos pratos de papel para piquenique e dos pequenos brinquedos indecentes, as obras de autores famosos sobre assuntos sexuais. O Garoto contemplava fixamente aquilo tudo.

"Compreendo o que você sente", disse Dallow. "Também me casei uma vez. Dá uma espécie de frio no estômago. Nervos... Cheguei até a comprar um desses livros, mas não me ensinou nada que eu já não soubesse. A não ser sobre as flores. Os pistilos das flores. Você não faz ideia das coisas gozadas que acontecem entre as flores."

O Garoto virou-se e abriu a boca para falar, mas os seus dentes tornaram a cerrar-se com força. Contemplava Dallow com ar súplice e horrorizado. "Se Kite estivesse aqui", pensava, "eu poderia falar... mas se Kite estivesse aqui eu não precisaria falar... nunca teria me envolvido nisso."

"As tais abelhas...", começou Dallow a explicar, mas calou-se de repente. "Que é que você tem, Pinkie? Não está com uma cara muito boa."

"Eu conheço perfeitamente as regras", disse o Garoto.

"Que regras?"

"Você não pode me ensinar as regras", continuou o Garoto com uma cólera impetuosa. "Por acaso eu não os via todos os sábados de noite? Aos arrancos e aos pinotes." Os seus olhos esquivaram-se como se estivesse presenciando algum horror. Acrescentou em voz baixa: "Quando eu era garoto, jurei que havia de ser padre".

"Padre? Você padre? Essa é boa!" Dallow riu sem convicção, moveu inquieto o pé e pisou num excremento de cachorro.

"Que mal há em ser padre? Eles sabem o que é o quê. Vivem longe...", o seu queixo caiu molemente: dir-se-ia que fosse chorar; bracejou num gesto desvairado para a vitrina (Mulher Afogada, duas válvulas, *Os segredos do matrimônio*, o horror), "vivem longe disso tudo".

"Que mal há em gozar um pouco?", retrucou Dallow, esfregando o sapato na beira da calçada. A palavra *gozar* abalou o Garoto como um acesso de malária. "Com certeza você não conheceu Annie Collins?", disse ele.

"Nunca ouvi falar."

"Estava na mesma escola que eu." O Garoto lançou um olhar ao longo da rua cinzenta e o vidro que cobria *Os segredos do matrimônio* tornou a refletir o seu rosto jovem e desesperançado. "Pôs a cabeça nos trilhos, perto de Hassockys. Teve de esperar dez minutos pelo trem das sete e cinco. Vinha atrasado por causa da cerração. Cortou fora a cabeça dela. Tinha quinze anos. Ia ter um filho e já sabia o que era isso. Tinha tido um dois anos antes e o pai podia ser qualquer um entre doze rapazes."

"Essas coisas acontecem. São os azares do jogo", disse Dallow.

"Tenho lido histórias de amor." O Garoto nunca estivera tão loquaz, fitando os pratos de papel com as bordas pregueadas e o rádio de duas válvulas: a elegância ao pé da indecência. "A mulher de Frank lê esses livros. Você sabe: lady Angeline volveu os olhos rutilantes para sir Mark. Me dão nojo. Mais do que os outros", Dallow presenciava com assombro esse repentino acesso de eloquência horrorizada, "aqueles que a gente compra às escondidas. Spicer aparecia com um de vez em quando. Sobre raparigas espancadas. Cheia de vergonha por se expor assim diante dos rapazes, ela abaixou-se... É tudo a mesma coisa", disse ele, afastando da vitrina o olhar envenenado e fixando-o ora em um ponto, ora em outro da longa e mesquinha rua: cheiro de peixe, o chão de ladrilho coberto de serragem sob as carcaças. "É o amor", disse ele, arreganhando os dentes para Dallow, com tristeza. "Isso é gozar. É o jogo."

"O mundo tem de ir para a frente", objetou Dallow, perturbado.

"Por quê?"

"Não venha me perguntar. Você sabe isso melhor do que eu. Você é católico, não é? Deve acreditar..."

"*Credo in unum Satanum*", disse o Garoto.

"Não sei latim. Só sei que..."

"Mande. Vamos ver. O credo de Dallow."

"O mundo é muito bom quando a gente não se excede."

"Só isso?"

"São horas de estar no cartório. Ouça o relógio. Está batendo as duas." Um carrilhão de sinos rachados parou e seguiram-se uma, duas pancadas.

O queixo do Garoto tornou a cair; pôs a mão no braço de Dallow. "Você é um bom sujeito, Dallow. Sabe muita coisa. Diga..." Mas a mão largou o braço do outro. Ele olhou a rua atrás de Dallow e disse, desalentado: "Aí vem ela. Que estará fazendo nesta rua?".

"E não vem com muita pressa", comentou Dallow, vendo aproximar-se devagar a esguia figura. Àquela distância ela parecia ainda mais criança do que realmente era. "Pensando bem, Prewitt deve ter sido muito hábil para conseguir essa licença."

"Consentimento dos pais", respondeu o Garoto friamente. "Conveniência da moral." Observava a garota como se ela fosse uma estranha a quem devesse ser apresentado. "Além disso, tivemos sorte, sabe? Eu não estava registrado. Não encontraram nos livros. Acrescentaram um ano ou dois. Nem pais nem tutor. O velho Prewitt inventou uma história tocante."

Rose havia se aprontado para o casamento, desfazendo-se do chapéu que ele detestava: um novo impermeável, uns toques de pó de arroz e de batom ordinário. Parecia uma das pequenas imagens vistosas e baratas de uma igreja pobre: uma coroa de papel não pareceria deslocada nela, ou um coração pintado; podia-se rezar para essa imagem, mas não se podia ter esperança de ser atendido.

"Por onde andou? Não sabe que está atrasada?"

As mãos de ambos nem se tocaram. Um horrível tom de formalidade se estabelecera entre eles.

"Me desculpe, Pinkie. É que..." Anunciou o fato com vergonha, como se confessasse ter mantido entendimentos com um inimigo dele. "É que eu entrei na igreja."

"Para quê?"

"Não sei, Pinkie. Estava confusa. Pensei em me confessar."

O Garoto arreganhou os dentes para ela. "Confessar? Essa é boa!"

"Compreenda, eu queria... Eu pensei..."

"O quê, pelo amor de Deus?"

"Queria casar com você em estado de graça." Não dava a menor atenção a Dallow. A expressão teológica parecia estranha e pedante nos seus lábios. Eram dois católicos conversando na rua cinzenta. Compreendiam-se. Ela usava termos comuns ao céu e ao inferno.

"E se confessou?", perguntou o Garoto.

"Não. Toquei a campainha e perguntei pelo padre James. Mas depois me lembrei. Não adiantava nada me confessar. Vim embora." E acrescentou, com uma mescla de medo e de orgulho: "Nós vamos cometer um pecado mortal".

"A confissão nunca mais terá valor para você... enquanto nós dois estivermos vivos", disse ele com um prazer amargo e torturado. Tinha se diplomado na dor, deixando para trás primeiro o compasso, depois a navalha. Tinha a impressão, agora, de que os assassinatos de Hale e de Spicer não passavam de atos triviais, brincadeiras de menino, e ele deixara de ser criança. O homicídio só havia resultado naquilo: naquela corrupção. "É melhor irmos andando", lembrou, tocando-lhe no braço quase com ternura. Como já lhe acontecera uma vez, sentiu que tinha necessidade dela.

Mr. Prewitt acolheu-os com uma jovialidade oficial. Todos os seus gracejos pareciam pronunciados com uma finalidade: chegarem aos ouvidos de um magistrado. Havia um cheiro de desinfetante no grande vestíbulo burocrático, com os seus corredores por onde circulavam a morte e o nascimento. As paredes eram ladrilhadas como as de um lavatório público. Alguém deixara cair uma rosa. Mr. Prewitt citou incorretamente: "Rosas, rosas por todo o caminho, e nem num raminho de teixo!". A mão suave e côncava guiou o Garoto pelo cotovelo: "Não, não, por aí não. Aí são os impostos. Isso virá depois". Conduziu-os por uma grande escada de pedra. Um funcionário passou por eles, levando formulários impressos. "E qual é a impressão da noivinha?", disse mr. Prewitt. Ela não respondeu.

Só os noivos tinham permissão de subir os degraus do santuário, ajoelhar-se dentro do santuário com o sacerdote e a hóstia.

"Os pais não vêm?", disse mr. Prewitt. Ela balançou a cabeça negativamente. "O principal é que isso termine logo. Basta assinar o nome na linha pontilhada. Sentem-se aqui. Temos de esperar a nossa vez, como sabem."

Sentaram-se. Um esfregão estava encostado a um canto, contra a parede ladrilhada. Os passos de um funcionário rangeram no pavimento gelado de outro corredor. Momentos depois abria-se uma grande porta: viram lá dentro uma fileira de escriturários que não alçaram os olhos; um casal saiu para o corredor, seguido de uma mulher que apanhou o esfregão. O homem, de idade madura, disse "obrigado" e deu-lhe seis *pence*, acrescentando: "Ainda apanhamos o trem das três e quinze". O rosto da recém-casada tinha uma expressão de leve assombro e perplexidade, nada de tão definido como a decepção. Usava um chapéu de palha marrom e carregava uma pasta. Era de idade madura também. Talvez estivesse pensando: "Então é só isso... depois de tantos anos?". Desceram a vasta escada, um tanto apartados, como estranhos numa grande loja.

"É a nossa vez", disse mr. Prewitt, erguendo-se vivamente. Conduziu-os pela sala em que trabalhavam os escriturários. Ninguém se deu ao trabalho de levantar os olhos. Penas traçavam algarismos rápidos e continuavam a correr. Numa salinha interna, com paredes pintadas de verde como as de uma clínica, o escrivão estava à espera: uma mesa, três ou quatro cadeiras junto à parede. Não era assim que ela imaginava um casamento: por um instante, intimidou-se ante a fria pobreza da cerimônia oficial.

"Bom dia", disse o escrivão. "As testemunhas façam o favor de sentar-se... O senhor e a senhora...", chamando-os com um aceno e encarando-os com importância através dos óculos de aro de ouro: era como se ele se considerasse quase um sacerdote. O coração do Garoto bateu com força: sentia náuseas ante a realidade do momento. Tinha um ar mal-humorado e estúpido.

"São muito moços, os dois", observou o escrivão.

"Isso já está arranjado", tornou o Garoto. "Não se incomode. Está tudo arranjado."

O escrivão deitou-lhe um olhar de intensa antipatia. "Repita as minhas palavras", disse ele, e continuou com excessiva rapidez: "Declaro solenemente que não conheço nenhum impedimento legal...". O Garoto não pôde acompanhá-lo. O escrivão volveu em tom áspero: "É muito simples. Basta repetir as minhas palavras...".

"Vá mais devagar", disse o Garoto. Tinha vontade de pôr um ponto naquilo, mas foi em vão: numa questão de segundos estava repetindo a outra fórmula: "... minha legítima esposa". Procurava assumir um ar indiferente, evitando olhar para Rose, mas as palavras lhe saíam carregadas de vergonha.

"Não tem anel?", perguntou o escrivão em voz dura.

"Não precisamos de anel. Isso não é nenhuma igreja", sentindo que nunca mais conseguiria livrar-se da lembrança da fria sala verde e dos óculos de ouro. Ouviu Rose repetir ao seu lado: "marido". Olhou vivamente para ela. Se o seu rosto tivesse uma expressão satisfeita ele a teria esbofeteado. Mas só notou surpresa, como se ela estivesse lendo um livro e houvesse chegado cedo demais à última página.

"Assinem aqui", disse o escrivão. "Queiram pagar sete xelins e seis *pence.*" Tomou um ar de despreocupação oficial, enquanto mr. Prewitt procurava nos bolsos.

"As pessoas presentes", disse o Garoto, com um riso entrecortado. "Isso é com vocês; Prewitt e Dallow." Apanhou a pena do governo e arranhou a página, arrancando lascas: "Antigamente", lembrou-se ele, "pactos como este eram assinados com o próprio sangue". Recuou um passo e observou Rose enquanto ela assinava desajeitadamente: a sua segurança temporal em troca de duas eternidades de tormentos. Não tinha a menor dúvida de que aquilo era um pecado mortal, e sentia uma espécie de hilariedade e orgulho sinistro. Via-se, agora, como um homem adulto por quem os anjos choram.

"As pessoas presentes", repetiu, sem dar importância ao escrivão. "Vamos tomar um drinque."

"Como!", disse mr. Prewitt. "Isso é uma surpresa, vindo da sua parte."

"Oh, Dallow lhe contará. Já bebo também." Olhou de relance para Rose. "Não há nada que eu não faça agora." Tomou-a pelo cotovelo e conduziu-a para o corredor ladrilhado e a vasta escada. Um casal levantou-se ao vê-los sair: o mercado continuava firme. "Isso é o que se chama um casamento. Já viu coisa parecida? Nós somos...", queria dizer "marido e mulher", mas seu espírito recuou diante da expressão definidora. "Precisamos festejar", disse ele; e, como um velho parente que nunca deixa de meter a sua colher torta, o seu cérebro replicou: "Festejar o quê?". Pensou na mulher escarrapachada no assento do Lancia e na longa noite que se aproximava.

Dirigiram-se para o botequim da esquina. Estava quase na hora de fechar; ele pagou chopes duplos aos outros, e Rose tomou um cálice de vinho do Porto. Não falara mais desde que o escrivão lhe tinha dado a fórmula para repetir. Mr. Prewitt deu um rápido olhar em volta e descansou a pasta numa cadeira. Com as suas calças escuras e listradas, era como se estivesse de fato num casamento. "À saúde da noiva", disse ele com uma jocosidade que logo se apagou discretamente; era como se tivesse tentado gracejar com um magistrado e pressentisse uma resposta áspera: seu velho rosto recompôs-se depressa, dentro de um espírito de seriedade. Disse em tom reverente: "Bebo à sua felicidade, minha querida".

Ela não respondeu; estava olhando para o seu próprio rosto num espelho com a inscrição "Extra Stout": naquele novo ambiente, com as canecas de cerveja no primeiro plano, era um rosto estranho. Parecia arcar com um enorme fardo de responsabilidade.

"Por que está tão pensativa?", perguntou-lhe Dallow. O Garoto levou à boca o copo de cerveja e provou a bebida pela segunda vez: a náusea do prazer alheio comprimia-lhe a garganta. Observou-a com expressão azeda enquanto ela olhava silenciosamente para os seus companheiros; e mais uma vez sentiu até que ponto ela o completava. Ele é que conhecia os seus pensamentos, pois esses pensamentos pulsavam, despercebidos, nos seus próprios nervos. Disse com malevolência triunfante: "Eu posso dizer a vocês em que ela está pensando: 'Que diabo de casamento é este?'. Não era o que esperava. Acertei, hein?"

Rose fez que sim com a cabeça, segurando o cálice de vinho do Porto como se ainda não tivesse aprendido a beber.

"Com o meu corpo eu a reverencio", começou o Garoto a citar, dirigindo-se a ela, "com todos os meus bens terrenos; aí", acrescentou, voltando-se para mr. Prewitt, "dou-lhe uma moeda de ouro."

"Está na hora, senhores", disse o garçom, mergulhando na bacia os copos usados, que não tinham sido esvaziados por completo, e limpando o balcão com um esfregão impregnado de cerveja.

"Nós estamos diante do altar, compreende, com o padre..."

"Terminem de beber, senhores."

Mr. Prewitt disse, perturbado: "Todos os casamentos se equivalem aos olhos da lei". Balançou a cabeça tranquilizadoramente para a moça, que observava a todos com os seus olhos inexperientes e sôfregos. "Estão casados de fato. Creia no que lhe digo."

"Casados?", disse o Garoto. "Chama a isso estar casados?" Juntou sobre a língua a saliva com gosto de cerveja.

"Calma", disse Dallow. "Não aborreça a moça. Não se exceda."

"Vamos, senhores, esvaziem os seus copos."

"Casados!", repetiu o Garoto. "Perguntem a ela." Os dois homens terminaram os seus chopes com ar chocado e furtivo, e mr. Prewitt disse: "Bem, eu vou indo". O Garoto olhou-os com desprezo: não compreendiam nada; e mais uma vez lhe veio um sentimento quase imperceptível de comunhão entre ele e Rose: ela também sabia que essa noite não significava absolutamente nada e que na realidade não houvera casamento. Disse num tom de bondade rude: "Bem, vamos embora", e levantou a mão para tomar-lhe o braço, mas nesse instante viu a dupla imagem no espelho "Extra Stout" e deixou cair a mão: marido e mulher, dizia-lhe a imagem.

"Para onde?", perguntou Rose.

Para onde? Não tinha pensado nisso. Era preciso levá-la a alguma parte: a lua de mel, o fim de semana à beira-mar, o presente adquirido em Margate, que sua mãe tinha sobre a lareira; de um mar a outro, nada mais que uma mudança de praias.

"Até logo", disse Dallow. Parou um instante à porta, viu o olhar do Garoto, a pergunta, o apelo, não compreendeu nada e retirou-se prazerosamente, abanando a mão para mr. Prewitt, deixando-os sós.

Era como se nunca tivessem estado sós até então, a despeito do garçom que enxugava os copos: não tinham estado realmente a sós no quarto dos fundos do restaurante nem no penhasco sobre o mar, em Peacehaven — não tão a sós como agora.

"É melhor irmos andando", disse Rose.

Detiveram-se na calçada e ouviram fechar-se atrás deles a porta do Crown: um ferrolho correu. Tiveram a impressão de estar sendo expulsos de um paraíso de ignorância. Ali fora não lhes restava nada senão a experiência.

"Nós vamos para o Frank?", perguntou a moça. Era um desses momentos de silêncio repentino que acontecem nas tardes mais movimentadas: nem uma campainha de bonde nem um só apito de trem na estação; uma revoada de aves subiu no ar, por cima do Old Steyne, e ficou planando lá como se um crime tivesse sido cometido ali embaixo. Ele pensou com saudades no seu quarto: sabia exatamente onde pôr a mão para alcançar o dinheiro na saboneteira; tudo era familiar; nada de estranho ali; o aposento compartilhava a sua amarga virgindade.

"Não", disse; e, como recomeçassem o ruído e a balbúrdia da tarde, repetiu: "Não".

"Aonde, então?"

Ele sorriu com inútil malícia: aonde se costumava levar uma loura elegante senão ao Cosmopolitan, chegando de Pullman no sábado, ou atravessando as dunas num carro vermelho? Perfumes e peles caras, entrando no restaurante como uma escuna recém-pintada penetra num porto, algo de que um homem podia gabar-se em troca do ato noturno. Abrangeu num longo olhar a pobreza de Rose, como uma penitência. "Vamos tomar uma suíte no Cosmopolitan."

"Não, sem brincadeira, aonde vamos?"

"Já disse: ao Cosmopolitan." E, irritando-se: "Você acha que eu não posso?".

"Você, sim", disse ela, "mas eu não."

"Pois vamos para lá. Eu posso pagar. É o lugar que nos convém. Havia uma mulher chamada... Eugênia que costumava se hospedar lá. É por isso que eles têm coroas nas cadeiras."

"Quem era ela?"

"Uma estrangeira."

"Então você já esteve lá?"

"Naturalmente."

De repente ela juntou as mãos, num gesto emocionado. "Eu sonhei..." Mas olhou-o vivamente, para ver se ele, afinal de contas, não estava só zombando.

O Garoto disse com petulância: "O carro está no conserto. Vamos a pé, depois mando buscar a minha mala. Onde está a sua?".

"Minha o quê?"

"A sua mala."

"Estava tão velha, tão suja..."

"Não faz mal", disse ele com desesperada arrogância, nós compramos outra. Onde estão as suas coisas?"

"Coisas..."

"Meu Deus, como você é pateta! Estou falando..." Mas o pensamento da noite que o esperava imobilizou-lhe a língua. Continuou a andar pela calçada, o rosto iluminado pela tarde em declínio.

"Eu não tinha nada...", disse ela. "Nada, só esta roupa para casar. Pedi um pouco de dinheiro aos velhos, mas não quiseram dar. Estão no seu direito. O dinheiro é deles."

Caminhavam pela calçada separados. As palavras dela arranhavam a barreira, querendo entrar, como as unhas de um pássaro numa janela: ele sentia continuamente esse esforço de intimidade; a própria humildade de Rose lhe parecia uma armadilha. A rápida e tosca cerimônia dera-lhe um direito sobre ele. Rose não sabia a razão; julgava (Deus o livre!) que ele a quisesse. O Garoto disse em tom rude: "Não pense que vamos ter uma lua de mel. Isso é bobagem. Estou ocupado. Tenho o que fazer. Terei...". Parou e virou-se para ela, com uma espécie de apelo atemorizado (não levasse aquilo a mal): "Terei de me ausentar muitas vezes".

"Eu esperarei", disse Rose. Ele já entrevia a paciência dos pobres e casados há muito, atuando nela como uma segunda personalidade, figura modesta e sem pejo por trás de uma transparência.

Desembocaram na praia e a tarde recuou um passo; o mar ofuscava os olhos: ela o contemplou com prazer, como se fosse um mar diferente. "Que foi que seu pai disse hoje?", perguntou o Garoto.

"Não disse nada. Estava de mau humor."

"E a velha?"

"Estava emburrada também."

"Nem por isso deixaram de aceitar o dinheiro."

Detiveram-se no passeio em frente ao Cosmopolitan e, sob a massa enorme do edifício, aproximaram-se um pouco mais um do outro. Ele se lembrou do mensageiro chamando por um nome e do isqueiro de ouro de Colleoni... Disse devagar, com cuidado, fechando a porta à inquietação: "Bem, aqui devemos ficar à vontade". Levou a mão à gravata amarfanhada, endireitou o paletó e aprumou os ombros estreitos, com um ar de decisão pouco convincente. "Vamos." Ela seguiu-o a um passo de distância, atravessando a rua e subindo os largos degraus. Duas velhas senhoras estavam sentadas no terraço, ao sol, em cadeiras de vime, envoltas em véus: tinham um ar de absoluta segurança; quando falavam, não olhavam uma para a outra, limitando-se a deixar cair tranquilamente suas observações no ar compreensivo. "Acontece que Willie..." "Sempre gostei de Willie." O Garoto fez um ruído desnecessário ao subir a escada.

Atravessou o tapete macio, dirigindo-se para a portaria, seguido de Rose. Não havia ninguém ali. Esperou, furioso: aquilo era uma ofensa pessoal. Um mensageiro chamou: "Mr. Pinecoffin, mr. Pinecoffin" de um lado a outro do saguão. O Garoto esperava. Ouviu-se a campainha de um telefone. Quando a porta de entrada tornou a se abrir, ele distinguiu a voz de uma das velhas senhoras que dizia: "Foi um grande golpe para Basil". Surgiu então um homem de paletó preto, dizendo: "Em que posso servi-lo?".

O Garoto começou, com raiva: "Estou esperando aqui...".

"Podia ter tocado a campainha", respondeu o empregado com frieza, e abriu um vasto livro de registro.

"Quero um quarto, um quarto de casal."

O empregado encarou Rose, atrás dele, e virou uma folha. "Não temos quarto livre."

"O preço não importa", disse o Garoto. "Quero uma suíte."

"Não há nenhuma vaga", tornou o empregado, sem levantar os olhos.

O mensageiro, que voltava com uma bandeja, parou para observá-los. O Garoto disse em voz baixa e furiosa: "Vocês não podem me proibir de entrar aqui. O meu dinheiro é tão bom como o dos outros...".

"Não duvido, mas acontece que não há quarto livre." O empregado virou-lhe as costas e apanhou um vidro de cola.

"Venha", disse o Garoto a Rose, "esta joça cheira mal." Saiu com grandes passadas e desceu a escada, tornando a passar pelas duas velhas; lágrimas de humilhação picavam-lhe as pálpebras. Tinha um ímpeto doido de gritar àquela gente que não podiam tratá-lo assim, que ele, um assassino, podia matar homens e não ser apanhado. Queria vangloriar-se. Podia dar-se ao luxo de se hospedar naquele hotel tanto quanto outro: tinha automóvel, advogado, duzentas libras no banco...

"Se eu tivesse um anel...", disse Rose.

Ele retrucou, furioso: "Um anel... Que tipo de anel? Nós não estamos casados. Não se esqueça disso. Nós não estamos casados". Mas, uma vez na calçada, dominou-se com grande dificuldade e lembrou-se amargamente de que ainda tinha um papel a desempenhar: não podiam obrigar uma mulher a depor contra o marido, mas nada podia impedir que ela o fizesse, exceto... o amor; desejo, pensou ele com horror e azedume, e, virando-se para ela, desculpou-se em tom pouco convincente: "Deixaram-me com raiva", disse. "Eu tinha prometido a você..."

"Que me importa!", disse Rose. E de repente, com os olhos grandes e pasmados, fez a temerária afirmação: "Não há nada que possa estragar este dia".

"Temos de encontrar um lugar."

"Qualquer um me serve... O Frank?"

"Esta noite não", disse ele. "Não quero nenhum dos rapazes perto de nós esta noite."

"Havemos de descobrir um lugar. Ainda não está escuro."

Aquela (quando não havia corridas e não tinha negócios a tratar com ninguém) era a hora em que ele costumava passar estendido na cama, na casa de Frank. Comia uma barra de chocolate ou um cachorro-quente, vendo o sol descambar atrás das chaminés, adormecia, acordava, comia mais um pouco e tornava a dormir enquanto a noite entrava pela janela. Depois os rapazes apareciam com os jornais vespertinos e a vida recomeçava. Agora, estava desorientado: não sabia como passar tanto tempo, uma vez que não estivesse só.

"Vamos um dia ao campo", disse ela, "como fizemos aquela vez..." Fazia planos para o futuro, com os olhos no mar... Ele via os anos avançando diante desses olhos, como a linha da maré.

"Tudo o que você quiser", disse.

"Vamos até o molhe. Não vou lá desde aquela noite... Você se lembra?"

"Não", mentiu ele rapidamente e com facilidade pensando em Spicer, na escuridão e nos relâmpagos sobre o mar, o início de alguma coisa que parecia não ter mais fim. Passaram pela catraca: havia muita gente no molhe; uma fileira de pescadores vigiava as suas boias na espessa água verde; a água agitava-se sob os seus pés.

"Você conhece aquela moça?", disse Rose. O Garoto virou a cabeça, apático. "Onde? Não conheço nenhuma moça aqui."

"Ali. Aposto que está falando a seu respeito."

A cara gorda, estúpida e coberta de marcas voltou-lhe à memória, encostou o focinho ao vidro como algum peixe monstruoso no aquário — um peixe perigoso, uma arraia de outros mares. Fred falara com ela e ele se aproximara deles na praia: ela havia prestado depoimento... Não se lembrava do que dissera: nada de importante. "Meu Deus!", pensou. "Terei de massacrar o mundo inteiro?"

"Ela conhece você", disse Rose.

"Nunca vi essa cara", mentiu ele, continuando a caminhar.

"É maravilhoso estarmos juntos. Todos conhecem você. Nunca sonhei que havia de casar com um homem famoso."

"Quem mais encontraremos?", pensou ele. "Quem mais encontraremos?" Um pescador recuou para fazer seu arremesso, barrando-lhes o caminho; atirou a linha bem longe, mas a boia foi apanhada por uma onda e a linha foi arrastada na direção da praia. Fazia frio no lado do molhe que estava na sombra: de um lado da divisão de vidro era dia; do outro, a noite ia avançando. "Vamos atravessar", disse ele. Pôs-se a pensar de novo na garota de Spicer: por que a deixara no automóvel? Com os diabos, afinal de contas ela conhecia o jogo!

Rose deteve-o: "Olhe aqui, você não quer me dar um? Como recordação. Não são caros, só seis *pence*". Era uma caixa de vidro, semelhante a uma cabina telefônica. "Grave a sua voz aqui", dizia o letreiro.

"Vamos", disse ele. "Não seja bobinha. Para que quer isso?"

Pela segunda vez, esbarrou no ressentimento súbito e imprevisto de Rose. Era submissa, tola, sentimental — e, quando menos se esperava, tornava-se perigosa. Por causa de um chapéu, de um disco de gramofone. "Está bem", disse ela, "continue. Você nunca me deu nada. Nem mesmo hoje. Se não me quer, por que não vai embora? Por que não me deixa em paz?" Pessoas viravam-se para olhá-los: a cara ácida e raivosa de um, o desamparado ressentimento da outra. "Para que me quer então?", gritou-lhe Rose.

"Pelo amor de Deus..."

"Prefiro me afogar...", começou ela, mas o Garoto a interrompeu: "Vou lhe dar o disco". Sorriu nervosamente. "Achei apenas que isso era loucura. Para que precisa ouvir a minha voz num disco? Não vai me ouvir todos os dias?" Apertou-lhe o braço. "Você é uma boa garota. Não nego nada a você. Você pode ter o que quiser." "Ela me traz pelo nariz...", pensava. "Por quanto tempo?" "Você não estava falando a sério, estava?", disse, adulando-a. Seu rosto enrugou-se como o de um velho, na tentativa de ser amável.

"Foi uma coisa que me deu", disse Rose, evitando os olhos dele com uma expressão que o Garoto não conseguiu decifrar, obscura e desesperada.

Sentiu-se aliviado, mas a relutância continuou. Não lhe agradava a ideia de gravar qualquer coisa num disco: isso lhe lembrava impressões digitais. "Quer mesmo que eu lhe dê uma coisa dessas? Afinal, não temos gramofone. Você não poderá ouvir o disco. Que adianta tê-lo?"

"Não quero um gramofone", disse ela. "Só queria ter o disco em casa. Pode ser que um dia você esteja longe, e então eu poderia pedir um gramofone emprestado. E você falaria", disse, com uma súbita intensidade que o amedrontou.

"Que quer que eu diga?"

"Qualquer coisa. Fale pra mim. Diga Rose e... mais alguma coisa."

Ele entrou na cabina e fechou a porta. Havia uma fenda para introduzir a moeda de seis *pence*, um bocal e a instrução: "Fale com clareza e bem junto ao instrumento". A parafernália científica o deixava nervoso. Olhou por cima do ombro: lá estava ela a observá-lo, sem um sorriso. Viu-a nesse momento como uma estranha, uma criança pobretona de Nelson Place, e um terrível rancor se apoderou dele. Introduziu a moeda e, falando em voz baixa com receio de ser ouvido do lado de fora, gravou a sua mensagem em vulcanite: "Vá para o inferno, cadelinha, por que não vai para casa de uma vez por todas e não me deixa em paz?". Ouviu a agulha arranhar e o disco zunir; por fim, um estalido e o silêncio.

Voltou para junto dela com o disco negro. "Tome. Botei alguma coisa aí... Palavras de amor."

Ela apanhou cuidadosamente o disco e carregou-o como um objeto precioso, que precisava defender contra a multidão. Até no lado ensolarado do molhe começava a esfriar. E o frio assaltou-os como uma advertência incontestável: é melhor ir para casa logo. Ele tinha a impressão de estar fazendo gazeta: devia estar na escola, mas não tinha estudado a lição. Saíram pela catraca e o Garoto observou-a com o canto do olho, para ver o que ela esperava agora: se Rose tivesse mostrado qualquer excitação, ele a teria esbofeteado. Ela, porém, apertava o disco contra o peito, tão gelada quanto ele.

"Bem, temos de ir para algum lugar", disse ele.

Ela indicou a escada que descia para o passeio coberto, sob o molhe. "Vamos para lá, é mais quentinho."

O Garoto deitou-lhe um olhar vivo; era como se ela lhe oferecesse deliberadamente uma provação. Hesitou um momento, depois arreganhou os dentes. "Está bem, vamos para lá." Vibrava com uma espécie de sensualidade: o acasalamento do bem e do mal.

As luzes feéricas acenderam-se de repente nas árvores do Old Steyne: era muito cedo, porém, e suas cores pálidas não ressaltavam na agonia da tarde. O longo túnel sob a avenida formava a seção mais ruidosa, mais vulgar e mais barata das diversões de Brighton; crianças passavam por eles correndo, com gorros de marinheiro de papel com a inscrição: "Não sou anjo"; um trem fantasma rolou com estrondo, conduzindo casais de namorados para dentro de uma escuridão povoada de berros e guinchos. Ao longo do túnel, do lado da terra, ficavam as diversões; do outro lado, pequenas lojas: sorvetes, conchas, balanças, caramelos de Brighton. As prateleiras subiam até o teto; portinhas davam passagem para a escuridão que ficava atrás, e do lado do mar não havia portas nem janelas: nada mais que prateleiras sobre prateleiras, do chão até o teto: um quebra-mar de caramelos de Brighton a enfrentar as ondas. As luzes estavam sempre acesas no túnel: o ar era morno, espesso e envenenado de hálitos humanos.

"Então, que é que você escolhe?", perguntou o Garoto. "Conchas ou caramelo?"

"Um bastão de caramelo não seria mau", respondeu ela.

Ele tornou a arreganhar os dentes: só o diabo lhe podia ter inspirado aquela resposta. Rose era boa, mas ele a trazia como se traz a Deus na Eucaristia: dentro das entranhas. Deus não podia escapar à boca corrupta que decidisse comer sua própria perdição. Dirigiu-se lentamente para uma portinha e olhou para dentro. "Senhorita! Senhorita! Dois bastões de caramelo." Correu os olhos pelo cubículo cor-de-rosa como se fosse seu proprietário: sua memória o possuía, pegadas o marcavam, um trecho especial do assoalho tinha eterna importância; se houvessem mudado a posição da caixa registradora, ele o notaria. "Que é isso?", perguntou, indicando com a cabeça uma caixa, único objeto que não conhecia ali.

"São caramelos quebrados, que eu vendo mais barato."

"Vêm da fábrica assim?"

"Não. Quebraram-se. Algum idiota desastrado...", queixou-se. "Ah! Se eu soubesse quem foi..."

Ele pegou os dois bastões e virou-se; sabia o que ia ver: nada; o passeio ficava oculto atrás das prateleiras de caramelo. Teve um sentimento momentâneo da sua imensa astúcia. "Boa noite", disse, curvando-se ao sair pela portinha. Ah! Se ao menos a gente pudesse gabar-se da própria astúcia, aliviar a enorme pressão da vaidade...

Ficaram um ao lado do outro, chupando os seus bastões de caramelo; uma mulher empurrou-os ao passar. "Saiam do caminho, crianças." Eles se entreolharam: marido e mulher.

"Aonde vamos agora?", perguntou o Garoto perturbado.

"Talvez convenha procurar um lugar."

"Não há tanta pressa assim." A ansiedade embargava-lhe um pouco a voz. "Ainda é cedo. Vamos a um cinema?" Tornou a adulá--la: "Nunca levei você ao cinema".

Mas a sensação de força o abandonou. Mais uma vez, a apaixonada aquiescência dela — "Você é tão bom para mim!" — encheu-o de repulsa.

Carrancudo, afundado na poltrona de três xelins e seis *pence*, na semiobscuridade, perguntava a si mesmo crua e amargamente o que estaria ela esperando: ao lado da tela, um relógio iluminado marcava a hora. Era um filme romântico: cenários magníficos, coxas fotografadas com minucioso cuidado, camas esotéricas com a forma de um bote celta de couro, munido de asas. Mataram um homem, mas isso não tinha importância; o que importava era o jogo. Os dois personagens principais seguiam o seu curso majestoso, na direção da cama: "Eu amo você desde aquele primeiro dia em Santa Mônica...". Uma canção sob a janela, uma jovem de camisola, e os ponteiros do relógio a girar ao lado da tela. "Como gatos!", murmurou ele de súbito para Rose, com furor. Era a coisa mais banal da terra: para que assustar-se com aquilo que os cães faziam na rua? A música gemia: "O coração me diz que você é divina". Ele cochichou: "Talvez seja mesmo melhor irmos para o Frank", pensando: "Não estaremos sozinhos lá; pode ser que aconteça alguma coisa; pode ser que a turma esteja bebendo; talvez queiram festejar — não haverá cama para ninguém esta noite". O ator, com um topete de cabelo preto no meio do rosto branco e vazio, disse: "Você é minha, toda minha". Tornou a cantar sob as estrelas irrequietas, num dilúvio de luar incrível, e, de súbito, inexplicavelmente, o Garoto pôs-se a chorar. Fechou os olhos para conter as lágrimas, mas a música continuava — era como uma visão de liberdade para um prisioneiro. Sentia o enclausuramento e via, inteiramente inatingível, uma liberdade sem limites, o fim do medo, do ódio e da inveja. Era como se estivesse morto e começasse a lembrar-se dos efeitos de uma boa confissão, as palavras da absolvição: estando morto, porém, aquilo não passava de uma lembrança — não podia sentir contrição; suas costelas eram como vigas de aço que o mantinham preso na eterna impenitência. "Vamos", disse afinal. "É melhor irmos embora."

Era noite cerrada: as luzes coloridas estavam acesas ao longo de toda a praia de Hove. Passaram devagar pelo Snow, pelo Cosmopolitan. Um avião voava baixo, mar afora, a luzinha vermelha sumindo. Debaixo de um dos abrigos envidraçados, um velho riscou um fósforo para acender o cachimbo, alumiando um homem e uma rapariga agarrados a um canto. Uma música soluçante vinha dos lados do mar. Dobraram e atravessaram o Norfolk Square, em direção a Montpellier Road: uma loura com traços de Greta Garbo deteve-se nos degraus do Norfolk Bar para empoar-se. Um sino dobrava algures pela morte de alguém e um gramofone tocava um hino num porão. "Talvez amanhã encontremos um lugar onde morar", disse o Garoto.

Tinha consigo a chave, mas tocou a sineta. Queria companhia, conversas... Mas ninguém veio abrir. Tocou de novo. Era uma dessas sinetas antigas, com um cordão para puxar, tilintando lá dentro; essa espécie de sinetas que sabem, pela longa experiência do pó, das aranhas e dos quartos sem inquilinos, como dar a entender que uma casa está vazia. "Não é possível que todos tenham saído", disse ele, introduzindo a chave.

Uma lâmpada ficara acesa no vestíbulo. Avistou logo o bilhete preso sob o telefone: "Dois é bom...", reconheceu a letra tosca e esgarranchada da mulher de Frank. "Saímos para festejar as bodas. Passe a chave na porta. Sejam felizes." Ele amarrotou o papel e deixou-o cair no linóleo. "Vamos para cima", disse. No alto da escada, tocou nos balaústres novos do corrimão: "Está vendo? Já mandamos consertar". Reinava no escuro corredor um cheiro de couve, de cozinha e de pano queimado. Ele fez um gesto com a cabeça: "Esse era o quarto do velho Spicer. Você acredita em fantasmas?".

"Não sei..."

O Garoto abriu a porta do seu quarto com um empurrão e acendeu a lâmpada nua e empoeirada. "Aí está: é pegar ou largar", e arredou-se para que ela pudesse ver bem a grande cama de latão, o lavatório com o jarro lascado, o guarda-roupa envernizado com seu espelho barato.

"É melhor do que um hotel", disse ela, "tem mais jeito de casa."

Os dois pararam no meio do quarto como se não soubessem o que fazer. "Amanhã eu farei uma pequena arrumação", disse Rose.

O Garoto fechou a porta com estrondo. "Você não vai tocar em nada. Esta é a minha casa, está ouvindo? Não quero que venha aqui mudar as coisas..." Observou-a com medo: entrar no seu próprio quarto, na sua toca, e encontrar uma coisa estranha... "Por que não tira o chapéu? Você veio para ficar, não é?" Ela tirou o chapéu, o impermeável... Era o rito do pecado mortal; era assim, pensou ele, que as pessoas se perdiam... A sineta da porta tocou. Ele não prestou atenção. "Hoje é noite de sábado", disse, com um gosto amargo na boca, "são horas de deitar."

"Quem é?", perguntou ela, e a sineta tocou de novo: a inconfundível mensagem, a quem quer que fosse, de que a casa já não estava vazia. "Será a polícia?"

"Por que havia de ser a polícia? Algum amigo de Frank." Mas a ideia perturbou-o. Ficou à espera de que a sineta tocasse outra vez. Mas não tocou. "Bem, não podemos ficar parados aqui a noite toda. É melhor nos deitarmos." Sentia um vazio horrível, como se tivesse passado vários dias sem comer. Procurou fingir, tirando o paletó e pendurando-o nas costas de uma cadeira, que tudo continuava inalterado. Ao tornar a virar-se, notou que ela não se movera: uma criança magrinha e meio adulta a tremer entre o lavatório e a cama. "Quê!", zombou ele, com a boca seca. "Está com medo..." Era como se tivesse recuado quatro anos e estivesse apoquentando um colega de escola para fazê-lo sair do sério.

"E você, não está?", disse Rose.

"Eu?" Riu para ela, com um jeito pouco convincente; e avançou: um embrião de sensualidade; a lembrança de um vestido, de umas costas, escarnecia dele: "Eu amo você desde aquele primeiro dia em Santa Mônica...". Tomado por uma espécie de fúria, agarrou-a pelos ombros. Era para aquilo que tinha fugido de Nelson Place: empurrou-a para a cama. "Isso é um pecado mortal", disse, extraindo da inocência todo o sabor que podia, procurando sentir o gosto de Deus na boca: um enfeite da cama de latão, os olhos dela, mudos, assustados e aquiescentes; ele apagou tudo isso num abraço triste, brutal e resoluto: um grito de dor, e o badalar da sineta que recomeçava. "Com os diabos, por que não me deixam em paz?" Abriu os olhos no quarto cinzento para ver o que fizera: aquilo tinha, para ele, mais aparência de morte do que quando Hale e Spicer haviam morrido.

"Não vá, Pinkie, não vá", disse Rose.

Tinha uma estranha sensação de triunfo: diplomara-se na derradeira vergonha humana. Afinal de contas, não era tão difícil assim. Tinha se exposto e ninguém rira. Não precisava de mr. Prewitt ou de Spicer, apenas... Um leve sentimento de ternura despertou nele para com a sua parceira no ato. Estendeu a mão e beliscou-lhe o lóbulo da orelha. A sineta vibrou no vestíbulo deserto. Parecia ter se livrado de um enorme peso. Agora podia enfrentar qualquer um. "Acho bom ir ver o que esse sujeito quer."

"Não vá. Estou com medo, Pinkie."

Mas ele tinha a impressão de que nunca mais sentiria medo: ao fugir do hipódromo, tivera medo, medo da morte e mais ainda da condenação eterna — da morte súbita e sem confissão. Agora, era como se já estivesse condenado e não houvesse mais o que recear, nunca mais. A abominável sineta badalava o longo fio de arame zumbindo no vestíbulo, e a lâmpada nua brilhava sobre a cama: a garota, o lavatório, a janela fuliginosa, o vulto inexpressivo de uma chaminé, uma voz cochichando: "Amo você, Pinkie". Aquilo era o inferno; não havia motivo para se inquietar: era o seu velho e conhecido quarto. "Volto já. Não se preocupe. Volto já", disse ele.

No alto da escada, apoiou-se na madeira sem pintura do novo corrimão. Empurrou-o de leve e viu que estava bem firme. Queria cantar vitória, celebrando sua esperteza. A sineta soou mais uma vez. Olhou para baixo: era uma queda considerável, mas não se podia ter certeza de que um homem morreria caindo daquela altura. Era a primeira vez que lhe ocorria tal ideia: alguns viviam durante horas com a espinha quebrada, e ele conhecia um velho que ainda andava por aí com um crânio rachado que dava estalidos no tempo frio, quando ele espirrava. Tinha a impressão de estar sendo protegido. A sineta badalava: sabia que ele estava em casa. Desceu a escada, tropeçando no linóleo esburacado: aquele lugar não lhe servia. Sentia uma energia invencível: não perdera vitalidade lá em cima; ficara mais forte. O que perdera fora o medo. Não fazia a menor ideia de quem podia estar atrás da porta, mas foi tomado por uma sensação de perversa alegria. Pôs a mão na velha sineta, fazendo-a silenciar: podia sentir os puxões no arame. Um estranho cabo de guerra travou-se com o desconhecido lá fora, e o Garoto ganhou. Os puxões cessaram e o outro pôs-se a bater na porta. O Garoto soltou a sineta e dirigiu-se mansamente para a porta, mas, ato contínuo, a sineta recomeçou a badalar, rachada, surda e premente. Uma bola de papel ("Passe a chave na porta. Sejam felizes.") roçou-lhe no pé.

Abriu a porta com um movimento largo e atrevido. Era Cubitt, lastimavelmente bêbado; alguém lhe dera um soco no olho e o seu hálito estava azedo: a bebida sempre lhe perturbava a digestão.

A sensação de triunfo do Garoto aumentou: sentia-se um vitorioso. "Bem, que é que você quer?"

"Tenho minhas coisas aqui", disse Cubitt. "Quero levar minhas coisas."

"Entre e leve, então."

Cubitt entrou, ladeando-se. "Não pensei que fosse encontrar você..."

"Ande, pegue suas coisas e desapareça."

"Onde está o Dallow?"

O Garoto não respondeu.

"O Frank?"

Cubitt pigarreou: seu hálito azedo alcançou o Garoto. "Escute aqui, Pinkie: você e eu... por que não continuamos amigos? Como sempre fomos..."

"Nós nunca fomos amigos."

Cubitt não prestou atenção. Encostou-se ao telefone e observou o Garoto com os olhos bêbados e cautelosos. "Você e eu", disse ele, o muco azedo subindo-lhe na garganta e empastando cada uma das suas palavras, "você e eu não podemos viver separados. Porque somos como irmãos! Estamos amarrados um ao outro."

O Garoto observava-o, parado junto à parede oposta.

"Você e eu... é como digo. Não podemos viver separados", repetiu Cubitt.

"Com certeza Colleoni não quis saber de você... Mas eu não aceito os restos dele, Cubitt."

Cubitt começou a chorar. Era uma fase a que sempre chegava; o Garoto podia contar, pelas lágrimas, o número de copos que ele tomara: elas brotaram relutantes, duas lágrimas como gotas de aguardente destiladas pelos olhos amarelados. "Você não tem motivos para ficar zangado, Pinkie."

"É melhor que vá buscar suas coisas."

"Onde está o Dallow?"

"Saiu. Todos saíram." O espírito de malícia impiedosa tornou a nascer nele. "Estamos completamente sós, Cubitt." Olhou para o remendo novo do linóleo, no lugar onde Spicer tinha caído. Mas a sua malícia não produziu efeito: a fase das lágrimas foi transitória, seguindo-se uma cólera soturna...

"Não admito que me trate como um cachorro", disse Cubitt.

"Foi assim que Colleoni tratou você?"

"Eu vim aqui para fazer as pazes. Você não pode se dar ao luxo de brigar comigo."

"Posso me dar a muito mais luxos do que você pensa", disse o Garoto.

Cubitt interrompeu-o vivamente: "Me empresta cinco libras".

O Garoto balançou a cabeça. Foi tomado de uma súbita e orgulhosa impaciência: sentia-se rebaixado por aquela contenda em cima do linóleo gasto, debaixo da lâmpada nua e poeirenta... com Cubitt. "Por favor, pegue suas coisas e desapareça."

"Posso revelar alguns dos seus segredos."

"Nenhum."

"Fred..."

"Você iria para a forca", disse o Garoto, arreganhando os dentes, "mas eu não. Sou muito jovem para ser enforcado."

"Spicer também."

"Spicer caiu dali."

"Eu ouvi você dizer..."

"Me ouviu dizer? Quem é que vai acreditar nisso?"

"Dallow também ouviu."

"Dallow é um sujeito decente. Posso confiar nele. Olhe, Cubitt", continuou sossegadamente, "se você fosse perigoso eu tomaria uma providência. Mas dê graças à sua boa estrela por não ser perigoso." Voltou-lhe as costas e subiu a escada. Ouviu Cubitt arquejar atrás dele: tinha o fôlego curto.

"Não vim aqui para brigar. Me empresta duas libras, Pinkie. Estou quebrado."

O Garoto não respondeu ("em lembrança dos velhos tempos"); chegando ao alto da escada, voltou-se para a porta do seu quarto.

"Espere um pouquinho que eu lhe direi uma coisa ou duas, seu tipinho do diabo! Conheço uma pessoa que está disposta a me dar dinheiro: vinte libras. Você... você... vou dizer o que você é", falou Cubitt.

O Garoto parou diante da porta. "Continue", disse, "fale."

Cubitt expressou-se com dificuldade: não encontrava as palavras apropriadas. Atirou-lhe no rosto a sua raiva e o seu ressentimento em frases leves como papel: "Você é mesquinho e covarde. É tão covarde que mata o seu melhor amigo para salvar a sua pele. Pois tem medo até de uma mulher!", acrescentou, com um riso abafado. "Sylvie me contou", mas essa acusação chegava um pouco tarde. Ele já se diplomara no conhecimento da última fraqueza humana. Ouvia-o achando graça, com uma espécie de orgulho infernal; o retrato que Cubitt traçava não tinha nada que ver com ele: era como os retratos que os homens traçam de Cristo, imagens do seu próprio sentimentalismo. Cubitt não podia saber. Era como um professor que descreve a um desconhecido um país cuja descrição leu nos livros: estatísticas de importação e exportação, tonelagens, recursos minerais, orçamentos; sem saber que o outro conhece o país por ter sofrido sede no deserto e o assalto de bandos armados nas montanhas. Mesquinho... covarde... medroso: riu mansamente, zombeteiramente; era como se ele tivesse se elevado acima de todas as trevas que Cubitt pudesse conceber. Abriu a porta do seu quarto, entrou e fechou-a com a chave.

Rose estava sentada na cama, balançando a perna, como uma criança na escola, à espera do professor para passar a lição. Lá fora, Cubitt praguejou, deu pontapés na porta, sacudiu o trinco e afastou-se. Ela disse com imenso alívio (estava acostumada com bêbados): "Ah! Então não era a polícia!".

"Por que havia de ser a polícia?"

"Não sei. Pensei que..."

"Pensou o quê?"

Mal pôde distinguir a resposta: "Kolley Kibber".

Por um momento, ficou pasmado. Depois riu baixinho, com infinito desprezo e superioridade diante de um mundo que falava em coisas tais como inocência. "Essa é muito boa! Então você sabia desde o começo... Você adivinhou! E eu que pensava que você fosse tão criança que ainda estivesse na casca do ovo. E lá estava você", viu-a com os olhos do espírito naquele dia em Peacehaven e entre os lotes de vinho, no Snow, "lá estava você, sabendo..."

Ela não negou: sentada, com as mãos presas entre os joelhos, aceitava tudo. "Essa é muito boa", disse ele. "Pois olhe, pensando bem... você não me fica atrás." Chegou-se para ela e acrescentou com uma espécie de respeito: "Somos muito parecidos".

Rose alçou os olhos infantis e delicados, declarando solenemente: "Muito parecidos".

Ele sentiu renascer o desejo, como uma náusea no ventre. "Que noite de casamento! Você imaginava que uma noite de casamento pudesse ser assim?..." A moeda de ouro na palma da mão, os noivos ajoelhados no santuário, a bênção... Ouviram-se passos no corredor, Cubitt esmurrou a porta, esmurrou-a e afastou-se cambaleando, os degraus da escada rangeram, uma porta bateu. Ela tornou a declarar, apertando-o nos braços, na postura do pecado mortal: "Somos muito parecidos".

* * *

O Garoto estava deitado de costas — em mangas de camisa — e sonhava. Achava-se num pátio de recreio, pavimentado de asfalto, com um plátano mirrado; uma sineta rachada badalou e as crianças saíram, vindo na sua direção. Era novato, não conhecia ninguém e estava lívido de medo: avançavam em sua direção com um propósito determinado. Sentiu então na sua manga a mão cautelosa e, num espelho pendurado na árvore, viu o seu reflexo e o de Kite atrás dele: maduro, jovial, sangrando pela boca. "Que diabinhos", disse Kite, pondo-lhe na mão uma navalha. Ele compreendeu, então, o que era preciso fazer: eles precisavam entender de uma vez por todas que ele não se deteria diante de nada, que não respeitava regra alguma.

Atirou o braço num gesto de ataque, fez uma observação incompreensível e virou-se de lado. Uma ponta de lençol caiu-lhe sobre a boca e ele começou a respirar com dificuldade. Estava no molhe e via os pilares quebrarem-se; uma nuvem negra avançou do canal da Mancha, impetuosamente, e o mar encapelou-se: o molhe inteiro vacilou e afundou. Tentou gritar: não havia morte pior do que por afogamento. O pavimento do molhe inclinara-se fortemente, como um navio prestes a dar o mergulho mortal: ele procurou galgar o declive polido e tornou a escorregar... até que se encontrou na sua cama, em Nelson Place. Ficou muito quieto, pensando: "Que sonho!", quando de repente começou a ouvir os movimentos furtivos de seus pais na outra cama. Era noite de sábado. Seu pai arfava como um atleta ao final de uma corrida e sua mãe emitia um som apavorante de dor voluptuosa. Sentiu-se invadido pelo ódio, pela repugnância e pelo sentimento de solidão: estava completamente abandonado e não tinha lugar no pensamento deles — pelo espaço de alguns minutos, era como se estivesse morto, como se fosse uma alma no purgatório, contemplando a ação vergonhosa de uma pessoa amada.

Repentinamente, abriu os olhos: dir-se-ia que o pesadelo não podia ir mais longe; era noite profunda, não enxergava nada e por alguns instantes julgou ter voltado a Nelson Place. Então um relógio deu três horas, batendo bem perto como uma tampa de lata de lixo no quintal, e ele se lembrou, com imenso alívio, que estava só. Levantou-se da cama, meio adormecido (sentia um gosto desagradável na boca seca), e procurou o lavatório às apalpadelas. Apanhou o jarro, pôs água no copo e ouviu uma voz dizer: "Pinkie! Que é, Pinkie?". Deixou cair o copo e, quando a água molhou seus pés, ele se lembrou de tudo com amargura.

Respondeu cautelosamente, no escuro: "Não é nada. Durma". Já não tinha aquela sensação de triunfo ou de superioridade. Considerou o que se passara algumas horas antes como se estivesse bêbado ou então sonhando: a novidade da experiência lhe comunicava uma exaltação momentânea. De agora em diante não haveria mais nada de novo. Ele acordara de todo. Era preciso considerar essas coisas com bom senso: Rose sabia. A escuridão dissipou-se um pouco diante dos seus olhos despertos e calculistas; pôde distinguir os contornos dos enfeites da cama e de uma cadeira. Ganhara e perdera terreno ao mesmo tempo: não podiam *obrigá-la* a depor, mas ela sabia... Ela o amava, fosse qual fosse o significado dessa palavra, mas o amor não era uma coisa eterna como o ódio e a repugnância. Todas procuravam uma cara mais simpática, um terno mais elegante... Compreendeu, cheio de horror, que tinha de alimentar-lhe o amor durante a vida inteira; jamais poderia desfazer-se dela; se subisse, teria de levar Nelson Place como uma cicatriz visível; as núpcias no cartório eram tão irrevogáveis quanto um sacramento. Só a morte poderia libertá-lo.

Sentindo uma ansiosa necessidade de ar, dirigiu-se de mansinho para a porta. No corredor não se enxergava nada: ouvia-se apenas um leve ressonar, proveniente do seu quarto e do quarto de Dallow. Sentia-se como um cego observado por pessoas a quem não pode ver. Dirigiu-se às apalpadelas para o alto da escada e desceu passo a passo, fazendo estalar os degraus. Estendeu a mão, tocou no telefone e, com o braço sempre estendido, tomou o caminho da porta. As luzes estavam apagadas na rua, mas a escuridão, não mais encerrada entre quatro paredes, lhe pareceu dissipar-se por cima da vasta cidade. Podia distinguir os respiradores dos porões, um gato caminhando e, refletido no céu escuro, o clarão fosforescente do mar. Era um mundo estranho, em que nunca tinha se visto sozinho. Teve uma impressão ilusória de liberdade enquanto se dirigia sem ruído para o canal da Mancha.

Em Montpellier Road as luzes estavam acesas: ninguém à vista, e uma garrafa de leite vazia estava diante da porta de uma loja de gramofones; ao longe, a torre do relógio iluminada e banheiros públicos; o ar estava fresco como o ar do campo. Podia imaginar que tinha escapado. Meteu as mãos nos bolsos da calça, para aquecê-las, e sentiu um papel estranho. Tirou-o: um pedaço de papel arrancado de um caderno de notas, uma letra enorme, informe e desconhecida. Ergueu-o na luz cinzenta e leu, com dificuldade: "Eu amo você, Pinkie. Não me importa o que você fizer. Amo você para sempre. Você foi bom para mim. Aonde quer que vá, eu irei com você". Devia ter escrito aquilo enquanto ele falava com Cubitt, pondo-o no seu bolso enquanto ele dormia. Ele amarrotou o papel na mão, olhando para uma lata de lixo, diante de uma peixaria, mas conteve o seu gesto. Uma intuição obscura lhe disse: quem sabe? Talvez viesse a precisar daquilo, um dia.

Ouviu um murmúrio, virou-se vivamente e tornou a meter o papel no bolso. Numa passagem entre duas casas de comércio, uma velha estava sentada no chão; pôde distinguir o rosto descorado e em ruínas: era como uma visão do inferno. Então ouviu o murmúrio: "Bendita sois vós entre as mulheres", viu os dedos cinzentos movendo as contas. Não era uma alma condenada; observou-a com horrorizada fascinação: era uma das que se salvariam.

SÉTIMA PARTE

I

Rose não se admirou absolutamente pelo fato de se encontrar só ao acordar: era uma estranha no país do pecado mortal e presumia que tudo ali fosse rotineiro. Sem dúvida ele fora tratar da vida. Nenhum despertador a obrigara a levantar-se; foi a luz da manhã que a acordou, penetrando pela janela sem cortinas. Em dado momento ouviu passos no corredor e uma voz chamou por "Judy", imperiosamente. Continuou deitada, imaginando quais seriam os deveres de uma esposa, ou melhor, de uma amante.

Não se deixou ficar, porém, muito tempo na cama: essa passividade a que não estava acostumada lhe parecia assustadora. Não ter nada para fazer era como estar morta. E se pensassem que ela já estava informada de tudo: onde acender o fogão, onde pôr a mesa, que peças varrer? Um relógio bateu sete horas: era um relógio estranho (ela passara toda a vida, até então, dentro do campo sonoro de um só relógio), e as pancadas pareciam soar mais lentas e mais suaves, no ar do começo de verão, do que as que ouvira até esse dia. Sentiu-se feliz e atemorizada: sete horas era horrivelmente tarde! Levantou-se precipitadamente e ia começar a murmurar os seus rápidos pai-nosso e ave-maria, ao mesmo tempo que se vestia, quando tornou a recordar-se... De que servia rezar agora? Tudo aquilo tinha acabado; tomara o seu partido: se o condenassem, teriam de condená-la também.

No jarro não havia mais do que três dedos de água, com uma superfície escura e densa, e ao erguer a tampa da saboneteira ela encontrou duas notas de libra enroladas em volta de duas meias coroas. Tornou a pôr a tampa: aquilo era mais um hábito a que tinha de se acostumar. Examinou o quarto, abriu o guarda-roupa e encontrou uma lata de biscoitos e um par de botinas; seus pés, ao caminhar, esmagavam migalhas de pão. O disco de gramofone atraiu-lhe a atenção, na cadeira onde o tinha deixado: guardou-o no armário, para maior segurança. Abriu então a porta: nenhum sinal de vida; debruçou-se no corrimão para olhar, fazendo ranger a madeira nova. Lá embaixo deveriam estar a cozinha, a sala, os lugares onde ela teria de trabalhar. Desceu cautelosamente (sete horas: que caras furiosas?...) e, no vestíbulo, uma bola de papel roçou-lhe nos pés. Alisou-a e leu um bilhete escrito a lápis: "Passe a chave na porta. Sejam felizes". Não compreendeu; era como se fosse em código; tinha provavelmente qualquer coisa a ver com esse mundo estranho onde se pecava numa cama, pessoas perdiam a vida de repente e desconhecidos vinham dar pontapés nas portas, amaldiçoando os moradores no meio da noite.

Descobriu a escada do porão: estava escura, mas Rose não sabia onde encontrar o interruptor. Em dado momento quase pisou em falso e segurou-se à parede, com o coração pulsando forte, lembrando-se dos depoimentos, no inquérito, sobre como Spicer tinha caído. A morte de Spicer dava à casa um ar de importância: ela nunca estivera na cena de uma morte recente. No fim da escada abriu a primeira porta que encontrou; abriu cautelosamente, esperando ouvir uma praga: era a cozinha, claro, mas estava vazia. Não se assemelhava a nenhuma das cozinhas que Rose conhecia: a do Snow, limpa, polida, movimentada; a da sua casa, que era o mesmo cômodo onde se ficava sentado, onde as pessoas cozinhavam, comiam, ficavam de mau humor, aqueciam-se nas noites geladas e cochilavam nas cadeiras. Aquela parecia a cozinha de uma casa que estivesse à venda: o fogão estava cheio de carvão apagado; no peitoril da janela viam-se duas latas vazias de sardinhas; um prato sujo jazia debaixo da mesa, à espera de um gato que não estava ali; um armário achava-se aberto, completamente vazio.

Ela entrou e remexeu o carvão apagado; o fogão estava completamente frio: havia horas ou dias inteiros que não se acendia fogo nele. Ocorreu-lhe a ideia de que a tivessem abandonado: era, talvez, o que acontecia naquele mundo, a fuga súbita com o abandono de tudo, das garrafas vazias junto com a mulher, deixando uma mensagem em código num pedaço de papel. Quando a porta se abriu ela esperou dar com os olhos num policial.

Era Dallow, em calças de pijama. Olhou para dentro e disse: "Onde está Judy?". Depois pareceu reparar nela. "Você se levantou cedo!"

"Cedo?" Rose não percebeu o que ele queria dizer.

"Pensei que fosse Judy zanzando por aí. Lembra-se de mim, não é? Eu sou Dallow."

"Achei que era bom acender o fogão."

"Para quê?"

"Para preparar a comida."

"Se essa sujeita saiu e se esqueceu...", disse ele, dirigindo-se para um aparador e abrindo uma gaveta. "Mas que bicho mordeu você? Não precisa de fogão. Aqui tem coisas de sobra." Dentro da gaveta havia montes de latas: sardinhas, arenques... "Mas o chá?", perguntou ela.

Dallow olhou-a com uma expressão esquisita. "Até parece que você quer trabalhar. Ninguém aqui toma chá. Para que se dar a esse incômodo? No armário tem cerveja, e Pinkie toma o leite na garrafa." Dallow voltou para a porta, pisando sem ruído, com os pés descalços. "Se está com fome, vá se servindo, garota. Pinkie precisa de alguma coisa?"

"Ele saiu."

"Pelo amor de Deus, que foi que aconteceu nesta casa?" Parou na porta e olhou para ela outra vez, imóvel, com as mãos inúteis diante do fogão apagado. "Você por acaso faz questão de trabalhar?"

"Não", respondeu Rose, incerta.

Dallow estava intrigado. "Eu não tenho a intenção de impedir que você faça qualquer coisa. Você é a garota de Pinkie. Se quiser, pode acender o fogão. Eu farei Judy calar a boca se ela reclamar, mas só o diabo sabe onde tem carvão. Ora, desde março não se acende fogo aqui!"

"Eu não quero incomodar ninguém", disse Rose. "Desci porque pensava que tinha de acender o fogo."

"Você não precisa mexer nem um dedo. Ouça o que eu lhe digo: isso é uma república", disse Dallow. "Não viu uma dona de cabelo vermelho por aí, viu?"

"Não vi uma alma."

"Bem", disse Dallow, "até logo." Ela tornou a ficar só na fria cozinha. Não é preciso mexer nem um dedo... Uma república... Encostou-se à parede caiada e viu uma velha folha de papel apanha-moscas que pendia por cima do aparador; alguém, muito tempo atrás, instalara uma ratoeira junto de um buraco, mas a isca tinha sido roubada e a ratoeira fechara-se sem apanhar nada. Mentiam quando diziam que dormir com um homem não altera coisa alguma: emergia-se da dor para esse reino da liberdade, da ociosidade e da estranheza. Uma espécie de júbilo contido agitou--lhe o peito, uma espécie de orgulho. Abriu ousadamente a porta da cozinha e lá, no alto da escada, viu Dallow com a dona de cabelos vermelhos a quem chamava Judy. Estavam com os lábios colados, numa atitude de paixão raivosa: dir-se-ia que infligiam um ao outro a maior injúria de que eram capazes. A mulher vestia um roupão cor de malva, com um poeirento buquê de papoulas de papel, relíquia de algum velho novembro. Enquanto eles lutavam, boca contra boca, o relógio de timbre suave bateu meia hora. Rose observava-os do sopé da escada. Tinha vivido anos no espaço de uma noite. Já conhecia perfeitamente aquilo.

A mulher avistou-a e despegou os lábios dos lábios de Dallow. "Ué, quem é está aí?"

"É a garota de Pinkie", disse Dallow.

"Levantou cedo. Está com fome?"

"Não. Pensei que... talvez devesse acender o fogo."

"Não usamos quase esse fogão. A vida é muito curta", disse a mulher. Tinha pequenas espinhas ao redor da boca e um semblante de ardente sociabilidade. Alisou os cabelos cor de cenoura e, descendo a escada ao encontro de Rose, grudou-lhe à face uma boca úmida e pegajosa como uma anêmona do mar. Exalava um cheiro leve e rançoso de papoula-da-califórnia. "Bem, querida, agora você é de casa" e pareceu apresentar a Rose, num gesto generoso, o homem seminu, a escada escura e sem tapete, a desolada cozinha. Cochichou baixinho, a fim de não ser ouvida por Dallow: "Não vai dizer a ninguém que nos viu, não é mesmo, querida? Frank fica danado, e isso não tem nenhuma importância, nenhuma mesmo".

Rose balançou a cabeça sem falar; esse país estranho a estava absorvendo com demasiada rapidez: nem bem se passava pela alfândega, os documentos de naturalização eram assinados, o novo cidadão recrutado...

"Isso é que é ser companheira!", disse a mulher. "Os amigos de Pinkie são amigos de todos nós. Você não tardará a conhecer os rapazes."

"Duvido", disse Dallow do alto da escada.

"Quer dizer que..."

"Temos de falar seriamente com Pinkie."

"O Cubitt esteve aqui ontem de noite?", perguntou a mulher.

"Não sei", respondeu Rose. "Não conheço ninguém. Alguém tocou a campainha, rogou uma porção de pragas e deu pontapés na porta."

"Esse é o Cubitt", explicou suavemente a mulher.

"Precisamos falar seriamente com Pinkie. Isso é perigoso", disse Dallow.

"Bem, querida, tenho de ir ver o Frank." Deteve-se um degrau acima de Rose. "Se você quiser mandar lavar uma roupa, querida, não encontrará quem faça esse serviço melhor do que Frank, embora eu seja suspeita. Não há ninguém como Frank para tirar manchas de gordura. E cobra uma ninharia dos inquilinos." Curvou-se e pousou um dedo sardento no ombro de Rose. "Por sinal, esse vestido está precisando de uma limpeza."

"Mas eu não tenho outro para vestir..."

"Bem, querida, nesse caso..." Curvou-se mais uma vez e cochichou em tom de confidência: "Peça ao seu maridinho que compre outro", e, arrepanhando o roupão desbotado, galgou os degraus com longas e elásticas passadas. Rose viu-lhe a perna de um branco morto, como uma criatura que vive num subterrâneo, coberta de pelos ruivos, um chinelo batendo com o salto frouxo. Tinha a impressão de que todos ali eram muito bons: parecia haver certa camaradagem no pecado mortal.

Foi com o peito inflado de orgulho que ela subiu a escada do porão. Aceitavam-na. Tinha, agora, tanta experiência quanto as outras mulheres. De volta ao quarto sentou-se na cama e esperou. Ouviu o relógio dar oito horas: não tinha fome; sentia uma imensa liberdade: nenhum horário que observar, nenhum trabalho que fazer. Experimentava-se uma pequena dor para depois gozar essa estupenda liberdade. Só desejava uma coisa: exibir a sua felicidade aos outros. Podia entrar agora no Snow, como qualquer freguês, bater na mesa com uma colher e exigir que a atendessem.

Podia gabar-se... Era uma simples fantasia, mas com o passar dos minutos converteu-se numa ideia, numa coisa que ela podia fazer. Dentro de meia hora, se tanto, abririam o restaurante para o café. Se ela tivesse dinheiro... Pôs-se a cismar, com os olhos na saboneteira: "Afinal de contas, estamos casados... por assim dizer; ele não me deu nada senão esse disco; não iria me negar... meia coroa". Levantou-se e ficou à escuta, depois caminhou devagar em direção ao lavatório. Esperou, com os dedos na tampa da saboneteira: alguém vinha pelo corredor. Não era Judy nem Dallow: talvez fosse o homem chamado Frank. Os passos seguiram adiante; ela ergueu a tampa, desenrolou as notas e tirou meia coroa. Já tinha furtado biscoitos, mas nunca furtara dinheiro. Esperava sentir vergonha, mas não sentiu — só o estranho e gostoso sentimento de orgulho voltou. Era como uma criança que entra para uma nova escola e entende imediatamente, por instinto, todos os jogos secretos e as senhas do pátio de recreio.

Lá fora era domingo: ela havia esquecido, mas os sinos das igrejas lhe reavivaram a lembrança, tangendo sobre Brighton. Novamente a liberdade ao sol matutino, liberdade das preces silenciosas ante o altar, das terríveis imposições feitas junto ao altar do santuário. Havia passado definitivamente para o outro lado. A meia coroa era como uma medalha de reconhecimento por serviços prestados. Pessoas com roupas escuras voltavam da missa das sete e meia, pessoas dirigiam-se para a missa das oito e meia; ela as observava como uma espiã. Não as invejava nem as desprezava: elas tinham a sua salvação, e ela, Pinkie e a condenação eterna.

No Snow estavam começando a levantar os estores: uma garota que ela conhecia, chamada Maisie, punha algumas mesas para o café. Era a única das garçonetes a quem se afeiçoara, uma principiante como Rose e pouco mais velha do que ela. Observou-a da calçada — e Doris, a garçonete-chefe, com o seu sorriso escarninho habitual, sem fazer nada senão bater um espanador nos lugares por onde Maisie já havia passado. Rose apertou a meia coroa na palma da mão: bastava-lhe entrar, sentar-se, dizer a Doris que lhe trouxesse uma xícara de café e um pãozinho, dar-lhe dois *pence* de gorjeta — podia tratar a todas com superioridade. Estava casada, era uma mulher feliz. Que sentiriam elas quando a vissem entrar pela porta da frente?

E não entrou. Aí é que estava o mal: e se Doris se pusesse a chorar? Como se sentiria, alardeando sua liberdade? Seu olhar encontrou-se com o de Maisie através do vidro: a outra estava imóvel, fitando-a com um espanador na mão, ossuda e imatura, como a sua própria imagem num espelho. E era ela, agora, que estava parada onde Pinkie estivera — lá fora, olhando para dentro. Era isso que os padres queriam dizer quando falavam em "uma só carne". E, do mesmo modo que ela havia acenado alguns dias antes, Maisie também acenou: um movimento dos olhos, um imperceptível volver de cabeça para a porta lateral. Nada impedia que ela entrasse pela frente, mas obedeceu a Maisie. Era como fazer uma coisa que já fizera.

A porta abriu-se. "Rose, que foi que aconteceu?", perguntou Maisie. Ela devia ter chagas para mostrar; sentia-se culpada por só ter felicidade. "Quis ver você, só isso. Estou casada."

"Casada?"

"Mais ou menos."

"Oh, Rose, me diz como é!"

"Uma maravilha."

"Você mora num apartamento?"

"Moro."

"Que é que você faz todo o dia?"

"Absolutamente nada. Só descansar."

O rosto infantil que tinha diante de si enrugou-se de pesar. "Puxa, Rose, você tem sorte! Onde o conheceu?"

"Aqui."

Uma mão ainda mais ossuda do que a sua agarrou-lhe o pulso: "Oh, Rose, ele não tem um amigo?".

Rose respondeu logo: "Ele não tem amigos".

"Maisie!", chamou uma voz estridente no café. "Maisie!" As lágrimas estavam prestes a correr — dos olhos de Maisie, não dos de Rose —, ela não pretendera magoar sua amiga. Um impulso de compaixão levou-a a dizer: "Não é tão bom assim, Maisie". Procurou atenuar sua aparência de felicidade. "Às vezes ele é bruto comigo. Oh! Eu é que sei: nem tudo são rosas."

"Mas se nem tudo são rosas", pensava ela, voltando para a avenida, "se nem tudo são rosas, que é então?" E maquinalmente, enquanto regressava para a casa de Frank sem o seu café, começou a pensar: que fiz eu para merecer tanta felicidade? Cometera um pecado, eis a resposta: estava gozando a ventura neste mundo e não no outro, e pouco se inquietava com isso. Pinkie ficara estampado nela, como a sua voz ficara gravada no disco.

Algumas portas antes da casa de Frank, de uma lojinha onde se vendiam os jornais de domingo, Dallow chamou-a: "Ei, garota!", Rose parou. "Tem uma visita à sua espera."

"Quem?"

"Sua mãe."

Teve um sentimento de gratidão e de piedade: sua mãe não fora tão feliz quanto ela. "Me dê um *News of the World*. Mamãe gosta de ler os jornais de domingo." Na salinha dos fundos estavam tocando um gramofone. Perguntou ao dono da lojinha: "Um dia o senhor me deixa vir aqui tocar um disco que eu tenho?".

"Claro que ele deixa", disse Dallow.

Atravessou a rua e tocou a campainha de Frank. Foi Judy quem veio abrir: estava ainda de roupão, mas tinha posto o espartilho por baixo. "Tem uma visita para você."

"Eu sei." Rose subiu a escada correndo; era o maior triunfo que se podia ambicionar: receber sua própria mãe em casa; pela primeira vez, oferecer-lhe uma cadeira, olharem uma para a outra com a mesma experiência. Sua mãe já não conhecia nada a respeito dos homens que ela não conhecesse também: tal era a recompensa do doloroso ritual na cama. Empurrou alegremente a porta e deu de cara com a mulher.

"Que é que a senhora...", começou ela; e acrescentou: "Me disseram que era minha mãe."

"Eu tinha de alegar qualquer coisa", explicou suavemente a mulher. "Entre, minha querida, e feche a porta", disse, como se o quarto fosse seu.

"Vou chamar Pinkie."

"Gostaria de trocar duas palavras com o seu Pinkie." Não era possível contorná-la: estava ali como o muro que tapa uma ruazinha, coberto pelas mensagens obscenas de um inimigo, rabiscadas a giz. Ela era a explicação, pareceu a Rose, das brutalidades repentinas, das unhas cravadas no seu pulso. "Não vai falar com Pinkie", disse ela. "Não deixarei ninguém aborrecer Pinkie."

"Ele terá muito com que se aborrecer dentro em breve."

"Quem é a senhora?", implorou-lhe Rose. "Por que se mete na nossa vida? A senhora não é da polícia."

"Sou uma pessoa como as outras. Quero justiça", disse alegremente a mulher, como se estivesse pedindo um pouco de chá. A sua grande cara sensual e florida cobriu-se de sorrisos. "Quero afastar você do perigo."

"Não preciso que me ajudem", disse Rose.

"Você devia voltar para casa."

Rose cerrou os punhos, protegendo a cama de latão, o jarro de água poeirenta: "A minha casa é esta".

"Não adianta se zangar, minha querida", continuou a mulher. "Eu não tornarei a perder a paciência com você. A culpa não é sua. Você não sabe como são as coisas. Tenho pena de você, pobre criaturinha!", disse ela, caminhando sobre o linóleo, como se pretendesse tomar Rose nos braços.

Rose recuou, encostando-se à cama. "Não se aproxime."

"Ora, não fique agitada, minha querida. É inútil. Como vê, eu estou decidida."

"Não sei o que quer dizer. Por que não fala abertamente?"

"Há certas coisas que eu devo fazer você compreender... com jeito."

"Não se aproxime que eu grito."

A mulher deteve-se. "Sejamos sensatas, minha querida. Eu estou aqui para o seu bem. É preciso salvá-la. Não vê então...", por um momento pareceu não encontrar a palavra, depois disse em voz abafada, "que a sua vida está em perigo?"

"Se é só isso, pode ir embora..."

"Só isso!", exclamou a mulher, chocada. "Como, só isso?" Mas refez-se e riu resolutamente: "Ora, minha querida, você chegou a me chocar. Só isso, essa é boa! Já é bastante, não acha? Eu não estou brincando; agora, se você não sabe, é preciso que eu lhe diga. Ele não se deterá diante de nada".

"E daí?", perguntou Rose, sem se trair.

A mulher murmurou baixinho, através da distância que as separava: "Ele é um assassino".

"Pensa que eu não sei?", disse Rose.

"Santo Deus! Então você..."

"A senhora não pode me dizer nada que eu não saiba."

"Sua idiota, sua louquinha! Casar com ele sabendo isso!... Até tenho vontade de abandoná-la à sorte."

"Eu não me queixarei", disse Rose.

A mulher estampou outro sorriso no rosto, como quem pendura uma grinalda de flores. "Você não conseguirá me fazer perder a paciência, querida. Se eu a abandonasse à sorte, nunca mais poderia dormir sossegada. Não seria direito. Escute, talvez você não saiba o que aconteceu. Já consegui fazer uma ideia de como tudo se passou. Eles levaram Fred para baixo da avenida, para uma daquelas lojinhas, e o estrangularam... pelo menos, quiseram estrangular, mas o coração não resistiu e ele morreu primeiro." Disse, numa voz temerosa: "Estrangularam um morto!", e acrescentou asperamente: "Você não está me escutando!".

"Eu sei tudo isso", mentiu Rose. Estava pensando com afinco, lembrando-se da advertência de Pinkie: "Não se comprometa". Refletia vaga e desordenadamente: "Ele fez o que pôde por mim, agora tenho de ajudá-lo". Observava com atenção a mulher: jamais esqueceria aquele rosto redondo e bem-humorado, que começava a envelhecer, encarando-a como um idiota entre as ruínas de uma casa bombardeada. "Bem, se acha que foi assim, por que não vai à polícia?"

"Agora você está sendo sensata. Eu quero que tudo fique esclarecido. Acontece o seguinte, meu bem: há certa pessoa a quem eu paguei por ter me revelado certas coisas. Mas essa pessoa... Esse homem não quer depor. Tem suas razões para isso. Ora, nós precisamos de provas, provas em quantidade, já que os médicos afirmam que ele teve morte natural. Pois bem, se você..."

"Por que não desiste?", disse Rose. "Isso são águas passadas. Por que não nos deixa em paz?"

"Não seria justo. Além disso... ele é perigoso. Olhe o que aconteceu aqui no outro dia. Não venha dizer a *mim* que foi um acidente."

"A senhora não pensou no motivo por que ele fez isso? Não se mata um homem sem razão."

"E por que foi?"

"Não sei."

"Pergunte a ele."

"Não me interessa saber."

"Você pensa que ele está apaixonado por você? Não está", disse a mulher.

"Ele casou comigo."

"E por quê? Porque não se pode obrigar uma mulher a depor contra o marido. Você é uma testemunha como esse outro homem também era. Minha querida", disse, tentando novamente transpor o abismo que as separava, "eu só quero salvá-la. Ele a mataria sem hesitar, se pensasse que estava em perigo."

Encostada à cama, Rose a viu aproximar-se. Deixou que ela lhe pousasse nos ombros as mãos grandes e frescas, mãos de doceira. "As pessoas mudam às vezes", disse ela.

"Qual, não mudam não! Olhe para mim. Eu nunca mudei. É como esses bastões de caramelo: por mais que se morda, a palavra *Brighton* sempre continua ali. Assim é a natureza humana." Bafejava melancolicamente o rosto de Rose com o seu hálito suave e avinhado.

"A confissão... o arrependimento...", murmurou Rose.

"Isso não é mais que religião. Creia no que lhe digo: nós temos de lidar com o mundo." Deu umas pancadinhas no ombro de Rose, enquanto o fôlego lhe silvava na garganta. "Basta você fazer a sua mala e vir comigo. Eu cuidarei de você. Não terá nada que temer."

"Pinkie..."

"Deixe Pinkie por minha conta."

Rose disse: "Eu farei tudo... tudo que quiser..."

"Isso é que é falar, minha querida!"

"... se a senhora nos deixar em paz".

A mulher recuou. Uma expressão momentânea de fúria apareceu, discordante, entre os festões de flores. "Teimosa! Se eu fosse sua mãe... Uma boa sova...", o rosto ossudo enfrentava-a, resoluto: o espírito combativo do mundo inteiro estava concentrado nele — couraçados apresentavam-se para a ação e esquadrilhas de bombardeio decolavam entre os olhos firmes e a boca teimosa. Dir-se-ia o mapa de uma campanha, marcado com bandeirinhas.

"Há mais uma coisa", blefou a mulher. "Eles podem meter você na cadeia. Porque você sabe. Acaba de me dizer isso. Uma cúmplice é o que você é."

"Se prendessem Pinkie, pensa que eu me importaria?", perguntou ela, admirada.

"Santo Deus", disse a mulher, "só vim aqui por sua causa. Não me daria ao trabalho de falar primeiro com você, mas é que não quero que um inocente sofra", a frase saiu-lhe da boca como um cartão de caça-níqueis. "Então você não quer mover nem um dedo para impedir que ele a mate?"

"Ele não me fará mal algum."

"Você é muito moça. Não conhece a vida como eu."

"Há certas coisas que a senhora não conhece." Absorveu-se numa meditação sombria enquanto a mulher continuava argumentando: um Deus chorava num jardim e clamava numa cruz; Molly Carthew mergulhava nas chamas eternas.

"Conheço uma coisa que você não conhece. Conheço a diferença entre certo e errado. Isso não lhe foi ensinado na escola."

Rose não respondeu; a mulher tinha razão: as duas palavras não tinham nenhuma significação para ela. O seu sabor era suplantado pelo de alimentos mais fortes: o bom e o mau. A respeito destes, a mulher não lhe podia informar nada de novo. Ela sabia, por provas claras e matemáticas, que Pinkie era mau: que importava, diante disso, que ele fosse justo ou injusto?

"Você está doida. Acho que não levantaria um dedo se ele a estivesse matando."

Rose voltou lentamente ao mundo objetivo: "Talvez não", disse ela. "Não sei. Mas talvez..."

"Se eu não fosse uma mulher de bom coração, deixaria você de lado. Mas eu tenho noção de responsabilidade." O seu sorriso vacilante não estava muito seguro quando ela se deteve junto à porta. "Pode avisar o seu jovem marido que eu estou me preparando para desmascará-lo. Tenho os meus planos." Saiu, fechou a porta e tornou a abri-la com força, para lançar um último ataque: "Tome cuidado, minha querida. Você não há de querer um filho de um assassino", e arreganhou os dentes, inexoravelmente. "É bom tomar as suas precauções."

Precauções... Rose continuava em pé junto à cabeceira da cama, apertando a mão contra o corpo, como se por meio dessa pressão pudesse descobrir... *Aquilo* nunca lhe havia passado pela cabeça, e o pensamento do que lhe poderia acontecer desabrochou nela como uma sensação de glória. Um filho... E esse filho teria por sua vez um filho... Era como recrutar um exército de amigos em defesa de Pinkie. Se condenassem a ambos, teriam de haver-se com os seus descendentes também. O que haviam feito a noite passada, na cama, tinha consequências infinitas: era um ato eterno.

2

O GAROTO RECUOU PARA O INTERIOR da banca de jornais e viu Ida Arnold sair. Tinha um jeito um tanto arrebatado, um tanto altaneira ao caminhar pela rua; parou e deu uma moeda a um garotinho. O garoto ficou tão surpreendido que a deixou cair, olhando embasbacado para a mulher que se afastava com passos pesados e cuidadosos.

O Garoto deu uma risada enferrujada e meio vaga, pensando: "Está bêbada...". "Por pouco você não deu de cara com ela", disse Dallow.

"Com quem?"

"Com sua sogra."

"Essa? Como é que você sabe?"

"Ela perguntou por Rose."

O Garoto largou em cima do balcão o *News of the World*. Uma manchete chamava a atenção: "Jovem colegial violentada em Epping Forest". Atravessou a rua em direção à casa de Frank, refletindo profundamente, e subiu a escada. No meio dos degraus, parou: ela deixara cair uma violeta artificial de um ramalhete. Apanhou-a: cheirava a papoula-da-califórnia. Entrou, escondendo a flor na palma da mão, e Rose veio abraçá-lo. O Garoto evitou-lhe os lábios. "Então?", disse ele, tentando assumir uma expressão de jovialidade rude e afetuosa. "Soube que a velha veio visitar você", e aguardou ansiosamente a resposta de Rose.

"É verdade", disse, com ar hesitante, "ela esteve aqui."

"Não estava nos seus dias de mau humor?"

"Não."

Ele amassou a violeta na palma da mão, com fúria. "Bem, ela achou que você está feliz com o casamento?"

"Oh! Sim, achou sim... Ela falou muito pouco."

O Garoto dirigiu-se para a cama e enfiou o paletó. "Você também saiu, segundo me disseram?"

"Me lembrei de ir ver as amigas."

"Que amigas?"

"Ora... as do Snow."

"Isso é o que você chama de amigas?", perguntou ele, com desprezo. "E então, falou com elas?"

"Não cheguei a falar. Só com uma, Maisie... por um instante."

"Depois voltou para cá, a tempo de alcançar sua mãe. Não quer saber o que eu andei fazendo?"

Ela encarou-o com uma expressão estúpida: o seu tom a assustava. "Se quiser me contar..."

"Como, se eu quiser? Você não é tão tola assim." A armação de arame da flor picou-lhe a palma da mão. "Preciso falar com Dallow. Espere aqui", e saiu.

Chamou Dallow no outro lado da rua e, quando o outro veio ter com ele, perguntou: "Onde está Judy?".

"Lá em cima."

"Frank está trabalhando?"

"Está."

"Vamos descer à cozinha então." Foi na frente; na penumbra do subsolo os seus pés esmagavam partículas de carvão. Sentou na beira da mesa da cozinha e disse: "Tome um drinque".

"É muito cedo", respondeu Dallow.

"Escute", o rosto do Garoto tomou uma expressão dolorosa, como se ele se preparasse para fazer uma confissão apavorante, "confio em você."

"Que bicho mordeu você?"

"As coisas não vão muito bem. Essa gente anda muito sabida. Caramba, eu matei Spicer e casei com a garota! Terei ainda de fazer esse massacre?"

"Cubitt esteve aqui ontem à noite?"

"Esteve, e eu o mandei embora. Veio chorar, queria cinco libras."

"E você deu?"

"Claro que não. Pensa que eu vou deixar um sujeito desses me arrancar dinheiro?"

"Devia ter lhe dado alguma coisa."

"Não é ele que me preocupa."

"Pois devia ser."

"Fique quieto, por favor", ganiu-lhe de súbito o Garoto numa voz estridente. Indicou o teto do porão com o polegar. "*Ela* é que me preocupa." Abriu a mão e disse: "Com os diabos, deixei cair aquela flor".

"Flor?"

"Fique quieto, por favor, e ouça", disse ele em voz baixa e furiosa. "Não foi a mãe dela que esteve aí."

"Quem foi, então?"

"A tal sujeita que anda fazendo perguntas... Aquela que andava de táxi com o Fred, no dia..." Segurou um instante a cabeça com as mãos, numa atitude de aflição e desespero, mas não era nem uma nem outra coisa: era o tropel das recordações. "Tenho dor de cabeça. Preciso refletir com clareza. Rose me disse que era a mãe dela. Que é que ela pretende?"

"Você acha que ela falou?", perguntou Dallow.

"Tenho de descobrir isso."

"Eu confiaria nela."

"Eu não tenho essa confiança em ninguém. Nem mesmo em você, Dallow."

"Mas se ela está falando, por que fala para essa mulher, e não para a polícia?"

"Por que é que nenhum deles vai à polícia?" Fixou um olhar perturbado no fogão frio. A sua ignorância o atormentava. "Não sei o que pretendem." Os sentimentos alheios perfuravam-lhe o cérebro: até então nunca havia sentido esse desejo de compreender. "Tenho vontade de retalhar toda essa maldita cambada", disse, com veemência.

"Afinal de contas", volveu Dallow, "ela não sabe muita coisa. Só sabe que não foi Fred quem deixou o cartão. Se você quer saber o que penso: ela é uma burrinha. Dedicada, sim, mas burra."

"Você é que é burro, Dallow. Ela já manjou uma porção de coisas. Sabe que eu matei Fred."

"Tem certeza?"

"Foi ela mesma que me disse."

"E casou com você? Diabos me levem se entendo o que elas querem."

"Se não tomarmos uma providência sem demora, está me parecendo que toda Brighton vai saber que matamos Fred. Toda a Inglaterra. Todo o mundo, com os diabos."

"Que é que nós podemos fazer?"

O Garoto foi até a janela do subsolo, esmagando carvão debaixo dos pés: um pequenino pátio asfaltado, com uma velha lata de lixo que não era utilizada havia semanas, uma grade obstruída e um cheiro de ranço. "Agora não se pode mais parar", disse ele. "Temos de ir em frente." Gente passava na calçada, invisível da cintura para cima: um par de sapatos velhos arrastou-se pelo chão, com as biqueiras gastas; uma cara barbuda surgiu de repente, à procura de um toco de cigarro. O Garoto falou devagar: "Deve ser fácil nos livrarmos dela. Nós nos livramos de Fred e de Spicer, e ela é apenas uma garota...".

"Deixe de loucuras! Você não pode continuar assim."

"Talvez seja forçado a isso. E se não tiver outro remédio? Talvez seja sempre assim: a gente começa, depois tem de continuar tocando para a frente."

"Você está cometendo um erro", disse Dallow. "Sou capaz de apostar uma nota de cinco como ela é direita. Se você mesmo me disse que ela está apaixonada!"

"Por que disse, então, que tinha sido a mãe dela?" Viu passar uma mulher: moça, pelo menos até as coxas; acima delas não se podia enxergar. Foi sacudido por um espasmo de nojo: ele tinha cedido terreno, chegando a ponto de orgulhar-se *daquilo*, do que podia ter feito com Sylvie, a garota de Spicer, dentro de um Lancia. Não havia mal algum, achava, em provar todos os drinques, um de cada vez. Desde que pudesse parar aí, dizendo: "Nunca mais". Não continuar, não continuar provando.

"Eu mesmo estou vendo", disse Dallow. "Não há nada mais claro. Ela está apaixonada de fato."

Apaixonada: saltos altos, pernas nuas que se afastavam. "Se ela está apaixonada, a coisa se torna ainda mais fácil... Ela fará o que eu disser." Um pedaço de jornal corria ao longo da rua: o vento vinha do mar.

"Pinkie, eu não quero saber de mais mortes", disse Dallow.

O Garoto virou as costas para a janela e a sua boca fez um mau arremedo de jovialidade: "Mas e se ela se matasse?". Um orgulho insano cresceu no seu peito. Sentia-se inspirado: era como o amor à vida voltando ao coração vazio; a casa desocupada, depois os sete demônios piores do que o primeiro...

"Pelo amor de Deus, Pinkie! Isso tudo é imaginação sua!"

"É o que vamos saber já", respondeu ele.

Subiu a escada do porão, procurando com os olhos a flor perfumada de arame e pano. Não a encontrou. A voz de Rose o chamou por cima do corrimão novo. Ela o esperava ansiosamente, no patamar. "Pinkie, preciso contar uma coisa pra você. Não queria que você se aborrecesse, mas deve haver uma pessoa, ao menos, pra quem eu não minta. Não foi mamãe que esteve aqui, Pinkie."

Ele subiu devagar, observando-a com atenção, analisando-a. "Quem era?"

"Aquela mulher. A que ia fazer perguntas no Snow."

"Que queria ela?"

"Queria que eu fosse embora daqui."

"Por quê?"

"Pinkie, ela *sabe*."

"Por que disse que era sua mãe?"

"Já disse: não queria que você se preocupasse."

O Garoto estava ao lado dela, observando-a: Rose encarava-o com uma candura inquieta e ele sentiu que acreditava nela tanto quanto podia acreditar em alguém. Seu orgulho suscetível e desassossegado acalmou-se; teve uma estranha sensação de paz, como se — por algum tempo ao menos — estivesse dispensado de urdir planos.

"Mas depois", continuou Rose, cheia de ansiedade, "pensei... que talvez fosse melhor que você se preocupasse."

"Está bem", disse ele, afagando-lhe o ombro num abraço desajeitado.

"Ela falou em ter dado dinheiro a alguém. Disse que estava se preparando para desmascarar você."

"Isso não me preocupa", disse ele, apertando-a contra si. De repente o seu braço afrouxou e ele olhou por cima do ombro de Rose. Lá estava a flor, na soleira da porta. Tinha-a deixado cair ao fechá-la, e depois... Pôs-se imediatamente a calcular: ela me seguiu, naturalmente viu a flor, percebeu que eu *sabia*. Isso explica tudo, a confissão... Enquanto ele estava lá embaixo conversando com Dallow, ela indagava consigo o que deveria fazer para reparar seu erro. Abrir-se... A expressão provocou-lhe o riso: abrir-se como uma rameira se abria, como Sylvie se abrira no automóvel. Tornou a rir: o horror do mundo era como uma infecção na sua garganta.

"Que foi, Pinkie?"

"Aquela flor."

"Que flor?"

"A que *ela* trouxe."

"O quê?... Onde?..."

Talvez não a tivesse visto então... Talvez fosse honesta mesmo... Quem sabe? Quem, se perguntou, quem jamais saberá? E, com uma espécie de emoção triste: afinal de contas, que importa? Fora um tolo em pensar que isso fizesse alguma diferença: não podia arriscar-se de modo algum. Se ela era honesta e o amava, a coisa seria muito mais fácil, simplesmente. "Não me preocupo com isso", repetiu. "Não preciso me preocupar. Mesmo que ela venha a descobrir tudo, eu sei o que fazer." Observou-a com um olhar astuto; cingiu-a com o braço e apertou-lhe o seio. "Não vai doer", disse ele.

"Que é que não vai doer, Pinkie?"

"O modo como eu resolverei as coisas...", respondeu, disfarçando agilmente a sua insinuação tenebrosa. "Você não quer me deixar, não é?"

"Nunca!", disse Rose.

"Foi assim que eu entendi. Você escreveu isso, não foi? Fique certa de que eu acharei uma solução, em último caso... Uma solução que não seja dolorosa para nenhum de nós. Pode confiar em mim", prosseguiu insinuante e rapidamente enquanto ela o contemplava com a expressão lograda e aturdida de alguém que se apressou a prometer demais. "Eu sabia que o seu sentimento seria esse. Aquilo que você escreveu... que nós nunca nos separaríamos."

Ela cochichou aterrada: "É um pecado mor...".

"Só mais este", disse ele. "Que diferença faz? Não podemos ser condenados duas vezes, e já estamos condenados... segundo dizem. Em todo caso, será só se acontecer o pior... Se ela descobrir o que houve com Spicer."

"Spicer!", gemeu Rose. "Quer dizer que Spicer também...?"

"Se ela descobrir que eu estava aqui, é o que eu quero dizer. Aqui em casa... Mas não precisamos nos preocupar enquanto isso não acontecer."

"Mas Spicer...", disse Rose.

"Eu estava aqui quando ele caiu, mais nada. Não vi Spicer cair, mas o meu advogado..."

"Ele estava aqui também?"

"Estava, sim."

"Agora me lembro", disse Rose. "Li o jornal, claro. Não podiam acreditar, não é mesmo, que ele fosse encobrir um crime? Um advogado!"

"O velho Prewitt", disse o Garoto. "Ora...", o riso enferrujado entrou mais uma vez em uso, "ele é a honradez em pessoa!" Tornou a apertar-lhe o seio e pronunciou as palavras incondicionalmente tranquilizadoras: "Oh! Não há motivo para preocupações enquanto *ela* não descobrir. Mesmo então, teremos essa solução que você sabe. Mas talvez ela nunca descubra. E, se não descobrir, ora...", os seus dedos a tocavam com secreta repugnância, "nós continuaremos calmamente como estamos". E tentou dar ao horror uma aparência de afeição.

3

ERA, NO ENTANTO, a honradez em pessoa que realmente o inquietava. Se Cubitt houvesse despertado na mulher a ideia de que havia qualquer coisa de suspeito também na morte de Spicer, a quem se dirigiria ela senão a mr. Prewitt? Não faria nenhuma tentativa junto a Dallow, mas um homem da lei — quando era tão sagaz quanto Prewitt — sempre tinha medo da lei. Prewitt podia ser comparado a quem tivesse em casa um filhote domesticado de leão: jamais teria certeza de que o animal a que ensinara tantas habilidades, pedir comida e comer na sua mão, não se voltaria um belo dia contra ele, ao tornar-se adulto. Bem podia acontecer que desse um talho na face ao barbear-se — e a lei farejaria o sangue.

Depois de meio-dia o Garoto começou a sentir-se como se estivesse sobre brasas: saiu e tomou o rumo da casa de Prewitt, não sem recomendar a Dallow, primeiro, que ficasse de olho na garota. Tinha, mais do que nunca, a impressão de estar sendo compelido a avançar, a mergulhar mais fundo do que pretendia ir. Advinha-lhe daí um prazer estranho e cruel: afinal, que importava? Tudo estava se resolvendo por si e bastava que ele se deixasse levar. Sabia qual seria o fim e este não o horrorizava: era mais fácil do que viver.

A casa de mr. Prewitt ficava além da estação, numa rua paralela à estrada de ferro: era sacudida pelas locomotivas em manobra; o pó de carvão acumulava-se continuamente nos vidros, nas janelas e na placa de latão. Da janela do porão, uma mulher desgrenhada alçou os olhos fitando-o com ar desconfiado. Aquele rosto duro e amargo estava sempre ali, vigiando os visitantes; o advogado nunca dissera quem era, e o Garoto achava que fosse a cozinheira, mas dessa vez compreendeu que era a "esposa" — vinte e cinco anos de jogo. A porta foi aberta por uma jovem de pele cinzenta, subterrânea, um rosto desconhecido. "Onde está Tilly?", perguntou o Garoto.

"Foi embora."

"Diga a Prewitt que Pinkie está aqui."

"Ele não recebe ninguém", disse a garota. "Hoje é domingo, não é?"

"Ele me receberá." O Garoto entrou no vestíbulo, abriu uma porta e sentou-se num aposento cujas paredes estavam forradas de arquivos: conhecia o caminho. "Vá lá dentro avisá-lo. Eu sei que ele está dormindo. Acorde-o."

"O senhor parece ser de casa", observou a moça.

"E sou." Ele sabia o que continham os arquivos com os rótulos "Rex contra Innes", "Rex contra T. Collins": continham ar e nada mais. Um trem entrou no desvio e as caixas vazias tremeram nas prateleiras; apenas uma frincha de janela estava aberta, mas ouviu-se o rádio do vizinho: Rádio Luxemburgo.

"Feche a janela", disse ele. A empregada obedeceu mal-humorada. Era inútil: as paredes eram tão finas que se percebiam os movimentos do vizinho, atrás das prateleiras, como os de um rato. "Essa música nunca para de tocar?", perguntou ele.

"Só quando começam a falar."

"Que é que está esperando? Vá acordá-lo."

"Ele me disse que não o acordasse. Está com indigestão."

A salinha tremeu de novo e a música continuou o planger através da parede.

"Ele sempre tem indigestão depois do almoço. Vá acordá-lo."

"Hoje é domingo!"

"É bom que vá de uma vez." Diante da obscura ameaça do Garoto ela saiu, batendo a porta e fazendo cair um pedaço de reboco.

Debaixo dos seus pés, no porão, alguém arrastava os móveis: a esposa, pensou ele. Um trem apitou e uma nuvem sufocante de fumaça encheu a rua. Mr. Prewitt pôs-se a falar lá em cima: nada havia ali que abafasse os sons. Seguiram-se passos no assoalho e na escada.

Mr. Prewitt ligou o seu sorriso ao abrir a porta. "Que é que traz aqui o nosso jovem cavalheiro?"

"Queria apenas falar-lhe, saber como vai andando." Um espasmo de dor fez desaparecer o sorriso do rosto de mr. Prewitt. "Devia ter mais cuidado com o que come", disse o Garoto.

"Não há nada que não me faça mal."

"O senhor bebe demais."

"Come e bebe, que amanhã...", mr. Prewitt estorceu-se, com a mão na boca do estômago.

"Tem alguma úlcera?", perguntou o Garoto.

"Não, não, nada disso."

"Devia tirar uma radiografia."

"Não acredito na faca", disse mr. Prewitt com vivacidade e nervosismo, como se aquela fosse uma insinuação constante para a qual tinha uma resposta na ponta da língua.

"Essa música nunca para?"

"Quando fico farto, bato na parede." Pegou um peso de papel de cima da escrivaninha e deu duas pancadas na fina repartição de tijolo: a música subiu de volume, oscilou e cessou. Ouviram o vizinho mover-se, furioso, atrás das prateleiras. "Que temos agora? Um rato?", citou mr. Prewitt. A casa tremeu, abalada por uma pesada locomotiva que se punha em movimento. "Polonius", explicou mr. Prewitt.

"Polony? Quem é essa dona?"

"Não, não, eu me refiro ao velho intrometido e tolo rematado: no *Hamlet*."

"Escute", disse o Garoto com impaciência, "não esteve aqui uma mulher fazendo perguntas?"

"Que espécie de perguntas?"

"Sobre Spicer."

Mr. Prewitt indagou com um desespero doentio: "Já andam fazendo perguntas?". Sentou-se vivamente e dobrou-se em dois, torturado pela indigestão. "Era o que eu estava esperando."

"Não precisa se assustar. Eles não podem provar nada. Não se desvie nem uma letra do que disse." Sentou-se diante de mr. Prewitt e considerou-o com um desdém carrancudo. "Não há de querer arruinar a sua vida."

Mr. Prewitt levantou vivamente os olhos. "Arruinar? Já estou arruinado." Vibrou na sua cadeira, sacudido pelas locomotivas, e qualquer coisa, no porão, deu uma topada no assoalho sob os pés de ambos. "Olá, velha toupeira!", disse mr. Prewitt. "A esposa... Você nunca foi apresentado à esposa."

"Já a tenho visto", disse o Garoto.

"Vinte e cinco anos, e agora isso." A fumaça desceu atrás da janela como um estore. "Nunca lhe ocorreu que você é um homem de sorte? O pior que lhe pode acontecer é ir para a forca. Mas eu posso apodrecer..."

"Que é que o aborrece?", perguntou o Garoto. Estava confuso, como se um homem indefeso lhe tivesse devolvido um golpe. Não estava acostumado a isso, a essas intromissões de vidas alheias na sua. A confissão era uma coisa que a gente fazia (ou deixava de fazer) a si mesmo.

"Quando me encarreguei dos seus negócios", disse mr. Prewitt, "deixei o único cliente que tinha além de vocês: o Bakely Trust. E agora perco vocês também."

"O senhor continua com todo o meu serviço."

"Dentro em breve não haverá mais nada. Colleoni vai tomar o seu lugar e ele tem advogado em Londres. Uma águia."

"Ainda não me dei por vencido." Farejou o ar poluído pelos gasômetros próximos e disse: "Já sei o que se passa com o senhor. Andou bebendo".

"Borgonha Império", respondeu mr. Prewitt. "Quero lhe contar certas coisas, Pinkie, sinto necessidade de desabafar."

"Não quero ouvir nada. Os seus aborrecimentos não me interessam."

"Fiz um mau casamento. Esse foi o meu erro trágico. Era muito moço... Um caso de paixão incontrolável. Eu era um homem apaixonado", continuou, estorcendo-se de indigestão. "Você viu o que ela é agora. Deus meu!" Inclinou-se para a frente e sussurrou: "Vejo as jovens datilógrafas passarem na rua, com as suas máquinas portáteis. Sou completamente inofensivo. Não é proibido olhar. Deus meu, que asseio, que garbo!". Interrompeu-se, com a mão vibrando no braço da cadeira. "Ouça a velha toupeira aí embaixo. Ela foi a minha ruína." O seu velho rosto enrugado tirara umas férias: férias da bonomia, da astúcia, das piadas forenses. Era domingo e ele não usava máscara. "Você sabe o que Mefistófeles disse a Fausto quando ele perguntou onde ficava o inferno? 'Ora, o inferno é isso aqui e nós estamos dentro dele.'" O Garoto observava-o com temor e fascinação.

"Ela está limpando a cozinha", continuou mr. Prewitt, "mas não demora muito para subir. Você devia conhecê-la, seria divertido. Velha megera! Que boa pilhéria contar a ela, hein? Contar tudo: que eu estou comprometido num caso de homicídio, que já andam indagando coisas por aí. Pôr abaixo esta casa maldita, como Sansão." Estirou amplamente os braços e contraiu-os, na dor da indigestão. "Você acertou; eu tenho uma úlcera. Mas não quero saber da faca. Prefiro morrer. Também estou bêbado, de borgonha Império. Vê aquela fotografia ali, ao lado da porta? Um grupo de estudantes. Lancaster College. Talvez não seja uma das escolas mais famosas, mas assim mesmo encontra-se no Anuário das Escolas Públicas. Ali estou eu, com as pernas cruzadas, na fila de baixo. Com um chapéu de palha." Acrescentou em voz branda: "Tínhamos competições atléticas com Harrow. Turma anarquizada, aquela. Nenhum *esprit de corps*".

O Garoto nem sequer voltou a cabeça para olhar. Nunca tinha visto Prewitt assim: era um espetáculo assustador e empolgante. Um homem assumia vida ante os seus olhos: ele via os nervos em ação na carne martirizada, o pensamento desabrochar no cérebro transparente.

"Quem diria", acrescentou mr. Prewitt, "que um antigo aluno de Lancaster ia casar com essa toupeira aí embaixo, no porão, e teria como único cliente...", deu aos lábios uma expressão de delicada repugnância, "... você! Que pensaria disso o velho Manders? Uma grande cabeça!"

Tinha tomado as rédeas da sua vida: era como um homem resolvido a viver antes que a morte viesse buscá-lo. Todos os insultos que recebera das testemunhas da polícia, as críticas dos magistrados, regurgitavam-lhe do estômago atormentado. Não havia nada que ele não estivesse pronto a revelar ao primeiro que lhe surgisse pela frente. Um enorme sentimento de importância brotava da sua humilhação: a esposa, o borgonha Império, os arquivos vazios e a vibração das locomotivas nos trilhos constituíam o importante cenário do seu grande drama.

"O senhor tem a língua muito solta", disse o Garoto.

"A língua? Eu poderia contar coisas que abalariam o mundo. Que me levem ao banco dos réus, se lhes agrada. Farei grandes revelações. Eu desci tanto que levo...", um amor-próprio enorme e inflado apossara-se dele; escapou-lhe um soluço, depois outro, "... os segredos da sarjeta."

"Se eu soubesse que o senhor bebia, nunca o teria procurado."

"Eu bebo... aos domingos. É o dia de descanso." Bateu de repente com o pé no assoalho e gritou, furioso: "Silêncio aí embaixo".

"Está precisando de umas férias", disse o Garoto.

"Passo dias sentado aqui... Tocam a campainha, mas são apenas os empregados de armazém... Salmão em lata, ela tem paixão por salmão em lata. Quando eu toco a campainha, é esse pastelão estúpido que aparece. Olho as datilógrafas que passam... Seria capaz de beijar suas maquininhas portáteis!"

"O senhor se sentiria muito melhor", disse o Garoto, nervoso e abalado pela consciência de uma vida alheia crescendo no seu cérebro, "se tirasse umas férias."

"Às vezes", disse mr. Prewitt, "tenho ímpetos de me exibir indecorosamente num parque."

"Eu lhe darei dinheiro."

"Não há dinheiro que possa curar um espírito doente. Isso é o inferno, e nós estamos dentro dele. De quanto você pode dispor?"

"Vinte libras."

"Não dava para muito."

"Boulogne... Por que não dar um pulo ao outro lado do canal da Mancha?", disse o Garoto com horror e nojo. "Divirta-se por lá", observando as unhas sujas e roídas, as mãos trêmulas que eram instrumentos de prazer.

"Você estaria em condições de sacrificar essa pequena quantia, meu rapaz? Não quero roubá-lo. Se bem que, naturalmente, 'eu tenho prestado algum serviço à comunidade'."

"Posso lhe dar isso amanhã... sob certas condições. O senhor partirá pelo vapor da manhã e ficará por lá o maior tempo que puder. Pode ser que eu lhe mande mais." Aquilo era como pôr uma sanguessuga na própria carne: sentia fraqueza e asco. "Me avise quando o dinheiro tiver acabado e eu vou pensar."

"Eu vou, Pinkie... quando você quiser. E você não dirá nada à minha esposa?"

"Fico de boca fechada."

"Claro! Confio em você, Pinkie, e você pode confiar em mim. Refeito por essas férias, regressarei..."

"Que sejam bem longas."

"Os arrogantes sargentos da polícia hão de sentir a minha astúcia revitalizada. Em defesa dos oprimidos."

"Vou mandar o dinheiro bem cedo. Até lá, não receba ninguém. Vá para a cama. O seu ataque de indigestão é muito forte, percebeu? Se vier alguém, o senhor não está."

"Você é quem manda, Pinkie, você é quem manda."

Era o melhor que podia fazer. Retirou-se e, na calçada, olhando para baixo, seus olhos se encontraram com os olhos duros e desconfiados de mrs. Prewitt, no porão: tinha na mão um espanador e vigiava Pinkie como a um inimigo figadal, da sua caverna subterrânea. Atravessou a rua e lançou mais um olhar para a casa: numa janela de cima, meio oculto pelas cortinas, estava mr. Prewitt. Não espreitava o Garoto; estava apenas olhando a rua, desesperançado. Era domingo e não passavam datilógrafas.

4

"É PRECISO VIGIAR A CASA", disse ele a Dallow. "Não confio nada nele. Posso vê-lo daqui olhando a rua, à espera de alguma coisa, e dando com os olhos *nela...*"

"Ele não seria tão tolo assim."

"Está bêbado. Diz que está no inferno."

Dallow riu: "O inferno, essa é boa!".

"Você é uma besta, Dallow."

"Não acredito naquilo que os meus olhos não veem."

"Então você é curto de vista", disse o Garoto. Separou-se de Dallow e subiu a escada. Ah! Se aquilo era o inferno, pensava ele, não era tão mau assim: o telefone antiquado, os degraus estreitos, a penumbra poeirenta e aconchegante... Aquilo não se parecia com a casa de Prewitt, sem conforto, sacudida pelos trens, com a velha megera no porão. Abriu a porta do seu quarto: ali, pensou ele, estava a sua inimiga. Olhou em torno de si com um desapontamento raivoso ante a transformação do seu quarto: a posição de todas as coisas levemente alterada, tudo varrido e arrumadinho. Censurou-a asperamente: "Eu disse pra não mexer".

"Eu só arrumei o quarto, Pinkie."

Agora era o quarto dela, não dele: o guarda-roupa e o lavatório tinham mudado de lugar, e a cama... naturalmente Rose não esquecera a cama. Era o inferno dela, agora: Pinkie renegava-o. Sentia-se enxotado de casa; qualquer mudança só podia ser para pior. Espreitava-a como a um inimigo, disfarçando o seu ódio, procurando entrever a velhice nas suas feições, como se pareceria ela um dia, quando olhasse do porão para as visitas. Regressara envolto no destino de outro: uma dupla escuridão.

"Isso não lhe agrada, Pinkie?"

Ele não era Prewitt: tinha fibra, não fora derrotado ainda.

"Oh! Isso? Isso está muito bem. É que eu apenas não esperava."

Ela interpretou mal o seu ar de reserva: "Más notícias?".

"Por enquanto não. Temos de estar preparados, é claro. Eu estou preparado." Dirigiu-se para a janela, olhou lá fora o céu sereno e nublado, através de uma floresta de antenas de rádio, e tornou a virar-se para o quarto transformado. Era o aspecto que teria, talvez, se ele houvesse se mudado e outros inquilinos... Espiou-lhe as feições enquanto fazia o seu passe de mágica, impingindo a sua ideia como se fosse dela: "Estou com o carro pronto. Podíamos ir para o campo, onde ninguém ouvisse...". Mediu cuidadosamente o terror de Rose e, antes que ela tivesse tempo de lhe devolver a carta, mudou de tom. "Mas isso só em último caso..." "Em último caso", repetiu a expressão para si mesmo e imaginou a cena: a mulherona com os seus olhos cristalinos e justos descendo a rua enfumaçada, e mr. Prewitt, bêbado e arruinado, espreitando por trás das cortinas a passagem de uma datilógrafa. "Isso não vai acontecer", disse, encorajando-a.

"Não", concordou ela com veemência. "Não acontecerá, não pode acontecer!" A sua enorme certeza teve um curioso efeito sobre ele: era como se o seu plano também estivesse sendo arrumado, mudado de posição, varrido a ponto de não poder reconhecê-lo como seu. Teve vontade de provar que aquilo bem podia acontecer: descobriu em si mesmo uma estranha nostalgia do mais sinistro dos atos.

"Sou tão feliz!", disse ela. "Isso não pode ser tão mau assim."

"Que quer dizer? Não é mau? Isso é um pecado mortal!"

Relanceou os olhos com raiva e repugnância para a cama arrumada, como se naquele momento estivesse vendo uma repetição do ato ali e sentisse o castigo no íntimo.

"Eu sei", disse ela. "Eu sei, mas contudo..."

"Só há uma coisa pior", volveu o Garoto. Era como se ela lhe estivesse escapando: já começava a achar natural a tenebrosa aliança de ambos.

"Eu sou feliz", argumentou Rose, aturdida. "Você é bom para mim."

"Isso não quer dizer nada."

"Escute: que será isso?" Um choro fraco atravessou a janela.

"A criança do vizinho."

"Por que ninguém a acalma?"

"É domingo. Talvez tenham saído. Você quer fazer alguma coisa? Um cinema?"

Ela não ouviu: o choro lamentoso e contínuo a absorvia. Rose tinha um ar de maturidade e responsabilidade. "Alguém devia atender a essa criança", disse ela.

"Está só com fome ou coisa que o valha."

"Talvez esteja doente." Escutava, aflita. "Às vezes acontece uma coisa de repente a uma criança. Quem sabe o que será?"

"Ela não é sua."

Rose voltou para ele o olhar perplexo. "Não, mas eu estava pensando... que podia ser." Acrescentou arrebatadamente: "Eu não deixaria essa criança sozinha uma tarde inteira".

Ele respondeu, perturbado: "Eles também não. A criança parou de chorar. Que foi que eu disse?". Mas as palavras de Rose ficaram-lhe cravadas no cérebro: "Podia ser". Nunca pensara nisso: observou-a com terror e asco, como se estivesse presenciando o próprio ato do nascimento em toda a sua fealdade, a nova vida a enclausurá-lo. Ela continuava imóvel, escutando, com alívio e paciência, como se já tivesse vivido anos dessa ansiedade e soubesse que o sossego durava pouco e a ansiedade nunca deixava de voltar.

5

Nove horas da manhã: ele saiu furioso para o corredor; o sol matinal filtrava-se por baixo da porta. "Dallow! Dallow!", chamou.

Dallow veio vindo vagarosamente do porão, em mangas de camisa. "Alô, Pinkie. Parece que você não dormiu."

"Anda fugindo de mim?"

"Claro que não, Pinkie. Só que... como está casado agora... pensei que quisesse ficar só."

"Chama a isso estar só?", disse o Garoto. Desceu a escada, levando na mão o envelope perfumado, cor de malva, que Judy introduzira por baixo da porta. Não o abrira. Tinha os olhos injetados. Apresentava sintomas de febre: o pulso agitado, a testa ardente, o cérebro desassossegado.

"Johnnie me telefonou cedo", disse Dallow. "Desde ontem que está de sentinela. Ninguém foi procurar Prewitt. Nós nos assustamos por nada."

O Garoto não lhe deu atenção. "Quero ficar só, Dallow. Só."

"Está se excedendo, para a sua idade", disse Dallow, pondo-se a rir. "Duas noites..."

O Garoto respondeu: "Ela tem de ir embora antes que...". Não podia falar a ninguém sobre o tamanho e a origem do seu medo.

"Brigar é perigoso", observou logo Dallow, com cautela.

"Não, nunca mais estaremos livres do perigo. Bem sei disso. O divórcio é impossível. Não resta nada senão morrer. De qualquer forma, já disse pra você que eu tenho um plano."

"Isso era loucura. Por que essa pobre menina ia querer morrer?"

O Garoto respondeu com amargura: "Ela me ama. Diz que quer estar sempre comigo. E se eu não quiser viver...".

"Dally!", chamou uma voz. "Dally!" O Garoto olhou vivamente para trás, com expressão culpada: não tinha ouvido Judy chegar silenciosamente ao patamar, de espartilho e pés descalços. Estava absorto, procurando traçar o plano com clareza no seu cérebro confuso e ardente, enredando-se nas suas complexidades, incerto sobre quem devia morrer: se ele, ela, ou ambos...

"Que é que você quer, Judy?", perguntou Dallow.

"Frank já passou seu casaco."

"Deixe para lá, vou buscar daqui a um instante."

Ela atirou-lhe um beijo cheio de desejo insatisfeito e voltou para o seu quarto.

"Não há dúvida que me meti numa boa", disse Dallow. "Às vezes me sinto arrependido. Não quero encrencas com o pobre Frank, e ela é tão avoada!"

O Garoto olhou-o pensativamente como se perguntasse se a longa prática do outro não lhe teria ensinado o que era necessário fazer.

"E se você tivesse um filho?", disse ele.

"Oh! Isso fica por conta dela. O azar é dela." E olhando para a mão do Garoto: "Você recebeu uma carta do Colleoni?".

"Mas que é que ela faz?"

"O que as mulheres costumam fazer, acho eu."

"E se ela não faz", insistiu o Garoto. "E se ficar de barriga?"

"Há umas pílulas aí..."

"Nem sempre fazem efeito, não é?", disse o Garoto. Pensava ter aprendido tudo, mas voltara ao seu estado de ignorância apavorada.

"Nunca fazem efeito, se você quer que eu diga a verdade", respondeu Dallow. "Colleoni escreveu?"

"Se Prewitt abrisse o bico, não haveria esperança para nós, não é?", remoeu o Garoto.

"Ele não vai falar. De qualquer forma, esta noite estará em Boulogne."

"Mas se por acaso ele *falasse*... ou se eu pensasse que ele tinha falado... não teria outra saída, não é, senão me matar? E ela... ela não ia querer viver sem mim. Se ela pensasse... E no fim talvez fosse um engano. Chamam a isso um pacto de morte, não é mesmo?"

"Que é que você tem na cabeça, Pinkie? Está entregando os pontos?"

"Talvez eu não morresse!"

"Mas é um assassinato, de qualquer maneira."

"Mas não enforcam a gente."

"Você está doido, Pinkie! Olhe que eu não topo uma coisa dessas!" Deu no Garoto um tapinha amistoso e assustado. "Está brincando, Pinkie. A pobre garota não tem crime nenhum... a não ser gostar de você." O Garoto não respondeu nada: tinha um ar de estar recolhendo os seus pensamentos como grossos fardos, empilhando-os no armazém e fechando-os à chave para escondê-los do mundo inteiro. "Você precisa ir para a cama descansar", disse Dallow, inquieto.

"Quero me deitar só." O Garoto subiu lentamente a escada: quando abriu a porta, sabia o que os seus olhos iam encontrar; desviou-os, como para afastar a tentação do cérebro ascético e envenenado. Ouviu-a dizer: "Eu ia dar uma voltinha, Pinkie. Se há qualquer coisa em que eu possa ajudar...".

Qualquer coisa... O cérebro dele vacilou sob a imensidade das suas próprias exigências. Respondeu com brandura: "Nada", e exercitando a sua voz nos tons suaves: "Não demore muito. Temos de conversar sobre certas coisas".

"Está preocupado?"

"Preocupado, não. Tenho as coisas bem-arranjadas", apontou para a testa com sinistra jocosidade, "aqui na gaveta."

Sentiu o medo e a tensão de Rose: a respiração arfante, o silêncio, depois a voz metálica de desespero: "Você recebeu más notícias, Pinkie?".

Ele exasperou-se: "Pelo amor de Deus, saia!".

Ouviu-a voltar, aproximar-se, mas conservou os olhos baixos, teimosamente: aquele era o seu quarto, a sua vida; se lhe dessem tempo para concentrar-se, seria possível apagar todos os vestígios dela... Tudo voltaria a ser como antes... antes de ele ter entrado no Snow, procurado debaixo da toalha um cartão que não estava lá e dado início àquele embuste e àquela vergonha. A origem de tudo estava esquecida: ele mal podia recordar-se de Hale como pessoa, ou da sua morte como um crime — tudo, agora, se resumia a ela e ele.

"Se aconteceu alguma coisa... pode me dizer... eu não tenho medo. Deve haver algum meio, Pinkie, de não..." E implorou-lhe: "Vamos conversar sobre isso primeiro".

"Você está se aborrecendo por nada. Eu quero mesmo que você vá, por mim pode ir para...", prosseguiu arrebatadamente, mas deteve-se a tempo e armou um sorriso: "Vá e divirta-se".

"Eu volto logo, Pinkie." Ele ouviu a porta fechar-se, mas percebeu que Rose se demorava no corredor: toda a casa lhe pertencia agora. Pôs a mão no bolso e tirou o papel: "Não me importa o que você fizer... Aonde quer que vá, irei com você". Parecia uma carta lida no tribunal e publicada nos jornais. Ouviu-a descer a escada.

Dallow mostrou a cabeça à porta e disse: "Prewitt deve estar partindo. Só me sentirei tranquilo quando souber que ele embarcou. Você não acha que ela tenha chamado a polícia para prendê-lo, acha?".

"Ela não tem provas. Você não correrá mais perigo quando ele estiver longe daqui." O Garoto falava numa voz apagada, como se tivesse perdido todo o interesse na viagem de Prewitt: era uma coisa que dizia respeito aos outros. Quanto a ele, deixara essa preocupação para trás.

"Você também estará seguro", disse Dallow.

O Garoto não respondeu.

"Eu disse ao Johnnie que o seguisse até o vapor e depois nos telefonasse. Com certeza não demora a ligar. Devíamos nos reunir para festejar isso, Pinkie. Caramba, com que cara ela vai ficar quando for lá e descobrir que o homem levou sumiço!" Foi até a janela e olhou para fora. "Pode ser que agora tenhamos um pouco de sossego. Vamos escapar de boa! Quando se pensa nisso... Hale e o pobre Spicer... Onde estará ele agora?" Lançou um olhar vago e sentimental à tênue fumaça das chaminés e às antenas de rádio. "Que tal se nós dois (e a garota, é claro) nos mudássemos para outra cidade? Isso aqui não vai ficar muito agradável agora que Colleoni se meteu no negócio." Virou-se para dentro do quarto. "E essa carta?..." O telefone pôs-se a tilintar. "Deve ser Johnnie", disse ele, e desceu às pressas.

Ocorreu ao Garoto que não era o som de passos na escada que ele ouvia, e sim o som dos próprios degraus. Ele os podia identificar mesmo sob o peso de um desconhecido; o terceiro e o sétimo, a partir de cima, sempre rangiam. Era para essa casa que ele tinha vindo quando Kite o recolhera: estava tossindo no Palace Pier, sob o frio intenso, escutando o violino que gemia através do vidro. Kite lhe dera uma xícara de café quente e o trouxera para ali, sabe Deus por quê: talvez porque ele não se dava por vencido, apesar de não ter onde cair morto; talvez porque Kite necessitasse de um pouco de sentimento, como uma prostituta que tem um pequinês em casa. Kite abrira a porta do nº 63, e a primeira coisa que ele tinha visto fora Dallow e Judy abraçados na escada, e o primeiro cheiro que sentira fora o do ferro de engomar de Frank, no porão. Tudo continuara como antes; nada mudara realmente: Kite morrera, mas ele prolongara a sua existência, sem tocar em álcool, roendo as unhas como o outro fazia... até que *ela* chegou para alterar tudo.

A voz de Dallow falou lá embaixo: "Ah! Não sei... Mande umas salsichas de porco ou feijões em lata". Pouco depois tornava a entrar no quarto. "Não era Johnnie, era da mercearia. A gente precisa ter notícias de Johnnie." Sentou-se na cama, ansioso. "E essa carta de Colleoni? Que é que ele diz?"

O Garoto atirou-lhe o envelope. "Como? Você não abriu ainda?" Dallow leu a carta. "Bem, está claro que não é muito agradável. Era o que eu esperava. Mas no fim das contas não é tão mau assim. Pensando bem, não é tão mau..." Com a carta cor de malva na mão, olhou cautelosamente para o Garoto, que estava sentado ao lado do lavatório, pensativo. "Nós não temos mais futuro aqui, essa é a conclusão que se tira. Ele ficou com a maioria do nosso pessoal e com todos os apostadores. Mas não quer brigas. É um homem de negócios... Diz que uma briga como a que você teve outro dia lança... descrédito sobre um hipódromo. Descrédito", repetiu Dallow, pensativamente.

"Quer dizer que isso afugenta os otários."

"Bem, nesse ponto ele tem razão. Diz que está disposto a pagar trezentas libras pela sua boa vontade. Boa vontade?"

"É para nós deixarmos de nos meter com os capangas dele."

"É uma boa oferta. Justamente o que eu estava dizendo há pouco: hoje mesmo podíamos dar o fora desta maldita cidade e dessa bisbilhoteira que anda fazendo perguntas, e começar de novo um negócio seguro ou, quem sabe, deixar essa vida e comprar um botequim nós dois... e a garota, naturalmente. Quando será que Johnnie vai telefonar? Isso me deixa nervoso."

O Garoto ficou alguns instantes calado, olhando para as suas unhas roídas. Por fim falou: "Já sei que você conhece o mundo, Dallow. Tem viajado".

"Não há muitos lugares que eu não conheça, entre Brighton e Leicester", tornou Dallow.

"Eu nasci aqui. Conheço Goodwood e Hurst Park. Estive em Newmarket. Mas fora daqui tenho a impressão de estar no estrangeiro. Acho que levo Brighton no sangue", disse ele com desolado orgulho, como se no seu coração estivessem contidas todas as diversões baratas, os vagões Pullman, as aventuras de fim de semana, sem amor, nos hotéis pomposos, e a tristeza que sucede o coito.

Uma campainha retiniu. "Escute", disse Dallow. "Será o Johnnie?"

Mas era apenas a sineta da porta. Dallow olhou para o relógio. "Não compreendo essa demora. Prewitt já devia estar a bordo."

"Bem", disse o Garoto em tom sombrio, "a gente muda, não é mesmo? É como você diz. Temos de ver o mundo... Afinal de contas, eu me acostumei com a bebida, não me acostumei? Posso me acostumar com outras coisas."

"E você tem uma garota", acudiu Dallow com falsa jovialidade. "Está crescendo, Pinkie... como o seu pai."

"Como o meu pai..." O Garoto foi novamente sacudido pelo asco dos sábados à noite. Já não podia culpar o velho... Todos acabavam assim: um homem metia-se com uma mulher e depois, sem dúvida, contraía o hábito... acabava entregando-se sem reagir. Nem sequer se podia culpar a garota. Era a vida tomando conta da gente... Havia aqueles segundos de cegueira em que a coisa parecia maravilhosa. "Estaríamos mais seguros sem ela", disse, apalpando a mensagem de amor dentro do bolso da calça.

"Ela não é perigosa. Está doida por você."

"O seu mal", disse o Garoto, "é não olhar para o futuro. Serão anos e anos... E um dia ou outro ela pode cair por um cara novo, aborrecer-se de mim ou coisa parecida... Se não a trago na palma da mão não há segurança..." A porta abriu-se: era ela que voltava; interrompeu-se bruscamente e acolheu-a com um sorriso postiço. Aquilo não era difícil: Rose aceitava o engano com tal avidez que ele sentia uma espécie de ternura pela sua estupidez e um companheirismo na sua bondade: ambos estavam condenados, cada um a seu modo. Tornou a sentir a impressão de que ela o completava.

"Eu não tinha chave", disse Rose. "Tive de tocar a sineta. Logo que saí, achei que alguma coisa pudesse estar errada. Queria estar aqui, Pinkie."

"Não há nada errado", disse ele. O telefone pôs-se a tocar. "Olha aí, está vendo? É o Johnnie." E a Dallow, sem alegria: "Agora você vai sossegar".

Ouviram a voz dele ao telefone, aguda de emoção: "É você, Johnnie? Sim? Como é? Não diga... Sim; depois falaremos. Claro que vamos pagar". Tornou a subir e os degraus rangeram, cada um por sua vez. O seu carão brutal e inocente anunciava a boa--nova como um focinho de javali num festim. "Ótimo!", disse ele. "Ótimo! Eu estava ficando nervoso, não me importa que saibam. Mas ele está a bordo e o vapor partiu há dez minutos. Precisamos festejar isso. Céus, você é esperto, Pinkie! Não esquece nada."

6

IDA ARNOLD ESTAVA UM POUCO CHUMBADA. Cantarolava baixinho diante do seu copo de Guinness: "Certa noite, na rua, lorde Rothschild me falou...". O pesado movimento das ondas sob o molhe era como o som da água na banheira; estimulava-a. Estava sozinha, maciçamente sentada, cheia de boa vontade para com todo o mundo — menos um. O mundo era muito bom para quem não fraquejava; ela era como a biga num desfile triunfal, seguido pelos grandes batalhões — o direito é o direito, olho por olho, quem quer vai, quem não quer manda. Phil Corkery veio ter com ela por entre as mesas; às suas costas, através das grades das janelas da sala de jantar, avistavam-se as luzes de Hove; as cúpulas de cobre azinhavrado do Metrópole flutuavam na última camada de luz, sob as pesadas nuvens noturnas que se abatiam sobre Brighton. A espuma do mar borrifava as janelas como uma garoa. Ida Arnold parou de cantar e disse: "Você está vendo o que eu vejo?".

Phil Corkery sentou-se. A temperatura, naquele quebra-mar envidraçado, não era absolutamente de verão; ele tinha um ar friorento nas suas calças de flanela cinza e jaqueta esporte, com o velho broche na lapela, um pouco arrepiado, já sem uma gota do seu ardor de alguns dias antes. "São eles", disse em tom cansado. "Como soube que viriam?"

"Não sabia, é o destino."

"Estou farto da cara dessa gente."

"Mas olhe que eles também devem estar mais do que fartos", respondeu Ida, deleitada. Olhavam para a França, através do deserto de mesas vazias, na direção do Garoto e de Rose, acompanhados de um homem e de uma mulher que eles não reconheceram. Se o grupo fora ali festejar alguma coisa, ela lhes estragara a festa. Uma onda tépida de Guinness subiu-lhe na garganta; tinha uma enorme sensação de bem-estar; arrotou e disse: "Perdão", levando à boca a mão enluvada de preto. "Com certeza ele também foi embora?"

"Foi."

"Não temos sorte com as nossas testemunhas. Primeiro Spicer, depois a garota, depois Prewitt e agora Cubitt."

"Embarcou no primeiro trem da manhã, com o seu dinheiro."

"Não faz mal", disse Ida. "Eles estão vivos. Hão de voltar. E eu posso esperar... graças a Black Boy."

Phil Corkery olhou-a de soslaio; era espantoso que ele tivesse tido a audácia de enviar postais de praia àquele feixe de energia e resolução: de Hastings, um caranguejo de cujo ventre saía uma série de vistas; de Eastbourne, um bebê sentado num rochedo, que se levantava para mostrar a rua Central, com a Biblioteca Boots e uma estufa com samambaias; de Bournemouth (ou seria de outro lugar?), um frasco que continha fotografias da avenida, do jardim rochoso da piscina nova... Era o mesmo que oferecer um bolinho a um elefante na África. Ela lhe dava uma impressão de força colossal. Quando queria divertir-se, não havia nada que a detivesse, e quando queria fazer justiça... "Você não acha, Ida, que nós já fizemos o suficiente?", perguntou, nervoso.

"Ainda não terminei", respondeu Ida, com os olhos no grupinho condenado. "Nunca se pode prever. Eles pensam que estão a salvo agora; vão fazer alguma loucura." O Garoto estava silencioso ao lado de Rose: tinha um copo diante de si, mas não tocara nele; só o homem e a mulher conversavam sobre uma coisa e outra.

"Nós fizemos o possível. Isso agora é assunto para a polícia ou para ninguém mais", disse Phil.

"Você ouviu o que eles nos responderam aquela vez." E Ida recomeçou a cantar: "Certa noite, na rua...".

"Não temos mais nada que ver com isso."

"Lorde Rothschild me falou..." Ida interrompeu-se para emendá-lo suavemente. Não se podia permitir que um amigo alimentasse ideias erradas: "Qualquer pessoa que saiba a diferença entre o justo e o injusto tem a ver com isso".

"Mas você está tão terrivelmente convicta! Investe sem olhar para nada... Oh! Eu sei que a sua intenção é boa, mas nós não sabemos que motivos ele pode ter tido... E, além disso", acusou-a, "você só faz essas coisas porque lhe dão prazer. Fred não era alguém que lhe interessasse."

Ida volveu para ele os olhos grandes e alegres. "Bem, eu não digo que não tenha sido... emocionante." Lamentava que a coisa houvesse terminado tão cedo. "Que mal há nisso? Eu gosto de fazer o que é direito, nada mais."

A rebeldia apareceu timidamente: "E o que não é direito também, Ida".

Ela sorriu-lhe com uma enorme e remota ternura: "Ah! Isso... Não há mal nenhum nisso. Não prejudica ninguém. Não é o mesmo que matar".

"Os padres dizem que é."

"Os padres!", exclamou Ida com desprezo. "Ora, se nem os católicos acreditam nisso! Do contrário, essa garota não estaria vivendo com ele. Pode confiar em mim", acrescentou. "Eu tenho visto muita coisa. Conheço a humanidade." E, tornando a voltar pesadamente a atenção para Rose: "Queria que eu deixasse uma criança dessas entregue a ele? Ela é irritante, claro, é estúpida, mas não merece tal sorte".

"Como sabe que ela não quer ficar com ele?"

"Você não está me dizendo que ela quer morrer, está? Ninguém quer isso. Ah! Não, eu não desistirei enquanto não a salvar. Mande vir outra Guinness." Muito além do West Pier avistavam-se as luzes de Worthing — um aviso de mau tempo —, e das ondas rebentavam, regularmente, gigantescos salpicos de espuma branca na escuridão, contra os quebra-mares mais próximos da praia. Era possível ouvi-las golpeando os pilares, como os punhos de um boxeador numa bola de exercício, preparando-se para a mandíbula humana, e Ida Arnold começou a lembrar-se docemente, um pouco bêbada, das pessoas que havia salvo: um homem que tirara uma vez do mar, quando era moça, o dinheiro dado a um mendigo cego e a oportuna palavra de conforto à colegial desesperada, no Strand.

7

"O POBRE SPICER TAMBÉM TINHA a mesma ideia", dizia Dallow. "Pensava em abrir um dia um botequim, não sei onde." Deu uma palmada na coxa de Judy: "Que tal se nós dois fizéssemos sociedade com o casalzinho? Estou vendo a casa daqui. No meio do campo, à beira de uma dessas estradas principais, com os carros de passeio parados na frente; na Grande Estrada do Norte: 'Pare aqui'. Não me admiraria que no fim fosse mais rentável...". Interrompeu-se e disse ao Garoto: "Que foi que houve? Tome um drinque. Não há mais motivos para nos preocuparmos".

O Garoto olhou para a mulher, através da sala de chá e das mesas vazias. Não o largava de mão! Era como um furão que ele tinha visto certa vez na duna, entre as tocas na greda, com os dentes cravados no pescoço de uma lebre. Em todo caso, *esta* lebre escapara. Agora não precisava ter medo dela. Disse em voz surda: "O campo... Não entendo muito do campo".

"É saudável", disse Dallow. "Olhe, você chegará aos oitenta com a sua patroa."

"Sessenta e tantos anos", disse o Garoto, "é muito tempo..." Atrás da cabeça da mulher, as luzes de Brighton se estendiam como um rosário na direção de Worthing. A última claridade do poente minguava no céu e pesadas nuvens escuras baixavam sobre o Grande Hotel, o Metrópole, o Cosmopolitan, sobre as torres e cúpulas. Sessenta anos: dir-se-ia uma profecia, um futuro certo — um horror sem fim.

"Que se passa com vocês dois?", perguntou Dallow.

Aquela era a sala de chá para onde eles tinham ido após a morte de Fred — Spicer, Dallow e Cubitt. Dallow tinha razão, é claro: eles não corriam mais perigo. Spicer estava morto, Prewitt na França e Cubitt sabe Deus onde. (Jamais conseguiriam arrastá--lo a um banco de testemunhas; ele sabia muito bem que iria para a forca: havia tomado parte ativa na morte de Fred e, além disso, tinha contra si uma prisão em 1923.) E Rose estava casada com ele. Mais seguros não podiam estar. Haviam vencido... afinal. Ele tinha (Dallow acertara de novo) sessenta anos pela frente. Os seus pensamentos fizeram-se em pedaços: as noites de sábado; depois, o nascimento, o filho, o hábito e o ódio. Olhou para o outro lado da sala: o riso da mulher era como uma confissão de derrota.

"Está muito abafado aqui dentro", disse ele. "Preciso de um pouco de ar." Virou-se devagar para Rose: "Vamos dar uma volta". Entre a mesa e a porta escolheu dos seus pensamentos o pedaço que servia, e quando saíram para o lado ventoso do molhe gritou para ela: "Preciso sair disso aqui". Pôs-lhe a mão no braço e guiou--a com terrível ternura para o abrigo. As ondas vinham da França, quebrando-se, martelando os pilares sob os pés de ambos. Um espírito de temeridade apossou-se dele: era como no momento em que tinha visto Spicer curvado sobre a valise, Cubitt implorando dinheiro no corredor. Através dos vidros, via Dallow e Judy sentados diante dos seus copos: era como a primeira semana dos sessenta anos — o contato, o tremor sensual, o sono intranquilo e o despertar sentindo que não estava só; na escuridão bravia e ruidosa, ele tinha o futuro inteiro dentro do cérebro. Era como um caça-níqueis: a gente põe uma moeda e as luzes se acendem, as portas se abrem e os bonecos se movem. "Foi aqui que nos encontramos aquela noite. Você se lembra?", disse ele, passando agilmente à ternura.

"Sim", respondeu Rose, observando-o com temor.

"Não precisamos deles. Vamos entrar no carro e dar um passeio...", observava-a com atenção, "no campo."

"Está frio."

"Dentro do carro não está." Soltou-lhe o braço e disse: "Naturalmente... se você não quer ir... eu irei sozinho".

"Mas aonde?"

Ele respondeu com estudada leveza: "Já disse. Ao campo". Tirou uma moeda do bolso e introduziu-a no caça-níqueis mais próximo. Puxou uma manivela, sem olhar para o que fazia, e os pacotinhos de goma de mascar cascatearam com ruído — um prêmio: limão, *grapefruit* e tutti frutti. "Foi uma jogada de sorte", disse ele.

"Que é que há?", perguntou Rose.

"Você a viu, não é? Pode ficar certa: ela nunca mais nos largará. Uma vez vi um furão, perto do hipódromo..." Ao virar-se, uma das luzes do molhe feriu-lhe a vista: o clarão, o regozijo íntimo. "Vou dar uma volta de carro. Fique aí se quiser."

"Eu vou", disse ela.

"Não precisa vir."

"Eu vou."

Deteve-se no estande de tiro. Uma espécie de alegria doida se apossou dele. "Tem horas aí?", perguntou ao homem.

"Você sabe muito bem que horas são. Já lhe disse uma vez que eu não sirvo..."

"Não precisa se enfezar", disse o Garoto. "Vamos ver uma arma." Mirou com firmeza no centro do alvo, depois desviou a mão de propósito e atirou. Ele pensou: "Alguma coisa o deixara nervoso, disse a testemunha".

"Que é que você tem hoje?", exclamou o homem. "Atirou fora do alvo!"

Ele depôs a arma automática. "Estamos precisando de ar fresco. Vamos dar um passeio no campo. Boa noite." Deu a informação meticulosamente, com tanto cuidado como da outra vez, ao recomendar aos outros que distribuíssem os cartões de Fred ao longo do caminho — a fim de utilizá-los mais tarde. Ainda se virou para trás para dizer: "Vamos para os lados de Hastings".

"Não lhe perguntei aonde vão", respondeu o homem.

Tinham deixado o velho Morris perto do molhe. O arranque automático não funcionou: teve de girar a manivela. Ficou um instante olhando com uma expressão aborrecida para o velho carro: como se o negócio não rendesse mais nada... "Vamos pelo mesmo caminho daquele dia. Você se lembra? No ônibus..." Estava fornecendo uma nova informação, para o ouvido do empregado: "Peacehaven. Vamos tomar um drinque".

Fizeram a volta diante do Aquário e galgaram a colina em segunda. Ele tinha uma das mãos no bolso, procurando o pedaço de papel em que Rose escrevera a sua mensagem. A capota estalava e o vidro descorado do para-brisa limitava o seu campo de visão. "Daqui a pouco vem um aguaceiro", disse ele.

"Essa capota não deixará entrar a chuva?"

"Não faz mal", respondeu o Garoto, olhando para a frente, "*nós* não vamos nos molhar."

Ela não ousou perguntar-lhe o que queria dizer com isso: não tinha certeza e, enquanto não o tivesse, podia convencer-se de que ambos eram felizes, de que eram amantes a dar um passeio noturno, livres de toda preocupação. Pousou a mão nele e sentiu o seu recuo instintivo; por um momento, foi sacudida por uma horrível dúvida: se aquele fosse o mais negro de todos os pesadelos, se ele não a amasse, como dizia a mulher... O vento úmido fustigou-lhe a face através do buraco da capota. Afinal, não importava: ela o amava, tinha a sua responsabilidade. Ônibus passavam por eles, descendo a ladeira de volta para a cidade: pequenas e claras gaiolas domésticas onde as pessoas iam sentadas com cestos e livros. Uma criança encostou o rosto ao vidro e durante um momento, à luz de um sinal de tráfego, as duas estiveram tão próximas que ela pôde imaginar a criança com o rosto encostado ao seu peito. "Em que está pensando?", perguntou o Garoto, apanhando-a desprevenida. "A vida não é tão má."

"Não acredite nisso", volveu ele. "Vou lhe dizer o que é a vida. É uma prisão. Nunca se sabe onde se vai arranjar dinheiro. Vermes, catarata, câncer. A gente as ouve gritar das janelas de cima: crianças nascendo... É morrer aos poucos."

O momento se aproximava, ela já o compreendera; as luzes do painel clareavam os dedos ossudos e cautelosos: o rosto estava no escuro, mas Rose imaginava a excitação jubilosa e amarga, a temeridade do olhar. Um suntuoso carro particular (Daimler ou Bentley: ela não conhecia as marcas) passou por eles maciamente. "Para que nos apressarmos?", disse o Garoto. Tirou a mão do bolso e estendeu sobre o joelho um papel que ela reconheceu. "Está disposta a cumprir a sua palavra, não é?" Teve de repetir a pergunta: "Não é?". Ela teve a impressão de estar renunciando não só à vida, mas a coisas ainda maiores: ao céu (fosse lá o que fosse), à criança no ônibus, ao bebê que chorava na casa dos vizinhos. "Sim", respondeu.

"Vamos tomar um drinque, e depois... você verá. Tenho tudo arranjado." Acrescentou com terrível tranquilidade: "Não demorará nem um minuto". Passou-lhe o braço em volta da cintura e chegou o rosto ao dela: Rose o via agora, refletindo, refletindo sempre; sua pele cheirava a gasolina — tudo cheirava a gasolina no velho carro, cujos condutores vazavam. "Tem certeza... de que nós não podemos esperar... uma dia?"

"Que adianta? Você viu a mulher lá, ainda há pouco. Não nos larga. Um dia conseguirá as provas. Qual é a vantagem?"

"Por que não deixarmos para *depois*?"

"Pode ser tarde, *depois*." Disse algumas palavras desconexas, por entre o estalar da capota: "Uma batida na porta, e quando a gente vê... as algemas... tarde demais... Não estaríamos juntos, depois", acrescentou com astúcia. Apertou o acelerador, e o ponteiro vacilante subiu para ciquenta, o velho carro não ia além dos sessenta quilômetros, mas dava uma imensa impressão de velocidade doida: o vento fustigava o vidro e irrompia pelo rasgão da capota. Ele pôs-se a entoar baixinho: "*Dona nobis pacem*".

"Isso é que não."

"Como?"

"Ela não nos dará paz."

O Garoto pensava: "Em sessenta anos, terei tempo suficiente para me arrepender disso". Iria a um padre, diria: "Padre, matei dois homens. Houve também uma mulher que se matou". Ainda que a morte chegasse de repente, ao voltar essa noite para casa, o carro chocando-se contra o poste de iluminação... sempre restava "entre o estribo e o chão". De um dos lados da estrada as casas cessaram abruptamente e o mar tornou a fazer sentir a sua presença, rebentando lá embaixo, nos rochedos, um som cavernoso e profundo. Na realidade ele não se iludia: aprendera, no domingo das corridas, que quando o tempo é escasso a gente tem muitas coisas em que pensar para lembrar-se da contrição. Afinal, que importava?... Ele não era feito para a paz, não podia crer nela. O céu era uma simples palavra; o inferno, algo de que ele tinha certeza.

Um cérebro só é capaz daquilo que pode conceber, e não pode conceber aquilo que nunca experimentou: as suas células eram formadas pelo pátio cimentado da escola, pelo homem agonizando na sala de espera de St. Pancras, pela sua cama no Frank e pela cama paterna. Um terrível ressentimento agitava-se no seu íntimo: por que não tivera a sua oportunidade como os outros? Por que não lhe fora dado vislumbrar o céu, ainda que fosse apenas uma nesga entre as paredes de Brighton?... Virou-se enquanto desciam para Rottingdean e lançou para Rose um olhar prolongado, como se ela pudesse ser essa nesga de céu — mas o cérebro era incapaz de conceber: viu uma boca que ansiava pelo amplexo sexual, o contorno dos seios que reclamavam um filho. Oh, ela era boa, sem dúvida, mas não o era suficientemente: ele a tinha arrastado para baixo.

Acima de Rottingdean começavam os novos bangalôs: arquitetura de sonho de ópio; no alto da chapada, o obscuro esqueleto de uma casa de saúde, alada como um aeroplano. "Ninguém vai nos ouvir no campo", disse ele. Na estrada de Peacehaven não havia mais luzes: a greda de um corte recente alvejou diante dos faróis como uma mortalha; carros vindos da direção oposta avançavam sobre eles, cegando-os. "A bateria está fraca", disse o Garoto.

Rose tinha a impressão de que ele estava a milhões de léguas dali: os seus pensamentos haviam deixado para trás o ato que ambos iam praticar e seguido viagem... Para onde? Ele tinha cabeça; estava prevendo, parecia-lhe, coisas que ela não podia conceber: o castigo eterno, as chamas... Sentiu-se tomada de terror, a ideia da dor atormentava-a, a resolução de ambos rompia por entre a chuva espasmódica que fustigava o velho para-brisa descorado. A estrada não levava a parte alguma. Diziam que aquele era o pior ato de todos, o ato do desespero, o pecado sem perdão; sentada no carro, entre o cheiro de gasolina, ela tentava conceber o desespero, o pecado mortal, mas não podia;

não era realmente desespero o que sentia. Pinkie ia arrostar a condenação, porém ela havia de mostrar que não podiam condená-lo sem condenar a ela igualmente. Pinkie não podia fazer nada que ela não fizesse também: sentia-se capaz de tomar parte em qualquer assassinato. Uma luz clareou o rosto dele por um instante: o cenho franzido, a reflexão, os traços infantis; Rose sentiu a responsabilidade agitar-se no seu seio; não deixaria que ele mergulhasse sozinho nas trevas.

Começaram a aparecer as ruas de Peacehaven, estendendo-se para os penhascos e as colinas; arbustos espinhosos cresciam em redor das tabuletas com anúncios de casas para alugar; as ruas terminavam na escuridão, numa poça de água ou em grama impregnada de sal. Parecia o derradeiro esforço de pioneiros desesperados para desbravar uma terra nova: a terra levara a melhor. Ele disse: "Vamos tomar um drinque no hotel e depois... Eu conheço o lugar que nos convém".

A chuva caía, indecisa, batendo nas portas escarlates e desbotadas do Lureland, no cartaz que anunciava o torneio de uíste da semana passada, no que anunciava o baile da semana vindoura. Correram para a porta do hotel: no saguão não havia ninguém — estatuetas de mármore branco e, na barra verde no alto das paredes forradas de lambris, rosas e lírios em estilo Tudor, ressaltando em ouro. Sobre as mesas de tampo azul viam-se sifões e, nas janelas de vidros coloridos, naus medievais dançavam num mar frio e crespo. Alguém tinha quebrado as mãos de uma das estatuetas — ou talvez fosse assim mesmo, uma dessas esculturas clássicas de túnica branca, um símbolo da vitória ou do desespero. O Garoto tocou uma campainha e outro rapaz da sua idade surgiu, vindo da sala pública de bebidas: pareciam-se singularmente, e, no entanto, havia entre eles uma diferença significativa: ombros estreitos, rosto magro, ambos se eriçaram como cães ao enxergar-se.

"Piker", disse o Garoto.

"Que foi?"

"Atende a gente aqui." Deu um passo à frente, o outro recuou, e Pinkie arreganhou os dentes para ele. "Traga dois conhaques duplos; não demore." E, adoçando a voz: "Quem diria que eu ia encontrar Piker aqui?". Ela contemplou-o com assombro, diante da felicidade com que ele se distraía do seu propósito: ouvia o vento gemer nas janelas do sobrado; na curva da escada, outra estatueta tumular erguia os braços mutilados. "Fomos colegas de escola", disse Pinkie. "Ele comia fogo comigo." O outro voltou com os conhaques e trouxe, esquivo, amedrontado e cauteloso, toda uma infância obscura. Ela sentiu-se picada pelo ciúme: nessa noite, Pinkie devia ser todo seu.

"Você é servente aqui?", perguntou o Garoto.

"Não sou servente, sou garçom."

"Quer que eu lhe deixe uma gorjeta?"

"Não preciso das suas gorjetas."

O Garoto pegou o copinho de conhaque e bebeu-o até a última gota. Tossiu quando o álcool lhe queimou a garganta: era como absorver a contaminação do mundo. "Para ganhar coragem", disse ele; e, dirigindo-se a Piker: "Que horas são?".

"Pode ver no relógio, se é que sabe ler."

"Vocês não têm música aqui? Com os diabos, nós queremos festejar!"

"Tem o piano, também tem rádio."

"Ligue-o."

O rádio estava oculto atrás de um vaso de flores: um violino gemeu, as notas sacudidas pela estática. "Ele tem raiva de mim, não pode nem me ver", disse o Garoto, e virou-se para zombar de Piker, mas o outro tinha se retirado. "É melhor tomar esse conhaque", disse ele a Rose.

"Não preciso disso."

"Como quiser."

Ele estava ao lado do rádio, e ela, diante da lareira apagada; entre ambos, três mesas, três sifões e uma lâmpada de estilo eclético: Tudor, mourisco e sabe Deus que mais. Uma terrível sensação de irrealidade apossou-se deles, a necessidade de conversar, de dizer "Que noite!" ou "Está muito frio para esta época do ano". "Então ele era da sua escola?", disse Rose.

"É verdade." Ambos olharam para o relógio: eram quase nove horas, e atrás do violino a chuva batia nas janelas voltadas para o mar. "Não devemos demorar muito", disse ele com ar desajeitado.

Rose começou a rezar mentalmente: "Santa Maria, Mãe de Deus...", mas logo se deteve: estava em pecado mortal, era inútil rezar. Suas preces não tinham asas, ficavam cá embaixo com os sifões e as estatuetas. Esperava diante da lareira, com uma paciência aterrada. O Garoto falou, inquieto: "Devíamos escrever... alguma coisa, para que ficassem sabendo".

"Mas isso não tem importância, tem?"

"Tem, sim, tem!", retrucou ele vivamente. "Temos de fazer tudo direito. Isso é um pacto, como esses de que os jornais falam."

"Muita gente faz isso?"

"Está acontecendo todos os dias." Um leviano e terrível sentimento de confiança apossou-se momentaneamente dele: os sons do violino apagaram-se e o som dos sinos fez-se ouvir através da chuva. Uma voz, atrás da folhagem, leu o boletim meteorológico: tormentas que se aproximavam, vindas do continente, uma depressão no Atlântico, a previsão para o dia seguinte. Ela pôs-se a escutar, mas de repente lembrou-se: que importava o tempo que faria amanhã?

"Quer tomar outra coisa?", disse ele. Correu os olhos em redor, à procura de um sinal indicador do lavatório dos homens: "Preciso ir... lavar as mãos". Ela notou o volume no bolso dele: então seria daquele modo... "Acrescenta mais alguma coisa a esse bilhete enquanto eu vou lá", disse ele. "Aqui está um lápis. Diz que você não podia viver sem mim, ou coisa parecida. Isso tem de ser bem-feito, do modo como se costuma fazer." Foi ao corredor, chamou Piker, informou-se e subiu a escada. Junto à estatueta, virou-se e olhou o saguão lá embaixo. Era um desses momentos que a gente guarda na memória: o vento na extremidade do molhe, os homens cantando no Sherry, a luz da lâmpada nas garrafas de borgonha, o ponto culminante da excitação enquanto Cubitt batia, furioso, na porta. Descobriu que podia recordar-se de tudo isso sem repulsa; tinha a impressão de que algures, como um mendigo diante de uma casa entaipada, a ternura batia à porta, mas ele estava encouraçado pelo hábito do ódio. Voltou as costas e subiu a escada. Disse consigo que ia reconquistar a liberdade. Leriam o bilhete: ele diria não saber que a separação fosse tão dolorosa para ela; devia ter encontrado o revólver no quarto de Dallow, trazendo-o consigo. Naturalmente procurariam impressões digitais na arma, e então... Olhou para fora, através da janela do lavatório: vagalhões invisíveis rebentavam ao pé do penhasco. A vida continuaria. Terminariam os contatos humanos, o assédio do seu cérebro pelas emoções alheias; estaria livre novamente: nada em que pensar senão nele próprio. Eu próprio: a palavra ecoou higienicamente no meio das pias de louça, das torneiras, tampões e canos de escoamento. Tirou o revólver do bolso e carregou-o: duas balas. Podia ver no espelho, acima da pia, a sua mão movendo-se em torno do metal mortífero, ajustando a trava de segurança. Lá embaixo, o noticiário havia terminado e a música recomeçara, uivando como um cão sobre uma sepultura, e a noite enorme comprimia a boca úmida contra os vidros da janela. Tornou a pôr o revólver no bolso e saiu para o corredor. Vinha agora a etapa seguinte. Outra estatueta sugeria uma obscura moralidade, com mãos de cemitério e uma grinalda de flores de mármore; ele tornou a sentir a presença da piedade a rondá-lo.

8

"Já faz muito que eles saíram", disse Dallow. "Que andarão fazendo?"

"Quem se importa com isso?", respondeu Judy. "Eles querem estar a sós." Comprimiu os lábios carnudos contra a face de Dallow e o seu cabelo vermelho prendeu-se-lhe na boca: um gosto azedo. "Você sabe o que é o amor", disse ela.

"Mas ele não sabe." Dallow estava inquieto: certas conversas vinham-lhe à memória. "Tem raiva dela." Passou o braço em volta de Judy, sem muita vontade: não convinha estragar a festa, mas ele daria alguma coisa para saber quais eram as intenções de Pinkie. Tomou um grande gole no copo de Judy e em algum ponto de Worthing uma sirena uivou. Pela janela ele via um casalzinho em idílio no molhe, e um velho recebeu da feiticeira envidraçada o cartão que predizia a sua sorte.

"Por que é que ele não a larga, então?", perguntou Judy. Sua boca procurava a dele, ao longo da linha do queixo. De repente, aprumou-se indignada e disse: "Quem é aquelazinha ali? Por que é que ela não tira os olhos de nós? Isso aqui é um país livre!".

Dallow virou-se e olhou. Seu cérebro funcionava muito devagar: primeiro, a afirmação: "Nunca vi mais gorda"; depois a lembrança: "Mas como, é aquela maldita sujeita que anda amolando o Pinkie!". Levantou-se com dificuldade e cambaleou um pouco entre as mesas. "Quem é a senhora? Quem é a senhora?"

"Ida Arnold, se deseja saber. Os meus amigos me chamam Ida."

"Não sou seu amigo."

"É melhor que seja", respondeu ela com brandura. "Tome um drinque. Aonde foi Pinkie... e Rose? Devia tê-los trazido. Este é Phil. Apresente a sua amiga." E continuou no mesmo tom de suavidade: "Já é tempo de nos reunirmos. Como é o seu nome?".

"Não sabe o que acontece às pessoas que metem o nariz..."

"Como não? Sei perfeitamente. Eu estava com Fred no dia em que os senhores o liquidaram."

"Fale de modo que se entenda", disse Dallow. "Que diabo de mulher é a senhora?"

"Deviam saber. Seguiram-me por toda a praia naquele seu velho Morris." Sorria amavelmente para ele: não era em Dallow que estava interessada. "Parece que foi há um século, não é mesmo?"

E era verdade: aquilo parecia ter sido havia um século.

"Tome um drinque", disse Ida, "já que está aqui. Aonde foi Pinkie? Parece não ter gostado de me ver aqui hoje. Que é que estavam festejando? Sem dúvida não é o que aconteceu a mr. Prewitt. Ainda não podem saber."

"Que quer dizer com isso?", perguntou Dallow. O vento batia nas janelas, as garçonetes bocejavam.

"Amanhã lerão nos jornais. Não quero estragar seu prazer. E, se ele falar, naturalmente saberão mais cedo."

"Ele embarcou para o estrangeiro."

"Está no posto policial neste momento", disse ela com inteira segurança. "Foram buscá-lo no porto", continuou estudadamente. "Deviam escolher melhor seus advogados, homens que possam dar-se ao luxo de gozar férias. Foi preso no cais, por vigarice."

Ele a observava, inquieto. Não acreditava nela, mas em todo caso... "A senhora sabe muita coisa. Como consegue dormir de noite?"

"E o senhor?"

A cara amassada tinha certo ar de inocência. "Eu? Eu não sei nada..."

"Foi um desperdício dar tanto dinheiro a ele. Teria fugido de qualquer modo, e isso parece suspeito. Quando consegui conquistar Johnnie, no porto..."

Ele encarou-a com indizível assombro. "Pegou o Johnnie? Como diabo...?"

Ela respondeu simplesmente: "Muita gente simpatiza comigo". Tomou um gole e acrescentou: "A mãe dele o tratou vergonhosamente quando era garoto".

"A mãe de quem?"

"De Johnnie."

Dallow estava impaciente, perplexo, amedrontado. "Que diabo sabe a senhora sobre a mãe de Johnnie?"

"O que ele me disse", respondeu ela. Estava completamente à vontade, os vastos seios prontos para acolher quaisquer segredos. Usava o seu ar de compaixão e de compreensão como um perfume forte e barato. "Não tenho nada contra o senhor", disse suavemente. "Gosto de me dar bem com todos. Traga a sua amiga para cá."

Dallow olhou vivamente por cima do ombro e tornou a virar-se para ela. "Prefiro não fazer isso." A sua voz baixou de tom e, maquinalmente, ele também se pôs a fazer confidências: "Para falar a verdade, ela é uma cadela ciumenta".

"Não diga! E o marido..."

"Oh! O marido não tem perigo. O que os olhos não veem, o coração não sente." E, baixando ainda mais a voz: "Frank não pode ver muita coisa, porque é cego".

"Eu não sabia disso."

"Nem podia saber. Quem vê o trabalho dele não diz. É um perito no ferro de engomar." Interrompeu-se subitamente: "Que diabo quer dizer? Não sabia *disso*? Que é que sabia então?".

"Não há muita coisa que eu não tenha pescado aqui e ali. A vizinhança sempre fala." Ida estava recheada de conceitos da sabedoria popular.

"Quem é que anda falando?" Era Judy que vinha tomar parte na conversa. "E que é que tem para falar? Olhe, se eu quisesse contar certas coisinhas deles... Mas isso não me agrada", disse Judy. "Isso não me agrada." Olhou vagamente ao redor de si. "Que será que houve com aqueles dois?"

"Talvez eu os tenha assustado", disse Ida Arnold.

"A *senhora*, assustá-los?", disse Dallow. "Essa é boa! Pinkie não se assusta tão facilmente."

"O que eu quero saber", atalhou Judy, "é quais são os vizinhos que andam falando e o quê."

Alguém estava atirando ao alvo: quando a porta se abriu para dar entrada a um casal, eles ouviram os tiros: um, dois, três. "Deve ser Pinkie", disse Dallow. "Sempre foi bom atirador."

"É melhor ir ver", observou Ida suavemente. "Ele pode fazer alguma loucura com a sua arma quando souber."

"A senhora está tirando conclusões apressadas", disse Dallow. "Nós não temos motivos para recear mr. Prewitt."

"Por alguma coisa lhe deram dinheiro, suponho eu."

"Ora, Johnnie andou lhe contando lorotas."

"O seu amigo Cubitt parecia pensar..."

"Cubitt não sabe nada."

"Sim", admitiu Ida, "ele não estava lá, não é mesmo? Refiro-me àquela vez. Mas o senhor... Não gostaria de ganhar vinte libras? Afinal, não há de querer comprometer-se... Deixe que Pinkie pague pelos crimes dele."

"Ora, não amole! A senhora pensa que sabe muito e não sabe nada." Dallow virou-se para Judy: "Vou dar uma esvaziada. Cuidado com a língua, senão essazinha...". Fez um gesto impotente, incapaz de expressar a que coisas ela podia arrastar uma pessoa. Saiu, cheio de inquietude, e o vento colheu o de surpresa, obrigando-o a segurar com força o velho chapéu sebento. Descer a escada do banheiro dos homens era como descer à casa de máquinas de um navio durante uma tempestade. Tudo tremia sob os seus pés, ao embate das vagas que sacudiam os pilares e seguiam adiante para ir rebentar na praia. "Eu devia prevenir Pinkie, se essa história sobre Prewitt é verdade...", pensou ele. Prewitt sabia de muitas coisas, além do caso do velho Spicer. Tornou a subir a escada e lançou um olhar ao longo do molhe: Pinkie não se achava à vista. Dirigiu-se para a saída, entre os cinemascópios: nada. Era outro homem que estava atirando ao alvo.

"Não viu Pinkie?", perguntou ao proprietário do estande.

"Que é que estão armando?", respondeu o outro. "Você sabe que eu o vi. Também sei que foi dar um passeio de carro no campo, com a garota, para os lados de Hastings. Disse que queria tomar ar. Imagino que você também queira saber as horas. Bem", disse o homem, "não vou confirmar nada. Procure outro para seus álibis forjados."

"Você não regula", disse Dallow, afastando-se. Através da baía encapelada, as igrejas de Brighton puseram-se a dar as horas. Ele contou uma, duas, três, quatro e parou. Estava com medo: e se aquilo fosse verdade? E se Pinkie soubesse, e era aquele plano maluco que ele... Quem, diabo, ia levar alguém a passeio no campo àquela hora, a não ser que fosse para uma estalagem? E Pinkie não frequentava estalagens. "Não vou tolerar", disse ele baixinho, para si mesmo. Estava confuso e arrependido de haver tomado tanta cerveja; ela era uma boa garota. Lembrava-se de Rose na cozinha, querendo acender o fogão. "E por que não havia de acender?", pensou, olhando melancolicamente para o mar; teve um súbito desejo sentimental que Judy não podia satisfazer: o desejo de um jornal com o café, ao pé do fogo. Pôs-se a caminhar rapidamente na direção das catracas. Havia coisas com as quais não podia concordar.

Já sabia que o Morris não estaria no estacionamento; não obstante, era preciso ir ver com os seus próprios olhos. A ausência do carro era como uma voz a lhe falar bem claro no ouvido: "E se ela se matar... um pacto pode ser o mesmo que um assassinato, mas não leva a gente à forca". Deteve-se ali, sem saber o que fazer. A cerveja anuviava-lhe o cérebro; passou pelo rosto a mão torturada. "Viu sair aquele Morris?", perguntou ao encarregado.

"Seu amigo e a garota saíram nele", disse o homem, capengando entre um Talbot e um Austin. Uma perna era estropiada, ele a movia por meio de um mecanismo acionado do bolso, curvando-se com um ar de esforço enorme para embolsar uma moeda de seis *pence* e dizer: "Está fazendo uma linda noite". Tinha um ar extenuado pelo vasto dispêndio de energia que esse ato trivial requeria. "Foram tomar um drinque em Peacehaven. Não me pergunte por quê." Com a mão no bolso, puxou o fio invisível e dirigiu-se para um Ford com os seus passos diagonais e pouco firmes. "A chuva não se demora", disse a sua voz já de longe; e: "Obrigado, patrão". Novo esforço tremendo, enquanto um Morris Oxford dava ré; novo puxão no fio.

Dallow estava confuso, sem saber o que fazer. Havia os ônibus, era verdade... mas tudo estaria terminado antes que um ônibus chegasse lá. Era melhor dar o caso por perdido... Afinal de contas, ele não tinha certeza; dentro de meia hora, era bem possível que o carro aparecesse na esquina do Aquário, com o Garoto ao volante e a garota ao lado; mas no seu íntimo ele sabia que tal coisa jamais aconteceria. O Garoto deixara atrás de si uma profusão de rastros: a mensagem no estande de tiro, no estacionamento; queria ser seguido no devido tempo, no momento que lhe convinha, para ajustar-se à sua versão do fato. O homem voltou, coxeando. "O seu amigo me pareceu esquisito hoje. Um pouco agitado..." Era como se ele estivesse falando no banco das testemunhas, prestando o depoimento que se queria.

Dallow afastou-se, desanimado... Ir buscar Judy, voltar para casa e esperar... Mas deu com os olhos na mulher, a poucos passos dele. Tinha-o seguido e ouvira tudo. "Com mil diabos, a senhora é que é a culpada", disse ele. "Forçou o rapaz a casar com ela, arrastou-o a fazer..."

"Arranje um carro, depressa!"

"Não tenho dinheiro para pagar um carro."

"Eu tenho. Vamos, não demore!"

"Não há motivo para pressa", volveu ele, sem ânimo. "Foram só tomar um drinque."

"Você sabe o que eles foram fazer, eu não sei. Mas, se não quer ficar comprometido, traga de uma vez esse carro."

A primeira chuva avançou pela avenida, soprada pelo vento, enquanto ele argumentava lastimosamente: "Eu não sei nada...".

"Está certo", retrucou Ida. "Você vai me levar num passeio de automóvel, nada mais." De súbito, porém, disparou contra ele: "Não seja cretino! É melhor ter-me como amiga... Você está vendo o que aconteceu a Pinkie".

Apesar disso, ele não se apressou. Que adiantava? Pinkie deixara a sua pista. Pinkie pensava em tudo, queria que eles o seguissem no devido tempo e encontrassem... Dallow não tinha imaginação suficiente para fazer ideia do que iriam encontrar.

9

O GAROTO PAROU NO ALTO DA ESCADA e olhou para baixo. Dois homens tinham entrado no saguão; joviais e molhados, com os seus casacões de pelo de camelo, sacudiram-se como cães para tirar a água da chuva, pediram a bebida em altas vozes: "Duas canecas", e calaram-se de súbito, notando a presença de uma moça. Eram grã-finos, tinham aprendido a beber chope em canecões nos hotéis de luxo: observava-lhes as artimanhas da escada, com ódio. Qualquer fêmea lhes servia, mesmo Rose; mas o Garoto sentia-lhes o pouco interesse. Ela não valia mais do que umas gabolices atiradas de esguelha. "Acho que fizemos oitenta."

"Oitenta e dois, pela minha conta."

"É um bom carro."

"Quanto te arrancaram por ele?"

"Duzentas libras. Saiu barato."

Ambos tornaram a calar-se e deitaram um olhar arrogante à moça ao pé da estatueta. Não valia a pena, mas se ela cedesse sem criar dificuldades... Um deles disse qualquer coisa em voz baixa e o outro riu. Tomaram grandes sorvos de chope nos canecões.

A ternura mostrou o rosto à janela. Que direito tinham aqueles tipos de se exibir diante dela, de rir... uma vez que ela lhes servia perfeitamente? Desceu para o saguão: os dois homens alçaram os olhos e entreolharam-se com uma careta, como quem diz: "Bem, afinal não valia mesmo a pena...".

"Termine o chope", disse um deles. "Vamos para diante. Acha que Zoe terá saído?"

"Oh não! Eu disse que talvez aparecesse por lá."

"Você é mesmo namorado dela?"

"Ela é muito atraente."

"Então vamos."

Esvaziaram os canecões e encaminharam-se para a porta com ar arrogante, olhando para Rose de relance ao passar. O Garoto ouviu-os rir lá fora. Estavam rindo dele. Deu alguns passos no saguão. Mais uma vez, sentiram-se como que paralisados por um gélido constrangimento. Ele teve uma tentação súbita de abandonar o seu plano, subir com ela no carro, tocar para casa e deixá-la viver. Foi menos uma inspiração da piedade que do cansaço: tinha tanto que fazer, tanta coisa em que pensar; seria preciso responder a tantas perguntas! Mal podia crer na libertação final, e mesmo assim essa libertação se realizaria num lugar estranho. "A chuva apertou", disse ele. Rose esperava, incapaz de responder: sua respiração estava arquejante como se ela houvesse corrido muito. Parecia envelhecida. Tinha dezesseis anos, mas tal seria a sua aparência após anos de vida matrimonial, gasta pelos filhos e pelas exigências diárias: estavam diante da morte e esta produzia neles o efeito da velhice.

"Escrevi o que você queria", disse Rose. Esperou que ele apanhasse o pedaço de papel e escrevesse também a sua mensagem ao juiz de instrução, aos leitores do *Daily Express*, àquilo que se chamava o mundo. O outro rapaz entrou cautelosamente no saguão e disse: "Você ainda não pagou". Enquanto Pinkie procurava o dinheiro nos bolsos, ela foi tomada por um sentimento de rebeldia quase irresistível: bastava ir embora, deixá-lo, recusar-se a levar aquilo avante. Ele não podia obrigá-la a se matar: a vida não era tão má assim. Essa ideia veio-lhe como uma revelação, como se alguém lhe tivesse sussurrado que ela era alguém, uma criatura à parte, e não apenas a mesma carne com ele. Sempre poderia escapar... se ele não mudasse de propósito. Não havia nada resolvido. Podiam entrar no carro, ir aonde ele quisesse, ela podia receber o revólver da mão dele, e mesmo assim, no derradeiro momento, negar-se a atirar. Nada estava decidido, havia sempre uma esperança.

"Essa é a sua gorjeta", disse o Garoto. "Sempre dou gorjeta aos garçons." Voltou-lhe o sentimento de ódio: "Você é um bom católico, Piker? Vai à missa aos domingos, como eles mandam?".

Piker respondeu com um débil ar de desafio: "Por que não hei de ir, Pinkie?".

"Você tem medo. Tem medo de ir para o inferno."

"Quem não tem?"

"Eu não tenho." Lançou ao passado um olhar cheio de aversão (a sineta rachada badalando, a criança chorando sob as vergastadas do mestre) e repetiu: "Eu não tenho medo. Vamos indo", disse a Rose. Aproximou-se dela, experimentando-a, encostou-lhe na face a borda da unha (meio carícia, meio ameaça) e disse: "Você me amaria sempre, não é verdade?".

"Sim."

Deu-lhe mais uma oportunidade: "Nunca me deixaria?". E, como Rose balançasse a cabeça afirmativamente, deu início, com ar cansado, à execução do plano que um dia lhe restituiria a liberdade.

Lá fora, na chuva, a partida automática negou-se mais uma vez a funcionar: ele levantou a gola do casaco e foi girar a manivela. Rose quis dizer-lhe que não devia apanhar chuva, pois ela havia mudado de ideia: iam viver, custasse o que custasse. Porém não ousou. Tornou a protelar a esperança até o derradeiro momento. Quando o carro começou a andar, ela disse: "A noite passada... e a outra noite... você não me odiou, não é mesmo, pelo que nós fizemos?".

"Não, eu não odiei você."

"Embora fosse um pecado mortal..."

Era verdade: ele não a odiara; nem sequer detestara o ato. Encontrara nele uma espécie de prazer, uma espécie de orgulho... e alguma coisa mais. O carro voltou de ré para a estrada principal, com a frente para o lado de Brighton. Uma enorme emoção pulsava no peito de Pinkie: era como qualquer coisa que tentasse entrar, a pressão de asas gigantescas contra o vidro. *Dona nobis pacem...* Ele resistiu, com a força desesperada que lhe vinha do banco de escola, do pátio de recreio, da sala de espera de St. Pancras, da luxúria secreta de Dallow e Judy e daquele momento de adversidade no frio cruel do molhe. Se o vidro se quebrasse; se o animal desconhecido entrasse, sabe Deus o que ele não faria! Pinkie tinha uma impressão de imensa ruína — a confissão, a penitência e o sacramento — e, terrivelmente perturbado, guiava às cegas debaixo da chuva. O para-brisa rachado e descorado não lhe permitia enxergar coisa alguma. Um ônibus veio na direção deles e estacou justamente a tempo de evitar um choque: o Garoto ia na contramão. Disse de repente, sem pensar: "Vamos parar aqui".

Uma rua mal edificada estendia-se para o lado do penhasco: bangalôs de todas as espécies e feitios, um terreno baldio coberto de grama e espinheiros anões que pareciam frangos encharcados. Não havia luz, a não ser em três janelas. Um rádio estava tocando, e numa garagem alguém fazia funcionar o motor de uma motocicleta, que rugia e crepitava na escuridão. Ele avançou alguns metros rua adentro, apagou os faróis e desligou o motor. A chuva penetrava ruidosamente pela fenda da capota e eles podiam ouvir o rebentar das ondas no penhasco. "Olha bem", disse o Garoto. "Aí está o mundo." Outra luz acendeu-se nos vidros coloridos de uma porta (o risonho Cavaleiro entre rosas Tudor), e, olhando ao redor como se fosse ele quem devia despedir-se da motocicleta, dos bangalôs e da rua batida pela chuva, o Garoto pensou nas palavras da missa: "Ele veio ao mundo, que era Sua obra, e o mundo não O conheceu".

Não era possível protelar mais a esperança. Rose tinha de dizer agora ou nunca: "Não quero. Nunca tive realmente a intenção de fazer isso". Era como alguma aventura romântica: a gente faz o plano de ir lutar na Espanha, e, quando dá pela coisa, alguém lhe traz a passagem, mete-lhe na mão as cartas de recomendação, acompanha-o ao cais para lhe assistir à partida: tudo é concreto, real. Ele meteu a mão no bolso e mostrou o revólver. "Tirei-o do quarto de Dallow." Rose queria dizer que não sabia fazer uso da arma, alegar qualquer desculpa, mas ele parecia ter pensado em tudo. Explicou: "Está destravado, basta puxar aqui. Não é preciso fazer força. Mete o cano no ouvido para ficar mais firme". O verdor dos seus anos transparecia na crueza das instruções; era como um menino brincando num monte de entulhos. "Anda, pega", disse ele.

Era espantoso que a esperança pudesse ir tão longe. "Não preciso falar ainda", pensava ela. "Posso pegar o revólver e depois... jogar fora, fugir, fazer alguma coisa para impedir isso." Não cessava, entretanto, de sentir a pressão da vontade de Pinkie. *Ele* estava resolvido. Pegou o revólver: era como uma traição. "Que fará ele", pensou, "se eu não atirar?" Matar-se-ia sozinho, sem ela? Nesse caso, estaria perdido, e ela não teria a possibilidade de perder-se com Pinkie, mostrando a *eles* que não podiam fazer escolha entre os dois. Continuar vivendo anos e anos... Era impossível prever até que ponto a vida podia tornar uma pessoa humilde, boa, arrependida. Para ela, a fé tinha a claridade luminosa das imagens, dos presépios de Natal: aqui terminava a bondade, com a vaca e as ovelhas, e ali começava a maldade — Herodes, no alto da sua torre, buscando com os olhos o lugar em que nascera o menino. Rose queria estar com Herodes — *se ele* estivesse lá: era possível bandear-se repentinamente para o lado do mal, num momento de paixão ou desespero, mas através de uma longa existência o anjo da guarda nos arrastava inexoravelmente para o presépio, a "morte bem-aventurada".

"Não precisamos esperar mais", disse ele. "Quer que eu seja o primeiro?"

"Não, não!"

"Muito bem. Vá dar uma volta... ou, melhor ainda, eu dou uma volta e você fica aqui. Quando tiver terminado, eu venho aqui e faço a mesma coisa." Mais uma vez ele dava a impressão de que era um menino entretido numa brincadeira, uma brincadeira em que se fala friamente, com todas as minúcias, em barrigas perfuradas por baionetas ou couros cabeludos arrancados, e depois se vai tranquilamente tomar chá em casa. "Está tão escuro que eu não poderei enxergar quase nada", disse ele.

Abriu a porta do carro. Rose ficou imóvel, com o revólver no regaço. Lá atrás, na estrada principal, um carro passou devagar na direção de Peacehaven. "Sabe como deve fazer?", perguntou ele desajeitadamente. Sem dúvida pensou que ela devia esperar algum gesto de ternura da sua parte. Inclinou-se e beijou-a na face; tinha medo da boca: os pensamentos comunicam-se com tanta facilidade de um lábio a outro! "Isso não vai doer", disse ele, e deu alguns passos na direção da estrada principal. A esperança alcançara já o seu limite extremo: mais longe não podia ir. O rádio havia parado; a motocicleta explodiu uma ou duas vezes na garagem, pés moveram-se no cascalho e, na estrada principal, ela ouviu um automóvel dar ré.

Se era um anjo da guarda que lhe falava nesse momento, parecia um demônio: tentava-a a praticar uma boa ação como se fosse um pecado. Jogar fora o revólver seria uma traição, um ato de covardia: significaria que ela preferia nunca mais tornar a vê-lo. Máximas morais revestidas de um tom sacerdotal e pedante, lembranças de velhas prédicas, confissões, doutrinações ("poderá rogar por ele junto ao trono da Graça") vieram-lhe ao espírito como insinuações pouco convincentes. A má ação era a ação honesta, corajosa e leal: parecia-lhe que era a falta de coragem que falava com esse ar de virtude. Levou o revólver ao ouvido e tornou a baixá-lo, com uma sensação de náusea. Que amor era esse que tinha medo da morte? Ela não receara cometer o pecado mortal: era a morte, e não a condenação, que a aterrorizava. Pinkie dissera que aquilo não doía. Rose sentiu a vontade dele impulsionar-lhe a mão: podia confiar em Pinkie. Tornou a erguer o revólver.

Uma voz gritou com força: "Pinkie!", e ela ouviu alguém patinhar nas poças de água. Pés corriam: ela não saberia dizer de onde, nem para onde. Pareceu-lhe que devia haver alguma novidade, que aquilo devia modificar a situação. Não podia matar-se agora: talvez fossem boas-novas. Era como se em algum lugar, na escuridão, a vontade que a governava tivesse afrouxado, e todas as forças hediondas da autopreservação tornavam a apossar-se dela. Parecia um sonho, e não a realidade, que ela tivesse tido mesmo a intenção de apertar o gatilho. "Pinkie!", tornou a gritar a voz, e os passos na água aproximaram-se. Ela abriu violentamente a porta do carro e jogou longe o revólver, na direção dos arbustos encharcados.

À luz que se filtrava pelo vidro colorido da porta, ela avistou Dallow e a mulher — e, com eles, um policial de ar confuso, como se não compreendesse bem o que estava acontecendo. Alguém rodeou o carro sem ruído, por trás dela, e perguntou: "Onde está aquele revólver? Por que não atirou? Me dá".

"Joguei fora", respondeu ela.

Os outros se aproximaram cautelosamente, como uma comitiva. Pinkie gritou de súbito, numa voz infantil e dissonante: "Ah, Dallow, traidor do inferno!".

"Pinkie", disse Dallow, "está tudo perdido: eles prenderam Prewitt." O policial parecia pouco à vontade, como um estranho numa festa.

"Onde está aquele revólver?", tornou a dizer Pinkie. E gritou numa voz aguda, cheia de ódio e medo: "Meu Deus, terei de fazer um massacre?".

"Joguei fora", repetiu Rose.

Viu-lhe indistintamente o rosto, inclinado sobre a luzinha do painel. Era como o rosto de uma criança, atormentada, confusa, traída: os anos de embuste haviam desaparecido e ele voltara ao pátio de recreio da sua meninice infeliz. "Sujeitinha...", começou a dizer, mas não terminou: a comitiva aproximava-se e ele afastou-se de Rose, metendo a mão no bolso. "Pule para cá, Dallow, traidor do inferno!", ergueu a mão. Ela não compreendeu o que se passou em seguida: um vidro quebrou-se, ele soltou um grito agudo e Rose viu-lhe o rosto... fumegante. Ele gritava, gritava sem cessar, com as mãos nos olhos; virou-se e começou a correr; Rose avistou um cassetete da polícia aos pés dele, e cacos de vidro. Pinkie parecia reduzido à metade do seu tamanho, dobrado em dois por uma tortura indizível: era como se as chamas tivessem se apossado literalmente dele e o seu corpo se contraísse, voltando ao tamanho de um garoto a fugir, dominado pela dor, pelo terror e pelo pânico, pulando uma cerca, correndo sempre.

"Parem-no", gritou Dallow, mas era inútil: ele já tinha chegado à beira e caíra no vácuo; nem sequer ouviram o esparrinhar da água. Era como se outra mão o tivesse retirado subitamente de toda a existência, passada ou presente, suprimindo-o, arremessando-o ao nada.

10

"Isso mostra", disse Ida Arnold, "que você tem apenas que persistir." Tomou o resto de cerveja e depositou o copo em cima do barril virado do bar de Henekey.

"E Prewitt?", perguntou Clarence.

"Como você é bronco, velho fantasma! Isso foi pura invenção minha. Não podia andar atrás dele por toda a França, e a polícia... sabe como é a polícia... Sempre querem provas."

"Prenderam Cubitt?"

"Cubitt, no seu juízo perfeito, não queria falar. E ninguém conseguiria embebedá-lo o bastante para falar à polícia. Olha, o que eu estive dizendo é calúnia... ou, pelo menos, seria calúnia se *ele* estivesse vivo."

"A consciência não acusará você, Ida?"

"Alguém mais teria morrido se nós não fôssemos lá."

"Era ela mesma que queria."

Mas Ida Arnold tinha resposta para tudo: "Ela não compreendia. Era apenas uma garota. Julgava que ele a amasse".

"E que é que ela pensa agora?"

"Não venha perguntar a mim. Eu fiz tudo o que pude. Levei-a para a casa dela. O que uma garota precisa numa ocasião dessas é do pai e da mãe. Em todo caso, deve agradecer a mim o fato de estar viva."

"Como foi que conseguiram levar o guarda?"

"Dissemos que eles tinham roubado o carro. O pobre homem não sabia a quantas andava, mas agiu com rapidez quando Pinkie puxou o frasco de vitríolo."

"E Phil Corkery?"

"Anda falando em Hastings no ano que vem, mas eu tenho um palpite que depois disso não tornarei a receber cartões-postais."

"Você é uma mulher terrível, Ida", disse Clarence. Soltou um fundo suspiro e olhou para dentro do seu copo. "Aceita outro?"

"Não, Clarence, obrigada. Preciso ir para casa."

"Você é uma mulher terrível", repetiu ele; estava um pouco embriagado, "mas tenho de reconhecer que você age com a melhor das intenções."

"Em todo caso, ele não pesa na minha consciência."

"É como você diz: tinha de ser ele ou ela."

"Não havia alternativa", disse Ida Arnold. Levantou-se; parecia a estátua da proa do *Victoria*. Fez um aceno de cabeça a Harry, no balcão.

"Esteve fora, Ida?"

"Só uma semana ou duas."

"Nem parece tanto", disse Harry.

"Bem, boa noite para todos."

"Boa noite. Boa noite."

Ela tomou o metrô para o Russell Square e seguiu a pé, carregando a mala. Abriu a porta com a sua chave e procurou a correspondência no vestíbulo. Havia apenas uma carta, de Tom. Ela já sabia qual seria o conteúdo; o seu grande e generoso coração enterneceu-se enquanto ela pensava: "Afinal de contas, refletindo bem, Tom e eu sabemos o que é o amor". Abriu a porta que dava para a escada do porão e chamou: "Crowe! Velho Crowe!".

"É você, Ida?"

"Suba para bater um papo. Depois conversaremos com o tabuleiro."

As cortinas estavam corridas como Ida as deixara; ninguém tocara nos bibelôs sobre a lareira, mas a novela de Warwick Deeping não se achava na prateleira e *Os bons companheiros* estava deitado. Percebeu que a arrumadeira estivera ali, pegando coisas por empréstimo. Tirou uma lata de biscoitos de chocolate para o velho Crowe: a tampa não fora ajustada e os biscoitos estavam um pouco moles e velhos. Ergueu então a prancheta, com cuidado, tirou as coisas da mesa e colocou-a no centro. "Suikilleye", pensou ela. "Agora sei o que isso significa." O tabuleiro previra tudo: *sui* era a palavra com que procurara exprimir o grito, a agonia, o salto no vácuo. Pôs-se a cismar docemente, com os dedos no tabuleiro. Pensando bem, ela havia salvo Rose. Uma multidão de ditados populares começou a desfilar-lhe pela cabeça. Como no momento em que as agulhas mudam de posição, o sinal baixa, a luz vermelha passa para o verde e a grande locomotiva envereda pelos trilhos costumeiros. Este mundo é esquisito, há mais coisas entre o céu e a terra...

O velho Crowe mostrou a cabeça à porta. "Que vai ser desta vez, Ida?"

"Quero pedir um conselho", respondeu Ida. "Quero perguntar se não é melhor eu voltar para Tom."

II

ROSE MAL PODIA DISTINGUIR A VELHA CABEÇA curvada para a grade do confessionário. O padre tinha um silvo na respiração. Escutava com paciência, silvando, enquanto ela ia revivendo, dolorosamente, toda a sua tortura. Ouvia as mulheres, exasperadas, remexerem-se nos bancos que rangiam, à espera da confissão. "É *disso* que eu me arrependo", disse ela, "de não ter ido com ele." Tinha um ar de rebeldia, os olhos secos no ar abafado do confessionário; o velho padre estava resfriado e cheirava a eucalipto. "Continue, minha filha", disse a sua voz branda e anasalada.

"Antes eu me matasse. Devia ter me matado." O velho pôs-se a dizer alguma coisa, mas ela o interrompeu. "Não estou pedindo absolvição. Não quero a absolvição. Quero ser como ele, condenada."

A garganta do velho silvou, tomando fôlego. Ela tinha certeza de que ele não entendia nada. Repetia monotonamente: "Antes eu me matasse". Apertava as mãos contra o peito, na exasperação da sua dor: não tinha vindo confessar-se, tinha vindo para refletir.

Não podia refletir em casa, onde o fogão não fora aceso, seu pai estava emburrado e sua mãe (ela o percebia pelas suas perguntas indiretas) desejava saber quanto dinheiro Pinkie... Teria encontrado coragem para matar-se agora, se não receasse que, nesse escuro país da morte, pudesse desencontrar-se dele — a misericórdia, por algum motivo, acolhendo a um e rejeitando o outro. Disse em voz entrecortada: "Aquela mulher... Ela é que devia ser condenada. Dizer que ele queria se livrar de mim... Ela não sabe o que é o amor".

"Talvez ela tivesse razão", murmurou o velho sacerdote.

"E o senhor não sabe também", retrucou ela, furiosa, comprimindo o rosto infantil contra a grade.

O padre começou subitamente a falar, sibilando de tempos em tempos e bafejando eucalipto através da grade: "Havia um homem, um francês (você não pode ter ouvido falar nele, minha filha), que tinha essa mesma ideia. Era um homem bom, um homem santo, e viveu toda a vida em pecado, porque não podia admitir que houvesse uma só alma que merecesse ser condenada". Ela escutava cheia de assombro. "Esse homem chegou à conclusão de que, se alguma alma fosse condenada, ele deveria sê-lo também. Nunca recebeu os sacramentos e não quis casar na igreja. Eu não sei, minha filha, mas há quem o julgue... bem, um santo. Creio que ele morreu naquilo que dizem ser pecado mortal. Não tenho certeza: foi na guerra; talvez...", suspirou e silvou, curvando a cabeça branca. "Você não pode imaginar, minha filha, nem eu, nem ninguém pode, o... espantoso mistério da misericórdia divina."

Do lado de fora, os bancos não cessavam de ranger: pessoas impacientes por se libertar do rito semanal do arrependimento, da absolvição, da penitência. O padre tornou a falar: "É o caso de se dizer: nenhum homem teve maior amor do que este, que deu a alma pelo seu amigo".

Teve um arrepio e espirrou. "Devemos esperar e rezar sempre; esperar e rezar. A Igreja não exige que acreditemos em qualquer alma excluída da misericórdia divina."

Rose respondeu, cheia de triste convicção: "Ele está condenado. Sabia o que fazia. Era católico também".

"*Corruptio optimi est pessima*", disse ele com brandura.

"Como, padre?"

"Quero dizer: um católico tem mais habilidade para o mal do que outro qualquer. É possível que, por acreditarmos Nele, estejamos em contato mais íntimo com o diabo do que as outras pessoas. Mas devemos esperar", acrescentou maquinalmente, "esperar e rezar."

"Eu queria ter esperança, mas não sei como."

"Se ele a amava, isso certamente mostra que havia algo de bom..."

"Mesmo um amor assim?"

"Mesmo esse amor."

Ela pôs-se a meditar sobre essa ideia no pequeno cubículo escuro. O padre disse: "E não tarde a voltar... Não lhe posso dar a absolvição agora... mas volte... amanhã".

Rose respondeu debilmente: "Sim, padre... E se houver um filho...".

"Com a sua simplicidade e a força dele... Faça desse filho um santo... para que reze pelo pai."

Um súbito sentimento de gratidão imensa rompeu por entre a dor: era como se lhe tivessem deixado entrever, ao longe, a renovação da vida. "Reze por mim, minha filha", disse ele.

"Sim. Oh! Sim..."

Levantou-se e olhou o nome sobre a porta do confessionário: não se lembrava de tê-lo visto alguma vez. Um padre vem, outro vai...

Saiu para a rua. A dor não a deixara: não se podia afugentá-la com uma palavra; mas o maior dos horrores havia passado, pensava ela, o horror de ter completado o ciclo: a volta para casa, a volta para o Snow (iriam aceitá-la novamente), como se o Garoto nunca houvesse existido. Ele existira e existiria sempre. Rose teve uma convicção súbita de que levava uma nova vida dentro de si, e pensou com orgulho: "Vamos ver se eles podem com isso...". Desembocou na praia, em frente ao Palace Pier, e avançou firmemente para os lados da pensão de Frank, na direção contrária à da sua casa. Havia uma coisa a ser recuperada naquele quarto; uma coisa que *eles* não poderiam ter: a voz de Pinkie a dirigir-lhe uma mensagem e, se houvesse um filho, falando a esse filho. "Se ele a amava", dissera o padre, "isso certamente mostra..." Rose caminhava rapidamente, no leve sol de junho, ao encontro do maior de todos os horrores.

ESTE LIVRO, COMPOSTO NA FONTE FAIRFIELD,

FOI IMPRESSO EM PAPEL PÓLEN SOFT 70 G/M², NA INTERGRAF,

SÃO PAULO, BRASIL, JUNHO DE 2017